David Osborn

Jagdzeit

Übersetzt von Marcel Keller

Mit einem Nachwort
von Frank Göhre

PENDRAGON

Zum 17. Juni 1972 – Watergate

In „Jagdzeit" geht es nicht in erster Linie um die pervertierte Barbarei der drei Protagonisten Ken, Greg und Art – oder auch Wolkowski –, sondern um die dunkle Seite der Menschen allgemein, die immer und überall zutage tritt. Seit Erscheinen meines Buches hat sich die Menschheit diesbezüglich bedauerlicherweise nicht verändert.

David Osborn im Dezember 2010

Prolog

Der Bezirksstaatsanwalt hielt sich selbst für einen durchaus empfindsamen Menschen. Während er mit Alicia Rennick und ihren steif dasitzenden Eltern sprach, hatte er auf einmal das Gefühl, den Ausdruck in Alicias hohlen Augen nicht länger ertragen zu können. Es war nicht so sehr die leidvolle Erinnerung an Schrecken, Ekel und Schmerz; das alles hatte er schon oft genug bei anderen jungen Frauen gesehen, die vergewaltigt worden waren. Es war vielmehr der dumpfe Widerschein der irgendwo tief in ihr wachsenden Erkenntnis, dass sie völlig verraten worden war.

Also wandte er sich von ihr ab. Und auch von Mr. und Mrs. Rennick. Er schwang seinen ledergepolsterten Bürostuhl herum und starrte vorbei an dem scharf und zuversichtlich dreinblickenden Porträt Präsident Eisenhowers an der Wand neben den hohen, von Vorhängen eingerahmten Fenstern. Draußen traf goldenes Nachmittagslicht die Ulmen, welche den Stadtpark und die ihn umgebenden roten Ziegelbauten aus dem frühen 19. Jahrhundert überragten. Jenseits der Äste und Blätter und durch sie hindurch konnte man andeutungsweise den Turm der presbyterianischen Kirche und den Glockenturm der Universität erkennen. Später sollte sich der Staatsanwalt noch an diesen speziellen Moment erinnern und daran, wie impotent und heuchlerisch ihm ironischerweise die amerikanische Flagge vorgekommen war, die bewegungslos in einer Ecke des Büros stand, ihr gebündelter Stoff eine Ansammlung von roten, weißen und blauen Vertikalen.

Es war totenstill. So still, dass es schien, die dunkelgetäfelten Wände und der schwere Teppich erstickten sogar die Gedanken. Aber Gedanken waren sehr wohl da. Gedanken, die in Worte gefasst und laut ausgesprochen werden mussten. Er kannte das *Was*. Das *Wie* war so schwierig. Es gab da Dinge, von denen die Rennicks keine Ahnung hatten und die er ihnen nicht sagen wollte. Wenn diese Dinge ausgesprochen würden, würde das Mädchen noch mehr verletzt werden, als sie es ohnehin schon war.

Als er sich wieder umwandte, vermied er Alicias Blick und sah stattdessen Rennick an, ein großes, untersetztes Exemplar der gutbürgerlichen Mittelklasse, mit Augen, die schon klein geworden waren vor lauter Wohlanständigkeit und Phrasendrescherei.

Er weiß es, dachte der Bezirksstaatsanwalt, Rennick ist nicht blöd. Aber er wird so tun, als wüsste er nichts. So kann er die ganze Tonleiter rauf- und runterspielen. Für Rennick würde es unnötigerweise nur darum gehen, das Gesicht zu wahren.

„Ich möchte nicht, dass Sie denken, dieses Amt habe kein Verständnis, Mr. Rennick. Wir sind hier, um Ihnen und Alicia in jeder nur möglichen Weise zu helfen. Aber Verständnis, ich meine *amtliches* Verständnis in Form einer öffentlichen Anklage – nun, das ist für Alicia vielleicht jetzt gerade nicht das Richtige. Denken Sie wirklich, nach allem, was sie durchgemacht hat, braucht sie da noch öffentliche Zurschaustellung? Braucht sie nicht eher Ruhe und Schutz?"

„Was meinen Sie mit Zurschaustellung?" Das kam von Mrs. Rennick. Trotzig. Eine kräftige Frau in den Vierzigern, mit noch guter Figur. Aber ihr sorgfältig und übertrieben geschminktes Gesicht war eine Maske rechtschaffenen Anstands. Sie war mal attraktiv gewesen. Sie wäre es vielleicht noch, wenn sie es sich selbst erlaubt hätte.

„Er meint einen Prozess", erklärte Rennick ihr geduldig. „Presseberichte."

Aber ihrer Entrüstung Ausdruck zu verleihen war plötzlich erträglicher, als sich um das Wohl ihrer schweigenden Tochter zu sorgen. Sie fühlte sich persönlich angegriffen. Und mit ihr alle Frauen. Angegriffen von der nicht endenden privilegierten Verschwörung der Männer. Gott, wie sie deren selbstgefällige Posen verabscheute.

„Ein Prozess stellt die Schuldigen zur Schau und bestraft sie", ätzte sie zurück. „Wir wissen alle, wer sie sind und was sie getan haben. Ich kann mir nicht vorstellen, dass irgendjemand Alicia verurteilen wird!"

Alicia rührte sich nicht. Sie war achtzehn und hübsch in einer zerbrechlichen, unsicheren und gehemmten Art. Ihre schmalen Künstlerhände lagen gefaltet, bewegungslos in ihrem Schoß, auf dem gerade geschnittenen Kleid, das ihre Mutter sie zu tragen gezwungen hatte, ein besonders hochgeschlossenes Kleid, als ein brennendes Symbol geschändeter Weiblichkeit.

Der Bezirksstaatsanwalt erinnerte sich daran, wie sie ein einziges Mal flüchtig gelächelt hatte. Es war das sanfteste und verlorenste Lächeln, das er je gesehen hatte. Er versuchte es noch mal. „Betrachten wir es doch einmal so, Mrs. Rennick. Wenn Sie gestatten. Vom Standpunkt der Geschworenen aus. Zunächst einmal: Ein zerschundenes Äußeres, ein paar Schrammen, eine zerschnittene Lippe, ein blaues Auge – nichts davon deutet zwangsläufig auf Vergewaltigung hin." Er zwang sich zu einem fröhlichen Lächeln und täuschte Leichtigkeit vor. „Die Polizei liest jedes Wochenende ein dutzend Kids auf, die nach einer Schlägerei unter Schulfreunden genauso aussehen. Meistens passiert so was, wenn ein Mädchen versucht, in den Kampf von zwei eifersüchtigen Jungs einzugreifen."

Der Versuch ging daneben. Mrs. Rennicks Stimme zischte ein weiteres Mal unangenehm aus dem breiten Oval ihres feindseligen Gesichts. „Sie sagen, dass Alicia nicht vergewaltigt wurde?"

„Aber nein. Versuchen Sie doch bitte zu verstehen." Seine Stimme bat sie noch einmal eindringlich, die Sache fallenzulassen, den ganzen verdammten Mist, nach Hause zu gehen und es zu vergessen. „Meine Verantwortung Ihnen und Alicia gegenüber verpflichtet mich dazu, Ihnen genau zu sagen, was Ihnen bevorsteht, falls Sie sich für eine Anklage entscheiden.

In jedem Gerichtsverfahren gibt es Unwägbarkeiten, egal wie klar oder verworren die Sachlage erscheinen mag."

„Weiter." Das war Rennick.

Alicia starrte immer noch regungslos auf einen Punkt im Raum. War es die Vergangenheit? Oder die Gegenwart oder die Zukunft? Hörte oder sah sie etwas?

Da waren Stimmen und undeutliche Bilder. Vorbeihuschende Erinnerungssplitter von Trunkenheit und Schuld. Und Angst. Das warnende Gefühl von Angst, das sie ignoriert hatte, als Ken auf der Party vorschlug: „Machen wir 'nen kleinen Ausflug, Alicia." Und Art hatte gelacht und gezwinkert. Die plötzliche Angst, als sie sich nicht nur mit Ken, sondern auch mit Art und Greg im Auto wiederfand. Die wachsende, whiskygetränkte Panik, als Greg vom Rücksitz aus nach vorne griff und eine Hand in ihre Bluse gleiten ließ; und dann Art, der dasselbe tat. Und Ken, der plötzlich vom Fahrersitz aus fachmännisch unter ihren Rock langte.

Sie hatte angefangen, sich zu wehren und zu schreien. Hatte Ken sie da zum ersten Mal geschlagen? Mit dem Handrücken. Ihre Lippen waren noch immer geschwollen und aufgeplatzt. Und ihr Zahnfleisch war wund. Vom ersten Schlag oder den anderen, die folgten?

Das grelle Licht. Das Motel. Greg und Art, die sie auf den Boden des Wagens drücken, außer Sicht. Das Licht taucht das Dach und die Fenster des Wagens in Weiß. Die plötzliche Dunkelheit des Zimmers, lange unbenutzt, stickig kalt. Ihre Beine, die gegen fremde Möbel schlagen. Faustschläge. Kleider werden ihr vom Leib gerissen. Die Nacktheit. Erst ihre, dann die der anderen. Das Fremde der behaarten, harten, muskulösen Männerkörper. Und Männergeruch. Nicht einer, sondern drei. Dann Hände überall und Gelächter und Münder, die in ihren Mund beißen und an ihren Brüsten nagen. Und wieder Hände, die ihre Hände zwingen, sich um ein steifes Glied zu schließen, dann noch eines. Ken und Greg. Das Gewicht und der schmerzhafte Druck hartknochiger Gliedmaßen und der endgültige schreiende Schmerz, Greg unter ihr, ein Schmerz, der schneidet wie ein Messer, das Gewicht von Ken über ihr, seine tiefen Stöße von der gleichen Raserei. Ihre Flüche und ihr Gelächter. Und schließlich Art in ihrem Mund, gummiartig scheußlich, seine volle, erstickende Länge, die Daumen in ihre Augenwinkel gepresst. „Du Flittchen", faucht er, „beiß mich und ich quetsch sie dir aus."

Wann war sie gegangen? Warum hatten sie sie laufen lassen? War es nur, weil sie schließlich betrunken eingeschlafen waren? Wann hatte die Polizei sie am Rand der nächtlichen Straße aufgelesen? Der diensthabende Sergeant ignorierte ihre Verzweiflung.

„Nein, mir ist nichts zugestoßen, ich habe nur zu viel getrunken. Ich bin spazieren gegangen. Ich bin gefallen."

„Der Name Ihres Vaters?"

„Bitte, ich möchte keinen Ärger. Bitte. Lassen Sie mich einfach nach Hause gehen. Was habe ich getan? Sie machen es nur noch schlimmer."

Und das Telefon, das läutet, irgendjemandes blecherne Stimme, unheilvoll, am anderen Ende. Das Motel. Drei Jungs. Wer wohl für den Schaden bezahlen würde, die zerbrochene Lampe, den Spiegel, den Stuhl, die von Zigaretten verbrannte Matratze, die verschmutzten Laken? Als sie eincheckten, hatte niemand das Mädchen gesehen. Das war ein anständiges Motel. Hatten noch nie Ärger. Ja, jemand der Frazer hieß. College-Student.

Der Bezirksstaatsanwalt, inzwischen ungeduldig, drehte an seinem Bleistift. „Mrs. Rennick."

Aber sie ließ sich nicht unterbrechen. Ihre Augen trüb vor Abscheu über das, was sie zu sagen hatte, und voller Hass gegen alle Männer, während sie sprach. „Noch vierundzwanzig Stunden später wurden Samenspuren bei Alicia festgestellt. Anal als auch vaginal."

Mit einer Geste resignierender Endgültigkeit ließ er den Bleistift auf die Ablage fallen. Genug ist genug. Man konnte nicht jeden schützen. Nicht vor sich selbst. Er hatte auch noch andere Arbeit zu erledigen. Alicia war achtzehn, sie würde es überleben. So etwas hat noch keinen umgebracht.

Er antwortete kalt: „Das stimmt, Alicia wurde untersucht, Mrs. Rennick. Der Bericht stellt aber nicht fest, ob der an ihr vollzogene Beischlaf gegen ihren Willen erfolgte."

Sie brauchte eine Sekunde, um zu verstehen. Sie starrte ihn an, dann explodierte sie: „Was bitte, zum Teufel, wollen Sie damit andeuten?"

„Tut mir leid, Mrs. Rennick, aber Sex ist für junge Frauen heutzutage beinahe eine Selbstverständlichkeit. Sogar in der Junior High School. Vierzehnjährige Mädchen. Das werden die Geschworenen zumindest in Betracht ziehen."

„Jetzt passen Sie mal auf!" Rennick richtete sich schwerfällig auf, während Wut in ihm hochkochte. „Alicia vögelt nicht in der Gegend rum. Und weder Sie noch sonst jemand wird mir das Gegenteil erzählen. Am allerwenigsten die kleinen miesen Schweine, die sie vergewaltigt haben."

„Sie war Jungfrau!" Das war wieder Mrs. Rennick.

Und das stimmte wahrscheinlich. Der medizinische Bericht hatte es nicht ausdrücklich bestätigt, aber der Arzt war der Meinung, dass Alicia die Wahrheit gesagt hatte.

„Wir sind vielleicht nicht anders als andere Eltern, weder besser noch schlechter, aber wir kennen unser Kind."

Das sagten sie alle.

Und Alicia selbst. War sie wirklich unschuldig? Wahrscheinlich. So gut konnte niemand Theater spielen.

„Mr. Rennick, Mrs. Rennick, ob es Ihnen gefällt oder nicht, Ken Frazer, Greg Anderson und Art Wallace stellen die Elite der amerikanischen Jugend dar. Attraktive Jungs, stammen aus den besten Familien. Ich brauche Ihnen nicht zu sagen, dass sie alle drei zu den besten Studenten des College zählen. Anderson ist der Held seiner Universität. Dieses Jahr zum landesweit besten Sportler gekürt."

„Sie haben meine Tochter vergewaltigt." Schrill klang es, unkontrolliert.

„Art Wallace ist Präsident seiner Studentenvereinigung. Ken Frazer wird sein Studium mit Auszeichnung abschließen."

„Das interessiert mich einen Dreck, und wenn er der Präsident der Vereinigten Staaten wäre."

„Also im Klartext: Sie verlangen von mir, dass ich die Geschworenen davon überzeuge, dass in einer freizügigen Gesellschaft drei männliche, derart beliebte amerikanische Jungs nicht in der Lage wären, ihre sexuellen Bedürfnisse mit buchstäblich Dutzenden anderer attraktiver, ich möchte sogar sagen, äußerst bereitwilliger Mitstudentinnen zu befriedigen. Sie verlangen von mir, zu behaupten, sie hätten ausgerechnet Ihre unbedeutende Tochter aussuchen müssen, um sie mit Gewalt zu nehmen?"

„Ich verlange eine strafrechtliche Verfolgung."

Es gab keinen Ausweg. Er senkte seine Stimme und sagte behutsam: „Nun gut, wenn Sie es wünschen. Ich fürchte, ich kann Ihnen ein weiteres Detail nicht ersparen." Er wartete, dann sprach er, mit einem rachsüchtigen Unterton, denn Mrs. Rennick blickte ihn immer noch herausfordernd an. „Diesem Amt ist bekannt, dass alle drei Jungs bereit sind, unter Eid auszusagen, Alicia selbst hätte die Party vorgeschlagen. Dass sie von jedem zwanzig Dollar verlangt und erhalten habe, um dafür freiwillig an jedem einzelnen und in Anwesenheit der anderen unnatürliche Akte grober sexueller Perversion auszuführen, einschließlich Analverkehr und Fellatio."

Er nahm einige Papiere von seinem Schreibtisch. „Ich habe die Kopien ihrer eidesstattlichen Erklärungen hier. Und einige dies bekräftigende Zeugenaussagen, einschließlich einer Studienkollegin Alicias." Spitz fügte er hinzu: „Einem *Mädchen*."

Nach einer Weile sagte Rennick: „Nun gut." Seine Stimme klang rau und belegt und er erhob sich schwerfällig.

Der Bezirksstaatsanwalt holte noch zu einem letzten Schlag aus. „Ich fürchte, dass Sie, wenn es uns nicht gelingen sollte, einen Schuldspruch zu erreichen, zweifellos wegen Verleumdung angeklagt werden. Alicia wird sich vor der Polizei wegen Prostitution und sexueller Ausschweifung und vielleicht sogar wegen Verführung Minderjähriger zu verantworten haben. Ken Frazer ist noch keine einundzwanzig."

Später, als sie hinuntergingen, als sie den Ziegelbau des Gerichts verließen, warteten Alicia und ihre Mutter, während Mr. Rennick das Auto holen ging, das auf der anderen Seite des Rasens geparkt war.

Plötzlich fragte Mrs. Rennick sachlich: „Wann ist deine nächste Periode?"

Langsam wandte sich Alicia ihr zu. Und durch den Schock fand sie ihre Stimme wieder und hörte sich selbst, als wären ihre Stimme und sie verschiedene Identitäten, als würden sie durch die ganze Weite der weichen Grünfläche mit ihren Bänken und Blumen und dem Bürgerkriegsdenkmal und der schweren Kanone voneinander getrennt.

„Was?"

„Deine nächste Periode. Oder hast du sie schon verpasst?" Ihre Mutter lächelte verkrampft. „Oder hast du daran gedacht, dein Diaphragma zu benutzen?"

Sie hatte es also gefunden. Sie hatte ihr Zimmer durchsucht. Wie beweisen, dass man es nie verwendet hat? Nie. Gewollt ja, geplant, es irgendwann einmal zu tun. Aber dann doch nie den Mut dazu gehabt. Wie konnte man irgendjemanden überzeugen, wenn drei College-Helden bereit waren zu schwören, man hätte es für Geld getan. Wenn eine deiner eigenen Freundinnen dich verkauft hat, um sich bei ihnen lieb Kind zu machen. Wenn dein eigener Vater weggegangen ist, um den Wagen zu holen, mit steinernem Gesicht, ohne ein Wort? Wenn der Bezirksstaatsanwalt deinem Blick ausgewichen ist beim Verabschieden? Wenn deine Mutter dich ansieht, den Mund zu einem lippenstiftbedeckten, mörderischen Schlitz zusammengekniffen?

„Morgen sagst du Buddy wie-heißt-er-noch-gleich, dass du ihn heiratest, sobald er will."

„Buddy?"

„Der Junge nebenan. Der in der Autowerkstatt arbeitet."

„Buddy Garner?" Ungläubiger Blick. „Aber er ist bloß Mechaniker." War ihre Mutter verrückt geworden? Sie war nicht einmal mit Buddy aus gewesen. „Mutter, ich kenne ihn kaum."

Mrs. Rennick lachte schrill. „Nun, er ist verrückt nach dir. Zu verrückt, um Fragen zu stellen."

„Nein. Nicht er!"

Was war mit Buddy? Etwas Kaltes irgendwo tief in ihm, etwas, das anders war. Oder war es bloß das erbärmliche, hündische Schmachten in seinen Augen, wann immer sie vorbeikam, um zu tanken? Bei ihm schauderte sie immer.

„Ich mag ihn nicht einmal."

„Das wird sich geben."

„Aber ich will nicht heiraten. Ich möchte hier bleiben und die Schule abschließen."

Bloß nicht weinen, um Himmels willen, gib ihr nicht diese Genugtuung.

„Die Schule abschließen? Tatsächlich? Nach allem, was du deinem Vater und mir angetan hast?" Einen Augenblick Schweigen. Dann: „Was ist mit dem Schulgeld? Unterhalt? Ach ja, natürlich, hatte ich ganz vergessen. Du kannst ja Geld *verdienen*, nicht wahr!?"

Diesmal war ihr Lächeln wie Samt. Anständige Frauen, die Geld von den Männern bekamen, die sie geheiratet hatten, konnten es sich leisten, mit Huren freundlich zu sein.

Und da war ihr Vater, plötzlich, und hielt die Wagentür auf. Nur ein paar Meter entfernt.

Es war Zeit zu gehen.

1

Montag, sechs Uhr morgens.

Mit seinen achtunddreißig Jahren war Ken Frazer ein Mann, der zu Recht von sich behaupten konnte, es zu etwas gebracht zu haben. Er war stellvertretender Direktor einer wichtigen Werbeagentur in Detroit und mit dem Etat einer großen Firma für Haushaltsgeräte betraut; er war Vorsitzender der Southern Michigan Democrats for Nixon und im Vorstand der Ann Arbor Historic Society; er war Direktor mehrerer lokaler Firmen, einschließlich eines wichtigen, der Universität angeschlossenen Forschungslabors; und er hatte überall Freunde. Sein Siebzigtausend-Dollar-Haus am Stadtrand von Ann Arbor war großzügig umgeben von fast einem halben Hektar Wiesen und Bäumen. Der beheizbare Swimmingpool und der Gartengrill fielen nicht so auf, dass man sie als amerikanischen Mittelklasse-Kitsch hätte kritisieren können. Wie Ken selbst.

Dann gab es da einen schnittigen europäischen Sportwagen, einen leuchtend gelben 911 S Porsche, sorgfältig heruntergespielt durch seinen Wagen für alle Tage, einen gewöhnlichen Ford-Kombi. Es gab eine Bibliothek mit Klassikern und Büchern aus dem Buch-Club, die Helen und er gelegentlich lasen. Sie machten immer wieder Ferien an interessanten Orten. Letztes Jahr hatten sie zehn Tage in Budapest verbracht, anstatt sich der üblichen amerikanischen Sommerinvasion in Paris, Rom oder Madrid anzuschließen, und ihr Hang zum Kommunismus war seitdem *der* Witz auf jeder Dinner-Party gewesen. Im Jahr davor hatten sie ein Haus an Portugals berühmter Algarve-Küste gemietet, wo die In-People international und intellektuell waren, britische Adelstitel vorherrschten, auch wenn deren Träger eher aus den Kolonien, Rhodesien und Kenia, stammten.

Helen selbst gab sich zurückhaltend schick und modisch. Sie rauchte durchaus mal einen Joint, wenn es die anderen auch taten, lehnte aber Partnertausch oder Gruppensex entschieden ab. Sie und Ken hatten es einmal ausprobiert und es hatte ihr nicht gefallen. Nicht etwa wegen ihres eigenen Partners, der nicht übel war, sondern wegen Ken, der munter und nachgerade hemmungslos mit einer ihrer ehemaligen Studienkolleginnen gevögelt hatte, die schon immer eine Schwäche für ihn gehabt hatte. Gelegentliches Nacktbaden mit Freunden machte ihr aber nichts aus. Wenn die Kinder nicht in der Nähe waren. Es machte Spaß und war ungefährlich. Ihr einziges ernstzunehmendes Laster war, dass sie vielleicht ein bisschen zu viel trank. Das hinterließ allmählich Spuren in Form einer gewissen Schlaffheit am Bauch und an den Oberschenkeln und einer leichten Rundung unter ihrem ansonsten festen Kinn. Aber im Augenblick ging es noch. Ihre Figur war noch ziemlich gut. Etwas gelitten hatte sie durch die Geburt und Aufzucht von vier Kindern, vierzehn, zwölf, zehn und acht Jahre alt. Geistig und emotional gelitten. Die Plackerei der Mutterschaft war nicht leicht gewesen, nach den Jahren an der Uni. So manche Frau fragte sich heute wohl, wozu ihr Diplom eigentlich gut sein soll, während sie dreckige Papierwindeln ins Klo entleerte oder wieder mal nach dem Abendessen loszog, um verstreutes Kinderspielzeug einzusammeln. Jetzt hatte sie das alles natürlich schon hinter sich. Jetzt waren Teenager-Probleme dran. Nach einer Reihe katastrophaler europäischer Au-pair-Mädchen, meistens völlig hirnlose Schweizerinnen, hatte Ken wie durch ein Wunder ein schwarzes Teilzeit-Hausmädchen aufgetrieben, ein ziemlich selbstbewusster, frecher Afro-Typ, zugegeben, aber dennoch himmlisch. Die Kinder waren, zumindest was ihr leibliches Wohl betraf, ziemlich selbständig. Helen hatte daher Zeit, Yoga-Stunden zu nehmen, Vorsitzende des lokalen Umweltschutz-Komitees zu werden und vielleicht sogar einen Job bei Ford zu bekommen, nachdem ein findiger Jung-Manager sich bei der Frauenbewegung einzuschmeicheln versuchte, indem er die Meinung überdurchschnittlich gebildeter Frauen – wie sie es war – über neue Designs und Farben erkundete.

Auch Ken konnte ein paar persönliche Pluspunkte verbuchen. Er wog kaum ein Pfund mehr als zu College-Zeiten, er hatte noch immer volles Haar und er hatte einen Hang zu Späßen, den er sofort abschalten konnte, wenn es darum ging, jemandem zu imponieren, dessen Intellekt und Niveau über dem Durchschnitt lagen. Er war dunkel, blauäugig, relativ groß, einsachtzig, um genau zu sein, und noch immer der Star des alljährlichen Eltern-Lehrer-Ballspiels.

Alle diese Gedanken fügten sich zu einer gewissen ruhigen Selbstgefälligkeit, die ihn beim Erwachen sanft durchströmte. Es war der erste November und noch dunkel. Er sollte Art Wallace und Greg Anderson nach Möglichkeit vor sieben Uhr abholen. Sie hatten heute eine lange Fahrt vor sich. Und er hatte einen Kater. Gestern hatten er und Helen zum Sonntags-Lunch geladen und er hatte viel zu viel getrunken. Wie sie alle. Vorwand war Halloween gewesen. Art und Greg und ihre Frauen Pat und Sue waren da gewesen, Annie und Tom Purcell, Bill Carter und seine Freundin Joyce und, relativ neu in ihrer jahrealten Clique, Paul Wolkowski, den zu kennen sich lohnte, weil er die richtigen Beziehungen in der Hauptstadt hatte und was auch immer in Ordnung bringen konnte. Zum Grillen mit zu viel Bier hatten sie der Kälte getrotzt, den ganzen Nachmittag mit den Kindern Fußball gespielt, und dann, nach einem kalten Abendessen, nachdem die Kinder im Bett gewesen waren, hatten sie ernsthaft zu trinken begonnen.

Die Frauen hatten den üblichen Blödsinn geschnattert, und die Männer hatten über Kens, Gregs und Arts alljährlichen Jagdausflug zu den Seen der nördlichen Halbinsel von Michigan gesprochen. Sie wollten am nächsten Morgen losfahren und diskutierten endlos darüber, was sie letztes Jahr mitgeschleppt hatten und diesmal zu Hause lassen sollten, und umgekehrt. Sie käuten alte Geschichten wieder, wer wann welches Wild erlegt und wer in welcher Nacht den meisten Bourbon erledigt hatte. Purcell, Carter und Wolkowski waren echt neidisch. Kens, Gregs und Arts Jagdhütte war exklusiv. Jahrelang hatten sie freundlich, aber bestimmt jedwede und jedermanns Bitte abgeschlagen, sie begleiten zu dürfen.

Nach Mitternacht waren schließlich alle Gäste gegangen. Mehr aus Tradition als aus einem besonderen Bedürfnis hatte Ken mit Helen geschlafen. Dabei wurde sie unerwartet erregt und wollte mehr und er musste ein zweites Mal ran. Danach hatte er wie ein Toter geschlafen.

Jetzt regte sie sich neben ihm. Er fühlte die volle Länge ihres nackten Körpers. Sie schlief immer so, voll ausgestreckt. Eine ihrer Brüste, lag weich auf seinem Arm. Ich könnte ihre Beine auseinanderschieben und in ihr sein, bevor sie wach genug ist, um rauszufinden, dass sie zu müde dazu ist, dachte er, und wenn ich fertig bin, wird sie wach genug sein, um mehr zu wollen. So muss man eine Frau zurücklassen, damit sie die Tage zählt, bis du wieder zurück bist und zu Ende bringst, was du begonnen hast, als du wegfuhrst. Aber nach der letzten Nacht schien es ihm zu mühsam, und Helen war nicht die Gleiche, wenn sie schlief, nicht schnippisch und kokett, stattdessen bewegungslos, mit leicht geöffnetem Mund, saurem Atem und plumpen, schlaffen Brüsten.

Leise stieg er aus dem Bett. Er machte die Badezimmertür hinter sich zu und drehte die Dusche auf. Nach und nach kehrte Leben in seinen Körper zurück. Er putzte sich die Zähne und vertrieb mit Mundspülung und Alka-Seltzer den Großteil des Bourbon-Geschmacks, bevor er sich leise anzog. Segeltuchhose, dickes Wollhemd, hochgeschnürte Jagdstiefel.

Gestern Nacht hatte Helen gesagt, sie würde in der Küche Kaffee für ihn hinstellen. Lautlos verließ er das Schlafzimmer und durchquerte das Wohnzimmer, wo das erste graue Licht die Möbel gespenstisch aussehen ließ. Er stahl sich den Flur entlang, vorbei an dem Raum, in dem Petey schlief.

Die Tür stand offen. Schlief er? Helen sagte, dass er fast nie die Augen schloss. Sie sagte, er läge einfach da, stundenlang, und starre in die Dunkelheit, wartend.

Irgendwie unheimlich. Schön, aber hirnlos. Sechzehn Jahre, aber geistig höchstens zwei oder drei. Petey war Paul Wolkowskis Sohn, und Wolkowski war Witwer. Niemand wusste, wie seine Frau gestorben war. Er sprach nie von ihr. Er hatte für Petey eine Ganztags-Krankenschwester angestellt, keine ausgesprochene Schönheit, aber nicht so hässlich, dass die Leute nicht insgeheim hofften, er würde vielleicht doch gelegentlich mit ihr schlafen. Man konnte von einem Kraftpaket wie Wolkowski keine Enthaltsamkeit erwarten. Die Krankenschwester war derzeit nicht da. Jeden Herbst nahm sie sechs Wochen frei, um ihre kranke Mutter in Kalifornien zu besuchen, und wenn er in dieser Zeit dienstlich auswärts zu tun hatte, wie diese Woche, bat Wolkowski Freunde, sich um den Jungen zu kümmern.

Meistens war es Helen. Weder Sue Anderson noch Pat Wallace wollten Petey bei sich im Haus haben. Sagten, er könne ihren eigenen Kindern schaden. Nun, vielleicht. Ken wollte das aber nicht recht glauben, denn wenn andere Kinder Petey auslachten und sich über ihn lustig machten, war dessen einzige Antwort ein sanftes Lächeln und hinter seinen blauen Augen in seinem engelhaften blonden Gesicht war nichts. Wem könnte so jemand etwas zuleide tun?

Ken fand den Kaffee, wärmte ihn auf, trank ihn langsam und wünschte sich, er wäre wieder im Bett. Und er verfluchte sich, dass er Helen nicht genommen hatte, als sie vorhin so bereit dalag. Jetzt, fertig angezogen, hatte er auf einmal Lust. Doch als der Gedanke an die lange Fahrt, die noch bevorstand, in ihm aufblitzte, wurde seine Fantasie gedämpft. Er stellte seine Kaffeetasse in die Geschirrspülmaschine, schaltete das Licht aus und verließ die Küche.

Der Boden des Flurs bestand aus handgehauenen Bohlen,

die aus einer verlassenen Scheune in Illinois stammten. Das Sideboard, einige Stühle und eine Bank waren echt frühamerikanisch, mennonitisch. Helen sagte immer, dass sie eine gute Balance zum modernen Stil des Wohnzimmers darstellten. Da gab es auch einen Gewehrständer mit drei Schrotflinten und vier Kugelgewehren. Ken nahm einen 25-06 Repetierstutzen Modell Remington 700 herunter und lehnte ihn vorsichtig neben den schweren Rucksack, den er letzte Nacht vollgepackt hatte. Es war ein Allzweck-Gewehr mit hoher Schussgeschwindigkeit, für Elch- und Rotwildjagd gleichermaßen geeignet und bis auf fünfhundert Yards schussgenau. Er fand seine Jagdmütze, an deren rechte Seite er keck die Lizenzmarke für Rotwildjagd gepinnt hatte. Er setzte sie auf, schnallte sich den Rucksack um, nahm das Gewehr unter den Arm. Wenn er vorsichtig war, würde er zur Haustür hinauskommen, ohne jemanden zu wecken. Außer vielleicht den armen Spasti am Ende des Flurs, hinter der offenen Tür.

Er bewegte sich lautlos, da tauchte völlig unerwartet Helen auf, noch schlaftrunken, ihr weißer Körper im Kontrast zu ihrem dunklen geöffneten Morgenmantel.

„Sagst du nicht auf Wiedersehen?"

„Sicher. Wollte dich nur nicht wecken."

Sie lehnte sich an ihn, küsste ihn auf die Wange.

„Viel Spaß", sagte sie.

Sie küsste ihn wieder, diesmal mit offenem Mund, langte hinunter und ließ ihre Hand absichtlich die linke Seite seiner Hose hinaufgleiten, um, gegen die weiche Fülle seines Glieds gepresst, gerade lange genug zu verweilen, bis sie spürte, wie es sich ihr unwillkürlich entgegendrängte.

Dann war sie weg.

Miststück, dachte er, warte nur, bis ich zurück bin.

Die Tür vom Flur zur Garage schloss sich hinter ihm mit einem kaum hörbaren Klick. Er knipste das Licht an, drückte den grünen Auf-Knopf, und das Garagentor hob sich mit einem schwachen elektrischen Summton. Das Dach des Ford war voll bepackt. Da waren zwei Außenbordmotoren, zwei Sechs-Mann-Schlauchboote, vier große Propangasflaschen sowie einige Meter Rohr und ein Gewindeschneider. Die Rohre hatte er dabei, weil die Wasserleitung zu ihrer Jagdhütte dringend repariert werden musste. Das alles war mit einer Gummiplane gesichert. Das hatte er alles am Vortag erledigt. Aber um sicher zu gehen, ging er noch mal alles durch. Dann verstaute er seinen Rucksack und sein Gewehr hinten im Wagen, knipste die Beleuchtung aus, setzte sich hinters Lenkrad, schaltete die Zündung ein. Der Motor sprang sofort an. Er fuhr ohne Licht in die Morgendämmerung hinaus. Der Rasen mit den Büschen und dem stillen, kalten Swimmingpool, dessen Möbel für den Winter weggeräumt waren, sah finster aus. Wie ein Friedhof.

Als Ken auf dem Fahrweg Richtung Straße war, bemerkte er eine Bewegung an seinem Schlafzimmerfenster. Helen sah ihm nach. Er erinnerte sich an einen Traum, den er vor ein paar Nächten gehabt hatte. Er war wie jetzt weggefahren, und Helen stand am Fenster. Sie hatte ihm für immer Lebewohl gesagt, denn er würde nicht wiederkehren.

Die Erinnerung beunruhigte ihn. Er erreichte die Straße und zündete sich eine Zigarette an, und der erste Zug an diesem Tag ließ ihn sich besser fühlen. Er fuhr zu Art Wallaces Haus. Art zuerst, dann Greg Anderson. Keiner von ihnen wohnte mehr als eine halbe Meile entfernt. Es schien, als seien sie immer so nah beisammen gewesen. Selbst Korea hatte sie nicht auseinander gebracht. Greg und er waren in derselben Infanteriedivision gewesen; Art war bei den Hubschraubern, aber er hielt den Kontakt, wann immer er eine offizielle Ausrede finden konnte, um „vorbeizuschauen", was oft passierte. Sie hatten viel Spaß gehabt. Sie hatten immer Spaß gehabt. Und wenn Ken an sie drei dachte, wusste er, sie würden immer Spaß haben. Guten, sauberen, typisch amerikanischen Große-Jungs-Spaß.

2

Sieben Uhr dreißig.

Ein richtiger Jäger muss seiner Ausrüstung besondere Aufmerksamkeit widmen. Qualitativ erstklassige Ware kann ihm das Leben retten. Minderwertige Ware kann ihn selbiges kosten. Wenn er zum Beispiel in den dichten Wäldern im Norden von Maine, Minnesota, Oregon oder Michigan jagt, wird er wadenhohe relativ wasser- und kältefeste Stiefel benötigen, die geschmeidig genug sind, um seinen Beinen Bewegungsfreiheit zu gewähren, doch schwer genug, um den tödlichen Biss einer Giftschlange abzuwehren, sollte er versehentlich eine aus ihrem Vorwinterschlaf wecken. Die Sohlen dürfen nicht so dick sein, dass das Gehen zu einem schwerfälligen Tiefseetaucher-Spaziergang wird, aber dick genug für ein Profil, das guten Halt auf umgestürzten Bäumen und moosbewachsenen glitschigen Felsen gibt.

Er sollte schweiß-absorbierende Socken bei sich tragen, eine Reservegarnitur Unterwäsche und ein Hemd zum Wechseln. Jäger laufen aufgrund der Natur ihrer Beschäftigung ständig Gefahr, durchnässt zu werden; in Seengebieten gibt es Gewässer und Flüsse, in die man hineinfallen kann. Und wenn er auf weniger dramatische Art nass werden sollte – durch Regen, Hagel oder Schnee –, braucht er eine wasser-, schnee- und winddichte Jacke, die eng am Hals schließt, sodass weder Feuchtigkeit noch Wind eindringen können.

Wenn er keine feste Bleibe hat, wird er eine Feldflasche und Wasserdesinfektionstabletten benötigen; niemand traut heutzutage mehr einem klaren Bergbach. Er sollte kompakte und ausgewogene Trockennahrung dabei haben, die im Notfall auch ungekocht genießbar ist. Auch sollte er sowohl ein Mehrzweck-Taschenmesser als auch sein klassisches Jagdmesser mit sich führen, eine Erste-Hilfe-Ausrüstung, eine wasserdichte Streichholzschachtel und ein Gasfeuerzeug – eigentlich zwei Feuerzeuge für den wenn auch unwahrscheinlichen Fall, dass das eine mit den Streichhölzern zusammen verloren geht. Ein paar Nähnadeln, etwas Zwirn und ein oder zwei Sicherheitsnadeln gehören ebenso zur Standardausrüstung. Genauso wie ein kleiner Satz Schraubenschlüssel und ein Schraubenzieher mit Hohlgriff, der ein Sortiment Klingen und Ahlen enthält.

Der Jäger sollte auch eine Sonnenbrille als Blendschutz und einen Feldstecher bei sich tragen, vorzugsweise mit splitterfesten Linsen für den Fall eines unglücklichen Sturzes. Außerdem eine wasserfeste Taschenlampe mit verstellbarem Fokus, Ersatzbatterien und -lämpchen, eine stoßfeste, wasserdichte Armbanduhr, einen Feldspaten, laminierte topografische Karten von dem Gebiet, das er durchstreifen wird, und natürlich einen leichten, wasserdichten, insektensicheren Schlafsack, der zum Lüften gewendet werden kann. Auch eine Zwanzig-Meter-Rolle mit leichtem, reißfestem Nylon-Kletterseil kann manchmal nützlich sein.

All dies und vieles mehr sollte sorgfältig innerhalb und außerhalb eines in viele Fächer unterteilten Rucksacks aus Nylon verstaut werden, der an einem Alu-Rahmen mit gepolsterten Schulterriemen und gepolstertem Hüftgürtel befestigt ist.

Es muss wohl kaum erwähnt werden, dass er auch eine Waffe tragen muss. Unter der großen Auswahl an klassischen Tötungswerkzeugen, wie Langbogen, Armbrust, Wurfmesser, Machete, Bumerang oder Bola, Schrotflinte, Handfeuerwaffe oder Kugelgewehr, ist das Kugelgewehr wahrscheinlich die beste Wahl – insbesondere wenn der Jäger vorhat, jene äußerst gefährliche Art von Großwild zu jagen, die man Mensch nennt.

Das seltene 7 mm Holland & Holland Magnum doppelläufige Kipplaufgewehr britischer Herkunft hat auf 2.450 Fuß Entfernung eine Geschwindigkeit von 816 Metern pro Sekunde und eine Auftreffenergie von 830 Kilopond, genug, um einen angreifenden Elefanten sofort zu töten oder einen dreiviertel Tonnen schweren Elchbullen nicht nur in die Knie zu zwingen, sondern komplett von den Hufen zu hauen. Es ist, abhängig von den Windverhältnissen, *genau*, das heißt, bei der oben genannten Entfernung ist seine Streuung auf 14 Zentimeter genau, somit ein kürzerer Abstand als der vom Thorax bis zum Herzen eines durchschnittlichen männlichen Menschen.

Mit einem guten, niedrig montierten Zielfernrohr, wie etwa einem variablen Leupold mit zehnfacher Vergrößerung, reduziert sich ein 300 Meter entfernt liegendes Ziel auf dieselbe Kopf- und Schulteransicht, die man auf ein mittelgroßes Familienporträt hätte, das über dem Wohnzimmerkamin hängt.

Der Mann, der nun in seiner Küche stand, derweil Ken, Greg und Art sich auf den Weg machten, überprüfte diese Waffe zum letzten Mal. Er wusste sehr wohl, wie man sie am effektivsten handhabt. Mit Ersatzpatronen zwischen dem zweiten und dritten und dem dritten und vierten Finger der linken und der rechten Hand konnte er schneller laden und feuern, als die meisten erfahrenen Schützen ein Voderschaft- oder Repetiergewehr bedienen konnten. Im Koreakrieg war er ein Meisterschütze bei den Marines gewesen und um nicht aus der Übung zu kommen, hatte er über die Jahre gerne Neunziger-Nägel über eine Entfernung von 100 Yards in Bäume gejagt. Er schoss fast nie daneben.

In Kürze würde er auf die Jagd gehen, das heißt, den Job erledigen, auf den er sich jahrelang vorbereitet hatte. Sein Rucksack lag bereit auf einem Küchenstuhl. Wenn er die Küche verlassen und die angrenzende Garage betreten hatte, würde niemand mehr in das Haus kommen, bis er wieder zurück war, wahrscheinlich spätestens Mittwoch in einer Woche. Niemand würde jemals erfahren, dass er die Stadt mit seiner Jagdausrüstung und seinem Gewehr verlassen hatte. Niemand.

Es blieb also nichts weiter zu tun, als aus dem Haus zu gehen.

Einige Momente später glitt sein Mustang aus der Garage. Er verschloss die Tür und fuhr langsam die Straße hinunter. Er war nicht für die Jagd gekleidet. Er trug einen konservativen Geschäftsanzug. Die Jagdkleidung befand sich in seinem Rucksack. Dennoch war es zweifelhaft, ob er selbst von den allerneugierigsten Hausfrauen der Nachbarschaft überhaupt beachtet wurde. Es war die Uhrzeit, um die er gewöhnlich zur Arbeit ging. Zum Teil hatte er den Zeitpunkt seiner Abreise aus diesem Grund gewählt. Eigentlich war es nur eine Frage des Prinzips. Wenn man ihn sah, würde das kaum einen Unterschied machen. Der Rucksack, das Gewehr und die Kugeln, die töten würden, lagen in einem Koffer verborgen im abgeschlossenen Gepäckraum des Wagens. Für seine Nachbarn aus der Vorstadt im besonderen und für den Rest der Welt im allgemeinen war er nur einer der vielen Tagespendler, der wie gewöhnlich zur Arbeit fuhr.

3

Acht Uhr.

Denver's Diner lag zwanzig Yards von der mit Lastwagen überfüllten Route 23 entfernt, fünfzehn Meilen nördlich von Flint. Es war ein kleines Lokal, das Billy Denver gehörte und von ihm betrieben wurde. Alle nannten ihn Billy Dee. Denver klang etwas zu großmäulig, selbst für einen derart ungeheuerlich fetten Typen. Als Kens Ford vorfuhr, nahm Billy Dee ihn automatisch optisch und akustisch wahr. Er wandte sich vom Grill ab, wo die Eier für den einsamen Kunden an der Theke fast fertig waren. Die Rush Hour der Fabrikarbeiter war vorbei und damit auch die Frühstückszeit. Die anderen Stammkunden waren seit einer halben Stunde weg. Für Laufkundschaft war es noch zu früh. Auch für den Vormittagskaffee der Lastwagenfahrer. Er sah Ken und Greg und Art aus dem Auto steigen, Jagdwesten über grünschwarz und rotschwarz karierten Flanellhemden, und grunzte seine Kellnerin an:

„Gussie, drei Mägen, beweg deinen Arsch."

Sie war eine träge Teenagerschlampe, aber das Beste, was er heutzutage als Hilfe finden konnte. Wobei „Hilfe" nicht etwa mit Arbeit zu verwechseln war, aber Gussie lockte ein paar Gäste mehr an. Sie trug einen Minirock, der absichtlich zu kurz war, weil sie die Blicke liebte, die sie damit provozierte, die unverhohlen gierigen Blicke in den Augen von Männern, die so alt waren wie ihr Vater und älter. Es war eine der Arten, es ihren Eltern heimzuzahlen. Als Billy Dee sprach, schob sie den Kaugummiklumpen in die andere Seite ihres knallroten Mauls und gab sich nicht mal die Mühe, von dem Tisch aufzublicken, den sie in einer Nische abräumte.

Ein kalter Windstoß fegte herein, als die drei Männer, gerade über einen Witz lachend, hereinkamen.

Sie setzten sich an die Theke.

„Gentlemen?" Billy Dee erkannte sie wieder, vom Vorjahr.

Er stützte seine riesige, weiche Körpermasse mit den Fäusten auf dem Tresen ab, wartete auf ihre Bestellung und erinnerte sich, während seine kleinen Augen, tief versenkt in dem fetten teigig-weißen Fleisch seines Gesichts, von einem zum anderen huschten.

Sicher. Dieselben drei wie letztes Jahr. Fast derselbe Tag des Monats, dieselbe Uhrzeit. Jäger. Im Geiste schlug er zehn Cent auf jedes Ei auf, das sie bestellen würden. Die hatten Geld. Guck dir nur den Wagen an. Die ganze Ausrüstung auf dem Dach und Gott weiß was noch alles zu Hause. Neunmalkluge Ehefrauen mit schlanken, teuren Beinen, schicken Klamotten und Pelzmänteln. Die Wodka-und-Tonic-Typen. Und kleine Rotznasen, die mit ihren Mini-Motorrädern um Swimmingpools herumkurven. Und der Große mit dem blau schimmernden Kinn, alles Muskeln und Schultern – ein hohes Tier im Rotary Club. Er war selber Mitglied und kannte ihn von einem Foto her, das er letzten Sommer in einem Monatsheft gesehen hatte. Hatte die Caterpillar-Lizenz für irgendwo. Wahrscheinlich für den halben Bundesstaat. War in Michigan mal bester College-Sportler. Verdammt noch mal, ein richtiger Schläger.

Greg bemerkte Billy Dees abschätzenden Blick und fragte: „Wie sind die Eier?"

„Hab' sie nicht selber gelegt, aber sind garantiert frisch", grinste Billy Dee und entblößte dabei Zähne, die zu weiß und zu regelmäßig waren, um echt zu sein. Die Eier kamen aus der Kühltruhe und waren vermutlich vor zehn Jahren in Schweden oder sonstwo gelegt worden.

„Für mich zwei Spiegeleier, Bacon und Kaffee."

„Toast?"

„Bitte."

Art und Ken bestellten, und Billy Dee schob sein Fett durch die Gegend. Gussie war mit einer Ladung Geschirr Richtung Küche unterwegs.

„Lass das Zeug, Herrgott noch mal, die Gentlemen warten." Und als zusätzlicher Einfall: „Drei Kaffee." Er holte Pfannkuchenteig und Eier aus dem Kühlschrank.

Gussie stellte das Geschirr ab und latschte mürrisch zur Kaffeemaschine. Sie bewegte sich absichtlich langsam, ihre Kiefer mahlten vielsagend auf ihrem Kaugummi rum.

„Mach schon, du Mondkalb! Beweg dich!"

Das war hässlich. Er hatte die Geduld verloren. Sie knallte Kaffeetassen auf Untertassen.

Greg lachte. Er ließ seinen Blick über ihren Körper gleiten, verweilte bei ihren fast perfekten Arschbacken und Schenkeln, wanderte dann wieder hinauf zu ihren leicht vorgebeugten Schultern und den hängenden Brüsten. Dieser Körper verlangte nach Bett und Männern, irgendwelchen Männern. Aber nicht, wenn die Männer wollten, sondern nur, wenn *sie* wollte. Sie bemerkte seinen Blick und hockte sich hin, um eine Gabel vom Boden aufzuheben, und ihr Rock rutschte rauf.

„Mamma mia", brummte Greg. Art hörte ihn und guckte ihr ebenfalls zwischen die Beine. Er wurde allmählich dick um die Hüften und fing an, eine Glatze zu bekommen, aber sein Gesicht war faltenlos und seine sanften blauen, feuchten Augen ohne die geringste Spur irgendeines persönlich erfahrenen Leids. Er war Unternehmensberater, besaß seine eigene Firma und verbrachte eine Menge Zeit mit Reisen, zahlte viele Drinks für eine Menge junger Frauen, die die Hilton-Hotel-Bars zierten.

„Etwas zu nahe an zu Hause, Kumpel", sagte er zu Greg. Aber sein Tonfall verriet, dass er in Bezug auf Gussie mit Greg einer Meinung war. Verdammt noch mal, sie machte einen an.

„Vergiss es", sagte Ken. Mit einem Blick war ihm klar, dass sie Ärger machen würde, dieser Dorfschlampentyp. Art drehte sich weg und zwinkerte Billy Dee zu, der alles mitbekommen hatte und fachmännisch grinste.

Aber Greg konnte nicht wegsehen. Als Gussie den Kaffee

brachte und die Tassen hinknallte, labte sich sein Blick an den ausdruckvollen Tiefen ihrer halbaufgeknöpften schäbigen Weste, bis sie seine Schamlosigkeit nicht mehr ertrug und sich abwehrend wegdrehte.

Dann hörte er, wie Billy Dee Ken fragte: „Habe ich euch drei nicht letztes Jahr schon mal hier gesehen?"

Ken antwortete, plötzlich vorsichtig: „Hm, da muss ich mal nachdenken."

„Die gleiche Zeit. Erste Woche der Rotwildsaison."

Art musterte Billy Dee völlig arglos. „Sie wissen, dass Sie Recht haben."

„Wir fahren ziemlich früh morgens los. Sie fallen genau in unsere übliche Frühstückszeit." Das war Ken. Ohne zu sagen, wo sie wohnten. Oder wo sie hinfuhren.

Aber Billy Dees Gedächtnis war genauso elefantenmäßig wie sein Körper, und er war stolz darauf. Er mochte fett sein, keine anständige Frau würde mit ihm ins Bett gehen, aber er hatte weiß Gott ein gutes Gedächtnis.

„Sicher", sagte er. „Ihr habt eine Jagdhütte an einem der Seen auf der nördlichen Halbinsel. Ein bisschen westlich von Schoolcraft County. Traumhafte Gegend."

Ein sehr schneller Blickwechsel zwischen Ken und Art. Nur ein warnendes Flackern im Auge. Greg hatte sich wieder in das Studium von Gussies Hintern vertieft, als sie ihren linken Schenkel extra nahe an der Schamgegend kratzte. Aber jetzt war Greg nur scheinbar an ihr interessiert. Es war Tarnung.

Ken entschied, dass Ausflüchte gefährlicher waren, als den Typen einzuweihen. Er lächelte leichthin und antwortete Billy Dee: „Das stimmt. Ganz am Ende der Welt."

„Bestimmt selbst gebaut?"

„Jedes Brett."

„Strom?"

„Nein. Wir benutzen Gaslampen. Aladdins. Und kochen mit Propangas. Kein Kühlschrank. Braucht man nicht zu dieser Jahreszeit. Nur ein Speiseschrank. Trockeneis für Gefrorenes."

Billy Dee fiel Kens Sprechweise auf. Gebildet. Muss mal auf einer dieser elitären Superschulen im Osten gewesen sein.

„Fischen?", fragte er.

„Absolut großartig. Flussbarsch. Seebarsch. Seeforelle."

Billy Dee wendete die Eier und die Pfannkuchen für Art. Der satte Geruch strömte aus der Pfanne und verstärkte die angenehme Stimmung der ganzen Mahlzeit. Jeder Lastwagenfahrer in der Gegend kannte Billys Wheat-Cakes. „Toast ist gleich fertig." Er ließ ein paar Scheiben in die Maschine fallen. „Ja, ihr wart auf der Jagd letztes Jahr. Genau wie jetzt. Und? Eure Quote erreicht?"

Greg lachte. „Kein Problem."

„Und ein bisschen mehr, eh?", zwinkerte Billy Dee. Jeder Jäger, der campiert, holt sich noch einen Extra-Bock. Sollte man eigentlich den Behörden melden, tat aber niemand. Ihm fiel noch was anderes ein, und mit einem Blick zu Gussie beugte er sich über den Tresen und senkte die Stimme: „Guter Platz zum Vögeln, denke ich. Keine neugierigen Nachbarn."

Art grinste und sagte dann entschieden: „Nie und nimmer."

Billy Dee ruderte zurück. „Nicht mal Ehefrauen?"

„Besonders keine Ehefrauen", sagte Ken mit sanfter Stimme.

Billy Dee hielt inne, und sein Lachen war tief und weich. Er glaubte ihnen nicht. Drei Männer in den späten Dreißigern, frühen Vierzigern vielleicht. Die hatten doch Eier? Und Schwänze dazu? Heilige Scheiße, sie würden sich ein Trio von Weibern da oben halten und sich jede Nacht fast zu Tode ficken. Wären keine Männer, wenn sie's nicht täten. Aber er konnte es ihnen nicht übel nehmen, wenn sie's nicht zugeben wollten. Würde er selber auch nicht tun.

Und das Saufen nicht zu vergessen. Total besoffen von Sonnenuntergang an, könnte er wetten. Er stellte sich alles vor, die Jagd, den Whisky, die Frauen, heißes, nacktes, dampfendes

Fleisch in einer alkoholgeschwängerten Hütte, meilenweit weg von irgendwo, und zum ersten Mal seit Monaten regte sich etwas unter den Fettwülsten seines Bauches. Scheiße noch mal, manche Kerle kriegen einfach alles.

Er servierte die Pfannkuchen und die Eier und wischte sich mit der Schürze den Schweiß von der Stirn. „Wo kommt ihr Leute denn her?"

„Port Huron", antwortete Greg.

Na, das war jetzt aber 'ne fette Lüge, dachte Billy Dee. In der Rotary-Club-Zeitschrift hatte gestanden, dass der große Typ aus Ann Arbor kam. Aber es war eine schlaue Lüge. Die Entfernung von Port Huron nach Flint war ungefähr gleich. Aber warum mussten sie überhaupt lügen? Vorsicht, vermutete er. Wenn du deine Frau betrügst und kein kompletter Idiot bist, dann verwischst du jede nur denkbare Spur, und sei es nur ein Diner am Straßenrand.

„Nun ja", sagte er zusammenfassend, „ist bestimmt in Ordnung, nehme ich an, bis auf die Kinder. Die werden alle schreien, dass sie mitkommen wollen, sobald sie können." Er grinste Art arglos an. „Wie alt sind sie jetzt?"

„Die Älteste ist sechzehn, die beiden anderen über zehn", sagte Art. Er deutete auf Ken: „Er hat vier, der Älteste ist fünfzehn."

„Außerdem sind sie während der Jagdsaison in der Schule", fügte Ken hinzu.

Art hatte das letzte Wort: „Vielleicht, wenn sie mit dem College fertig sind. Vielleicht."

Ja, dachte Billy Dee, in zehn Jahren, wenn du nur noch halb so viel Saft hast wie jetzt oder deine Alte sich endlich doch noch auf die Hinterbeine stellt, und selbst wenn du ihn nachts auch noch hochkriegst, alles was dir übrigbleibt, ist, den guten alten Tagen nachzutrauern. Innerlich musste er lachen. Sicher, sie hatten Glück, aber auf seine Art war er glücklicher. Du kannst schließlich nicht vermissen, was du nie gehabt hast.

Trotzdem, als sie gingen und sich in den Ford zwängten, ihre roten Jagdmützen Farbflecken gegen das Grau des Rauchs und der Fabriken gegenüber, fühlte er einen Stich. Er drehte sich zum Tresen um und knurrte Gussie an: „Los jetzt, du Mondkalb, du hast dein billiges Vergnügen gehabt für diese Woche, beweg deinen Arsch."

„Fick dich", sagte sie. Es war das erste Mal, dass sie an diesem Tag etwas sagte.

Im Ford sagte Ken: „Nächstes Jahr gehen wir woanders hin."

„Ja", sagte Art, „er ist neugierig."

„Nun, wir haben's ihm nicht gerade schriftlich gegeben, oder?", fragte Greg.

„Trotzdem", sagte Ken.

Und Greg sagte: „Meine Fresse, dieses Mondkalb, oder wie er sie nannte." Er streckte seinen riesigen Körper, der den Vordersitz neben Ken ganz ausfüllte, und sortierte sich in der Hose.

Art lachte. „Du hättest ihr mit deinem Prügel winken sollen, Anderson. Dann hätten wir vielleicht mehr als nur Kaffee bekommen."

Ken lachte mit. Gregs pferdeartige Übergröße war immer wieder Anlass zu Späßen. Dann drehte sich Art zur hinteren Ladefläche um. Er kramte in seinem Rucksack und brachte eine kleine Flasche Jack Daniel's Bourbon zum Vorschein.

„Wer ist bereit?"

Greg grinste. „Jetzt oder nie." Er langte nach der Flasche und nahm einen kräftigen Schluck. Ken lehnte ab. Art streckte sich auf dem Rücksitz aus und mit einem langen Schluck machte er dem Rest der Flasche den Garaus.

„Oh, Mann ..."

Der Gegenverkehr wurde jetzt stärker. Einkäufer vom Land und aus den Vorstädten fuhren Richtung Detroit, Geschäftsleute mit Vormittagsterminen. Stadteinwärts wälzte sich eine sintflutartige Wagenkolonne, während die Fahrspuren stadtauswärts fast leer waren.

„Arme Schweine", sagte Ken.

Greg lachte. „Zur Hölle mit ihnen!" Ken drückte auf die Hupe, um einen anderen Wagen zu überholen. Art fing auf seinem Rücksitz an zu singen. Greg fiel ein. Der Bourbon wärmte ihn, und er fühlte sich entspannt und froh. Wieder war ein Jahr vergangen, wieder lagen zwei Wochen voll verdammt gutem Spaß vor ihnen, die beste Jagd überhaupt und keine lästigen Verpflichtungen. Herrgottnochmal, das Leben war doch wunderbar!

4

Neun Uhr.

Der Flughafen von Kent County in Grand Rapids war überfüllt. Ein Flug aus Omaha war in fünf Minuten fällig, und Verwandte und Freunde warteten auf seine Ankunft. Eine 727 aus Bismarck, North Dakota war gerade vor zehn Minuten gelandet, ebenso eine Tri-Star aus dem benachbarten Des Moines, und die Passagiere beider Flüge strömten schon in die Ankunftshalle.

Martin Clement streckte sich, um nach Nancy Ausschau zu halten. Er war schlank und nicht sehr groß; einige der Männer, die auf den Flug warteten, waren aus dem Mittleren Westen, mit entsprechendem Format, einen Meter neunzig und größer. Von oben hallte das unverständliche Echo der Lautsprecher; draußen dröhnten die Düsenmotoren eines Flugzeugs, das in Parkposition fuhr. Martin war nervös, er sah niemanden, den er kannte. Aber konnte er sicher sein? Die Chance war sehr gering, aber konnte er wirklich hundertprozentig sicher sein?

Dann war Nancy plötzlich neben ihm, an seinem Ellbogen, blass und abgespannt und irgendwie weniger attraktiv, als er sie in Erinnerung hatte. War es ihr farbloses, weder blondes noch brünettes Haar, das sie lehrerinnenhaft im Nacken zu einem Knoten geschlungen hatte? Oder war es vielleicht ihr Mantel? Mit dem von Jean verglichen, sah er so billig aus, und gleichzeitig wirkten ihre farblich abgestimmten Schuhe und Handtasche overdressed. Er küsste sie auf die Wange und duckte sich ängstlich und taktvoll, als sie sich an ihn presste und ihm ihren Mund bot. Er nahm ihre kleine Reisetasche.

„Ist das alles?"

Sie lächelte. „Ich bin ja nur übers Wochenende bei Mutter."

„Sie hat sich noch kein Telefon legen lassen?"

Sie lächelte über seine Ängstlichkeit. „Natürlich nicht. Mach dir keine Sorgen."

Wusste sie, wie unwohl er sich fühlte? Er versuchte, ein lockeres Gesicht zu machen, und riskierte es, sie richtig zu küssen, und war dann entsetzt, als sie lachte und glücklich sein Gesicht berührte. Wenn es jetzt *doch* jemand gesehen hatte.

„Komm", sagte er, „wir können im Hotel Kaffee trinken."

„In welchem Hotel?"

„In dem ich übernachtet habe. Es gab keinen frühen Flug, deswegen bin ich schon gestern angekommen."

„Können wir nicht hier Kaffee trinken?"

„Ich habe noch nicht ausgecheckt."

Er schob sie in Richtung Hauptausgang und wünschte sich, sie wäre hübscher und mehr die Sorte Frau, von der man sich vorstellt, dass Männer mit ihnen ein Wochenende verbringen. Er war leicht verlegen, als wüsste oder dächte jeder, an dem sie vorbeigingen, dass er es nicht zu was Besserem bringen konnte. „Keine Sorge", sagte er, „ich habe uns als Ehepaar eintragen lassen."

„Aber sie werden wissen, dass ich letzte Nacht nicht da war."

„Wer?"

„Ich weiß nicht. Der Zimmerkellner."

Martin lachte. „Es ist ein Riesenhotel. Sie haben hunderte von Zimmerkellnern. Und wenn schon, dein Flug hat sich eben verzögert. Ist das ein Verbrechen?"

Auf dem Parkplatz stiegen sie in den Wagen, den er gemietet hatte, und auf dem Weg in die Stadt frage er: „Wie geht's den Kindern?"

„Misty hat Schnupfen. Und deinen?"

„Sind o.k., glaube ich."

Sie hielt inne, da sie wusste, dass sie nicht fragen sollte, konnte aber ihre Neugier nicht zügeln. „Was hast du ihr erzählt?"

„Wem? Jean?"

„Ja."

„Geschäftsreise." Er schwieg einen Moment lang. Darüber zu sprechen, *wie* er seine Frau betrog, war für ihn irgendwie noch unangenehmer als seine Untreue selbst. Wenn er fort von ihr war, fühlte er sich immer schuldig, hatte Angst vor ihr, als könnte sie jeden Augenblick alles herausbekommen. Bei ihr, in der Nähe ihrer kalten, zänkischen Dominanz und Zurückweisung, konnte er es nicht erwarten wegzukommen. Nacht für Nacht lag er wach und vögelte im Geist jede hübsche Frau, die ihm am Vortag über den Weg gelaufen war.

„Ich werde von der Bank gedeckt", sagte er.

„Die Bank?" Nancys Augen wurden groß.

Er nickte. „Mein Boss, jawohl."

„Meine Güte!"

„Ich hab' ihm eine Geschichte erzählt, von Jeans Schwester, die krank sei, aber nicht wolle, dass Jean es erfährt. Wenn sie also anrufen sollte, wird er ihr sagen, ich sei auf Geschäftsreise, was ich ihr auch gesagt habe."

„Aber Martin, er weiß doch, dass die Geschichte nicht stimmt. Wie konntest du so was mit ihm ausmachen?"

Er grinste. „Er weiß, dass ich von seiner Freundin weiß." Dann wünschte er sich, er hätte nichts gesagt. Nancys Gesicht verfinsterte sich. Vielleicht hatte er das Ganze etwas schmutzig wirken lassen. „Jedenfalls haben wir ein paar schöne Tage vor uns", fügte er schnell hinzu. Und nahm ihre Hand.

Beruhigt legte sie ihren Kopf an seine Schulter. Im Schutze des Wagens, umgeben von einer Mauer anonymen Straßenverkehrs, fühlte er sich sicher. Sein Herz klopfte und er begehrte sie. Er legte seine Hand auf ihren Schenkel und erinnerte sich an das letzte Mal, als er mit ihr zusammen gewesen war. Das Mädchen, das er vor zwei Wochen in Detroit bezahlt hatte, war eine Ausnahme gewesen und zählte nicht richtig. Sie zählten nie richtig, wenn sie sich nicht ganz ausziehen wollten. Jean hatte er seit mehr als achtzehn Monaten nicht mehr berühren dürfen.

Als Martin am Tresen seinen Schlüssel verlangte, war der Hotelportier der gleiche wie am Morgen und starrte Nancy perplex an. Nur für einen Augenblick, aber dennoch ein Anstarren, eindeutig. Martin hatte das Gefühl, etwas sagen zu müssen, und die Worte purzelten heraus, alle falsch. Er merkte es in dem Moment, als er den Mund öffnete. „Ja, jetzt ist sie endlich angekommen. Ein Neun-Uhr-Abend-Flug und jetzt erst kommt sie an. Was sagt man dazu."

Ein schwaches, wissendes Lächeln des Portiers. Der Schlüssel klirrte, als er ohne eine Spur von Höflichkeit auf den Tresen geknallt wurde. Nancy zerrte an Martins Ärmel, verlegen, bemüht, ihn von dort wegzubekommen. Jeder musste wissen, dass sie nicht verheiratet waren. Eine Ehefrau ging nicht um zehn Uhr morgens in das Zimmer ihres Mannes. Egal, was man darum für eine Geschichte erfindet. Wohl aber jemand, den man gerade aufgelesen hat.

Im Fahrstuhl waren sie allein und sie murmelte: „Wie heißt du?"

„Turner." Martin fühlte Schweiß von den Achselhöhlen seine Rippen hinunterrinnen. Es war vorbei. Sie waren in Sicherheit. Zumindest vorläufig. Bis sie das nächste Mal eincheckten. Er grinste, legte den Arm um ihre Schulter und küsste sie. „Jetzt frühstücken wir erstmal. Vielleicht möchtest du duschen. Ich hab' mich noch nicht rasiert oder sonst was, bloß aufgestanden und im Schweinsgalopp zum Flughafen."

„Ich habe geduscht, bevor ich aufgebrochen bin heute früh."

„Nun, du könntest ohne weiteres ein zweites Mal duschen."

Er zwang sich zu lachen und wusste plötzlich, dass sie sich ihm widersetzte. Aber warum? Wozu war sie dann hergekommen? Er schaute wieder verstohlen auf ihre Kleider. Verdammt, sie sah so provinziell aus. Warum konnte sie nicht was Lockeres tragen, was Sportliches zum Beispiel.

Als könnte sie seine Gedanken lesen, sagte sie: „Ich habe mich für die Reise zurechtgemacht. Um Eddie zu täuschen.

Ich habe sportliche Kleidung im Koffer. Wohin fahren wir?"
„Weiß nicht. In den Norden, irgendwohin. Aufs Land", sagte Martin erleichtert.

Sie lächelte schüchtern, als sie ausstiegen.

Während sie auf den Kaffee warteten, hielt sie eine gewisse Distanz zwischen ihnen, indem sie das Zimmer erforschte und Blödsinn redete. Es war ein farbloser Raum, der Bettvorleger leicht abgenutzt, gewöhnliche Möbel und ein leichter Schweißgeruch in der Luft.

„Was hast du gestern Abend gemacht?"

„Nicht viel."

„Aber du musst doch irgendwas getan haben."

„Hab' einen Drink an der Bar genommen. Einen Film geguckt."

„Was für einen Film?"

„Keine Ahnung. Einen Western. Sie sind alle gleich."

Er hatte einen Sexfilm gesehen. Zweimal. Hatte ein paar Sachen gelernt. Am Anfang würde er nichts überstürzen, aber nach einem Tag oder so würde er sie dazu kriegen, was Neues zu versuchen. Verdammt, wenn Frauen es mit Typen vor der Kamera tun, damit es alle im Kino sehen können, dann könnte sie es doch wohl mit ihm privat tun.

Als der Kellner ihnen das Tablett brachte, fragte Nancy: „Können wir gleich zu den Straits fahren?" Sie meinte den Mackinac, den engen Wasserweg zwischen dem Michigan- und dem Huron-See, der Michigans südliche Halbinsel von ihrem nördlichen Teil trennt.

„Sicher."

„Ich habe noch nie die Brücke gesehen." Aber sie hatte sie sich vorgestellt. Ein riesiger Bogen, der zwei bewaldete Landteile miteinander verbindet, eine fadenförmige Stahl- und Betonmasse, unglaublich hoch über dem Wasser.

Sie stand auf und blickte hinunter auf die belebte Straße. „Das würde mir Spaß machen."

„Wenn du willst, fahren wir gleich bis zur Grenze", sagte Martin. „Nach Sault Sainte Marie. Oder sogar nach Kanada. Hast du schon mal den Oberen See gesehen?"

„Nein."

Er wischte sich Kaffee vom Mund und rückte näher an sie heran. „Duschen wir, hm?"

„Aber Marty, ich habe dir doch gesagt, ich habe schon geduscht."

„Ach, komm schon." Er langte nach ihrem Reißverschluss und öffnete ihn. Seine Beine wurden plötzlich schwach, sein Kopf schwindlig. Erregung.

„Bitte, Martin."

Er küsste sie, schob das Kleid von ihren Schultern und zog am Träger ihres BHs. „Musst du eigentlich diese verdammte Rüstung tragen? Alle anderen haben sie schon aufgegeben." Er befreite eine ihrer Brüste und fing an sie zu küssen. Sie stieß seinen Kopf weg und bedeckte sich wieder, während sie zurückwich.

„Martin ..."

„Was ist los?"

„Es ist mitten am Morgen."

„Na und, wir müssen das Zimmer nicht vor Nachmittag räumen."

„Aber wie sollen wir nach Sault Sainte Marie kommen, wenn wir so spät losfahren?"

„Das schaffen wir schon."

„Bitte, Marty, ich will es nicht." Sie zog ihr Kleid wieder hinauf. „Nicht jetzt, bitte."

Er trat zurück, gekränkt und sauer.

„Es tut mir leid", sagte sie. „Ich ... ich fühle mich jetzt im Augenblick nicht danach. Ich war eben noch bei den Kindern, und ..." Hilflos brach sie ab. „Ich meine, können wir nicht bis heute Nacht warten?"

Eddie hatte sie noch am Morgen genommen und sie konnte jetzt den Gedanken an einen Mann nicht ertragen. Nicht einmal den an Martin.

„Sicher", sagte Martin verbittert. „Ich dachte nur, dass du mich vielleicht auch willst. Es ist über einen Monat her. Ich meine, es ist nichts Abnormales, wenn eine Frau einen Kerl auch begehrt, oder? Dachte, bei dir wär' es so."

Schmollend schlich er ins Badezimmer, und eine Minute später lief Wasser ins Waschbecken. Nancy hörte ihr Blut in den Ohren pochen und fühlte sich nutzlos und schuldig. Aber warum mussten sie auch bei jedem Treffen, sobald sie allein waren, nach wenigen Minuten schon miteinander schlafen. Sofort. Jedes Mal das Gleiche. Ausziehen und so tun, als wollte man baden oder duschen, das war die Ausrede, damit es weniger offensichtlich war, so hoffte er, sie zu erregen und rumzukriegen, so kam er um ein Nein herum, bevor sie es aussprechen konnte. Und dann ab ins Bett.

Sie wusste, warum, zumindest dachte sie, dass sie es wusste. Dieses elende, deprimierende Warum, das jede Frau sich immer wieder fragt. Es zu wissen, machte das hässliche Zimmer noch hässlicher und die Straße unten grau und abscheulich und die Leute auf der Straße bedrohlich. Sie hatte sich von Eddie und den Kindern verabschiedet und war die Straße hinuntergeeilt, in Richtung Morgengrauen, erregt, mit fliegenden Schritten. Die Erregung, sich davonzuschleichen, untreu zu sein und Martin zu treffen. Und dann machte Martin alles irgendwie kaputt, mit dem Warum, das in ihr auftauchte, wenn er sie begehrte.

Denn sie brauchte ihn nicht aus demselben Grund. Das letzte Mal, als sie miteinander weg gewesen waren, hatte sie es gespürt, vielleicht auch nur eingebildet. Diesmal war sie sicher.

Oder? Wollte er wirklich sie, Nancy, und nicht bloß eine Frau, irgendeine Frau? Plötzlich das Gefühl von Hoffnung. Ein Möbeltransporter war die Straße hinuntergepoltert, den Namen der Umzugsfirma in riesigen roten und goldenen Buchstaben auf weißem Grund. Jemand fängt ein neues Leben an. Eines Tages würden sie und Martin vielleicht auch umziehen. Martin war nicht Eddie. Er war Martin. Sein Verlangen nach ihr musste bleiben. Nicht nur wegen Jean. War nicht die Tatsache, dass ein Mann mit einer Frau schlief, auch ein Liebesbeweis und nicht nur das Bedürfnis nach Erleichterung? Das hatte sie irgendwo gelesen. Zumindest bei den meisten Männern war es so. Bei Eddie allerdings nicht. Eddie benutzte sie einfach und schlief dann ein. Und das nur, wenn er betrunken war. Oder frühmorgens.

In der Finsternis ihrer Gedanken ging eine Tür auf, und ein Lichtstrahl drang herein, unerwartet fröhlich und glücklich. Und der Spalt wurde größer, als wenn jemand die Tür sogar noch weiter aufgestoßen hätte. Die Straße unten wirkte plötzlich hell und sorglos, das Menschengedränge freundlich. Und sie war noch jung und attraktiv, und Martin rasierte sich und war nett und geduldig und bedrängte sie nicht. Sie hatte enge Jeans mitgebracht, weil sie wusste, dass er das mochte, und ein paar weite Pullover. Die Art Sachen, die selbst die feinen Mädchen in der *Vogue* trugen, wenn sie am Wochenende mit einem Mann wegfuhren. Ihren Büstenhalter würde sie in einer Schublade im Hotel zurücklassen und mit ihm ihre Hemmungen.

Bei dem Gedanken musste sie kichern. In Sekundenschnelle war sie ausgezogen. Ein kurzer Blick in den Spiegel. Ein Blitzen weißen Fleisches und dunkel umschatteter Augen. Sie war nicht mehr jung. Sie war dreißig, aber sie war noch in Ordnung. Oh, zum Teufel mit Eddie und seinem Atem und seinem nach Bier stinkenden Schweiß, und dem klebrigen, selbstsüchtigen Gewicht seines Körpers. Bring mich fort von ihm, Martin. Für immer. Bring mich fort.

Sie ging ins Badezimmer und stellte sich in die Tür, streckte sich ein wenig, auf den Fußballen stehend, um besonders hochgewachsen auszusehen, und mit einem Arm am Türpfosten, so wie sie nackte Frauen in den Männermagazinen posieren gesehen hatte. Martin erblickte sie im Spiegel und drehte sich langsam um.

„Na ..." Er lächelte dümmlich, völlig überrascht, mit offenem Mund, unfähig, seine Augen unter Kontrolle zu halten.

Sie lächelte zurück, erfreut, und ging und drehte die Dusche auf.

„Ich bin gleich bei dir", sagte er. „Keine Angst. Ich bin gleich da."

5

Etwa um sechs Uhr abends fuhr Ken mit seinem Ford-Kombi ein neues Motel, wenige Meilen hinter der Mackinac-Brücke an, von wo aus man die Mackinac-Insel und im Südosten den Huron-See sehen konnte. Im Westen war der Michigan-See, und fünfzig Meilen nördlich, jenseits der oberen Halbinsel, lagen die wilden Ufer des Oberen Sees. Sie waren nur dreiundsechzig Meilen von Sault Sainte Marie und Kanada entfernt. Es war eine klare, sternenhelle Nacht. Die frostige Luft kündigte das Ende des Herbstes und den Beginn des Winters an. Morgen würde der Boden weiß von Reif und gefroren sein.

Das Motel war modern und angenehm und ziemlich voll für die Jahreszeit. Eine Menge Jäger von der vorangegangenen Bären-Saison waren dort. Es gab eine Cocktail-Lounge mit einem Schwarzen, der gar nicht mal schlecht Klavier spielte, und einen heimeligen Speisesaal, wo sauber geschorene Jugendliche leicht tollpatschig bedienten, scharf beäugt von einer grauhaarigen Wirtin mittleren Alters. Jedes Zimmer verfügte über Fernseher, Minibar und eine eigene, verschließbare Garage mit direktem Zugang. Aufgrund dieser Tatsache war, besonders wichtig, jedes Zimmer vom anderen isoliert. Man konnte so viel Lärm machen, wie man wollte.

Das überlegte Ken, als Art Mädchen vorschlug. Das einzige, was sie nicht wollten, war aufzufallen. Grundsätzlich waren sie zum Jagen hier, nicht zum Brunften. Nun, wenn die Mädchen recht bald nach dem Dinner kämen, während die meisten Gäste in der Lounge waren, und wenn sie spät weggingen, dann hätten sie gute Chancen, unbemerkt zu bleiben.

Sie hatten ein Appartement, ein Schlafzimmer mit zwei Betten, ein Wohnzimmer mit einem ausklappbaren Schlafsofa. Ken nahm das Telefon von der Glasplatte des Cocktailtisches, drückte ein paar Tasten und wartete. Für zwanzig Dollar hatte es die gewünschte Telefonnummer von einem Barkeeper gegeben, als sie gleich nach dem Einchecken einen Drink genommen und er sich vergewissert hatte, dass sie keine Bullen waren.

Das Telefon summte, und eine Mädchenstimme in Sault Sainte Marie antwortete. Eine junge Stimme. Ken tippte auf achtzehn oder jünger und fühlte die gute alte Erregung.

„Sandy?"

„Ja?", klang es ein wenig vorsichtig.

„Ich bin im Trilake mit zwei Kumpels. Zimmer 28."

Noch etwas vorsichtiger fragte sie: „Von wem haben Sie meine Nummer?"

„Der Barkeeper. Der mit dem mexikanischen Schnurrbart und dem Bauch."

„Ihr wollt Bridge spielen?" Eindeutige Feststellung. Es war ein Code.

Ken spielte mit, so wie es der Barkeeper ihm gesagt hatte, er hatte Spaß am kindlich-weichen Klang ihrer Stimme. „Genau", sagte er. Er stellte sie sich vor: brünett, schlank, mit vollen Lippen und langem Haar und kleinen, hohen, harten Brüsten. Und der Barkeeper hatte gesagt, dass sie und ihre Freundinnen keine Professionellen waren. Sie gingen auf die High School, stammten aus guten Familien und gingen nur gelegentlich anschaffen, wenn sie ein neues Kleid oder sonstwas brauchten. Ihre Eltern dachten, sie gingen Babysitten.

Sie zögerte. „Man braucht nur vier für ein Bridgespiel. Ihr seid schon drei."

Einen Augenblick lang dachte er, sie würde auflegen. Dann kapierte er, dass sie eine Frage stellte, die er beantworten musste. Sie hatte natürlich Recht. Ein Mädchen würde für sie drei reichen. Und es war besser für das Mädchen, weil es auf diese Art mehr Geld machen konnte. Aber er war nicht in der Stimmung, wegen jemand anderem zu warten. Nicht heute Nacht. Wenigstens nicht im Moment. Oder zu teilen. Das konnte man später immer noch tun.

„Wir hätten gerne eine Sechsergruppe. Wir dachten, zwei von uns könnten nach jedem Rubber aussetzen. Macht das Spiel lebendiger. Und der Kiebitz ist nicht allein."

Es gab eine Pause. Er spürte, wie sie nachdachte. Er konnte zuerst ihre leichte Enttäuschung fühlen, dann ihr Lächeln. Er lächelte zurück und dachte, gut, das wär' geregelt.

Einen Moment später fragte sie: „Wie heißt du?"

„Ken."

„Um wie viel Uhr, Ken?"

Er warf einen Blick auf seine Armbanduhr. Es war sieben. Mit dem Dinner würden sie bis neun fertig sein.

„Neun Uhr dreißig?"

„Okay. Wie war noch mal eure Zimmernummer?"

„Achtundzwanzig."

„Okay. Habt ihr genug Karten?"

„Ich habe drei Spiele." Auch das hatte man ihm empfohlen zu sagen. Sag ihr, drei Spiele und lass sie nicht um mehr feilschen. Ein Spiel hat zweiundfünfzig Karten. Das bedeutet zweiundfünfzig Dollar für jedes Mädchen. Für eine Nacht. Das war fair. Sie konnten tauschen, wenn die Mädchen was taugten, und so mehr für ihr Geld kriegen. Zur Sicherheit fügte er hinzu: „Das ist für uns alle, und wir spielen den ganzen Abend."

Sie verstand, murmelte einen undeutlichen Protest und wiederholte dann: „Okay. Neun Uhr dreißig, Ken." Und legte auf.

Ken zog sich aus und nahm einen Drink. Der Zimmerservice hatte zwei Flaschen Jack Daniel's, Ginger Ale, Chips und Erdnüsse gebracht. Eine Flasche war schon zur Hälfte niedergemacht. Sie würden für die Party noch eine bestellen müssen.

Greg kam aus dem Badezimmer, frisch geduscht, groß und muskulös, das Handtuch um seine massigen breiten Schultern wirkte lächerlich klein. Seine dichte, schwarze Behaarung, die sich von dem flachen Bauch fächerförmig bis zu seinem schrankartigen Brustkorb ausbreitete, glitzerte noch von Wassertropfen. Seine Füße hinterließen feuchte Spuren auf dem

Teppich. Er brauchte weder Glas noch Eis, trank gleich aus der Flasche, mit zurückgeworfenem Kopf.

„Wie läuft's?"

„Alles geregelt." Ken warf unwillkürlich einen Blick auf Gregs baumelnden, handgelenkdicken Schwanz. Scheiße noch mal, er war wirklich ein Freak. Wie hielt Sue das nur aus? Oder irgendeine andere Frau, was das anging? Er zwang sich wegzugucken.

Greg stellte die Flasche ab, wischte sich den Mund mit dem Rücken seines Unterarms und fing an, sein Haar mit dem Handtuch trocken zu rubbeln.

„Klang sie okay?"

„Sweet sixteen. Und sie bringt 'ne spezielle Freundin für dich mit. Will von 'nem Pferd geknallt werden."

Greg lachte unbefangen und nahm noch einen Schluck.

Art kam aus dem anderen Zimmer. Er hatte auch schon geduscht und sah ordentlich aus mit Hemd und Krawatte, Flanellhosen und englisch geschnittener Tweedjacke. Er nahm gerade sein Gewehr auseinander, um es zu checken.

Greg musterte ihn von oben bis unten und fragte: „Na, geht's besser?" Art hatte während der Fahrt eine halbe Flasche gekillt, eine kleine am Vormittag und noch eine am Nachmittag. Dann hatte er geschlafen und war bei Sonnenuntergang mit einem fetten Kater aufgewacht.

„Ich lebe." Er sah Ken an, dann Greg. „Scheiße, man könnte glauben, ihr seid schwul oder was. Hebt euch was für die Chicks auf."

„Ich lang dir gleich eine ins Zahnfleisch."

Art lachte. „Hör zu, Freund, ich hab' Hunger."

„Geduld, Bruder." Greg ging, um sich anzukleiden.

„Sei brav", sagte Ken, „oder wir sagen deiner Nutte, dass sie dich beißen soll."

Arts Gesicht blieb ernst: „Na, stellt euch vor, das könnte mir gefallen."

Ken johlte, ging ins Badezimmer und drehte die Dusche auf. Es war ein guter Tag gewesen. Vom frühen Morgen an hatte die Klarheit des Wetters Anlass zu der Hoffnung gegeben, dass es eine Woche lang, vielleicht sogar länger, so bleiben würde. Angemacht durch die Schlampe in Denver's Diner war Greg ins Plaudern gekommen und hatte Art mit Geschichten von den Bodenkämpfen in Korea, die dieser verpasst hatte, unterhalten. Er erzählte von den Mädchen, die sie sich aus verdächtigen Lagern geangelt und denen sie ein paar Sachen beigebracht hatten, um sie für den nächsten Trupp hungriger Jungs bereitzumachen; die Gooks hatten sie in Gräben festgehalten, die dann mit Granaten beschossen wurden; die Art und Weise, wie sie gefangene Terroristen zum Reden gebracht hatten – du konntest jeden zum Reden bringen, mit nichts Tödlicherem als einer Schachtel Streichhölzer und einem Gartenschlauch mit Wasser unter Hochdruck, und niemand würde es je erfahren. Oder einen Scheiß drauf geben. Verdammt noch mal, alle Gooks waren doch irgendwie Untermenschen, oder? Egal, was die Gutmenschen und Wissenschaftler auch sagten. Wie die Nigger und die Chinesen auch. Sie hatten nicht die gleichen Gefühle wie die Weißen. Das wusste doch jeder.

Das Beste aber war, dass es dort weder Helen noch Kinder gegeben hatte. Ken ließ den heißen Strahl über sein Gesicht laufen und dachte, du hattest doch mehr Spaß als Single, das war die reine Wahrheit. Als Single konntest du einfach tun, was du wolltest. Du konntest alle Dinge tun, zu denen die meisten Frauen am Anfang bereit waren, um einen einzufangen, die später nur wenige noch zuließen und die meisten am Ende bloß noch abstoßend finden. Nicht bloß Sex, auch viele andere Dinge. Zum Beispiel Kneipen, in die du gehen und Freundschaften, die du schließen möchtest. Erst machten sie's mit und taten so, als würden sie's mögen, bis sie dich vor den Altar gezerrt und genügend Kinder produziert haben, deine Kinder, um sicher zu sein, dass das, was vorm Altar gesagt wurde, auch hält. Dann geht's entweder so, wie sie's wollen oder gar nicht ...

Auf der anderen Seite war die Ehe etwas Notwendiges. Ob du's nun magst oder nicht, du musst es akzeptieren. Die Gesellschaft besteht nun mal auf Ehefrauen, einem legalen und anständigen Leben als Erwachsener, mit Frauen wie seiner Helen oder Gregs Sue, die auf ihre Art größere Eier hatte als Greg, und, heilige Scheiße, *das* bedeutete was; oder Arts Pat, deren Mund über die Jahre immer dünner und verkniffener geworden war und die, laut Helen, zu Frauen übergegangen war, weil weder Art noch irgendein Mann ihr geben konnte, was sie vom Leben erwartete, was auch immer das war. Pat kannte sich nicht mal selbst, die war schon unzufrieden auf die Welt gekommen.

Gott sei Dank war Helen nicht so kompliziert, dachte Ken. Auf der anderen Seite war das vielleicht genau ihr Fehler. Vielleicht war sie nicht kompliziert genug. Sie war einfach nur eine gewöhnliche, mittelalte Allerwelts-Ehefrau, die langsam ihr gutes Aussehen verlor und, um das zu kompensieren, so tat, als wüsste sie über 'ne Menge Sachen Bescheid. Na ja, stimmte vielleicht sogar, aber sie hatte noch lange keinen Intellekt und würde wohl auch nie einen haben. Was sie auch im Leben gelernt hatte, durch Lesen, Gespräche oder Reisen, war einfach nur gelernt, akademisch, wie Chemie in der Schule, und hatte nichts mit ihrer eigenen Wirklichkeit, mit ihrer eigenen Existenz zu tun. Sie sah zum Beispiel nicht, dass sie mit jemand Gebildetem, wie er selbst, mit jemandem, der denken konnte, besser dran war als mit Greg, der wirklich ein netter Kerl war und einen Haufen Geld machte, aber außer dass er Frauen mit ihm teilte, auf die Jagd ging, über seine überdimensionierte Geschlechtsmaschinerie Witze machte oder sich seine Kriegsgeschichten anhörte und wie oft er eine Kerbe in sein Gewehr geschnitten hatte, was zum Teufel hatte er mit ihm gemeinsam? Helen sah das nicht. Für sie war Greg genau wie er. Wenn sie Greg geheiratet hätte, wäre sie genauso glücklich. Sie sah auch nicht den Unterschied zwischen ihm und Art. Nicht wegen Arts beginnender Glatze, seinem Bauch, der größer wurde, seiner Trinkerei oder der Tatsache, dass er irgendwie verdreht war, sondern weil Art nie etwas fühlte oder dachte, das er verteidigen oder überprüfen musste. Verdammt, wenn er eine Frau wäre, er würde Art nicht heiraten, nicht für den größten Werbeetat der USA, der eine neue Agentur suchte.

Um die Wahrheit zu sagen: Für Helen waren alle Leute gleich. Sie waren einfach Mittel zum Zweck und dazu da, sie zu bewundern. Wenn sie ein Essen zubereitete, und sie war eine großartige Köchin, tat sie das nicht, um ihren Freundinnen oder ihrem Mann oder ihren Kindern eine Freude zu machen. Sie tat es nur, um den Mythos zu verewigen, dass sie die beste Köchin der Stadt war. Genauso war es im Bett. Sie war meistens scharf oder tat zumindest so. Aber nicht, um ihn glücklich zu machen, Ken wusste das, oder weil sie wirklich Spaß daran hatte. Sie wollte nur ihren Ruf ihm gegenüber aufrecht erhalten und damit schließlich allen gegenüber, denn jeder Mann mit einer geilen Alten gibt früher oder später mit ihr an.

Ken drehte den Hahn zu und trocknete sich ab. Für Helen war er bloß ein Hilfsmittel, um ihr eigenes Image aufzupolieren und ihr einen Platz vor den anderen Ehefrauen zu sichern.

Dann dachte er, scheiß drauf, Schluss mit der Nölerei. Er war besser dran als die meisten. Er konnte jedes Jahr da raus. Raus und so richtig die Sau rauslassen, ohne dass irgendein Schwanz davon erfuhr. Er konnte den liebenden Vater und geduldigen Ehemann spielen und geschäftlich davon profitieren, und dann jedes Jahr für mindestens drei Wochen verschwinden und alles nur Erdenkliche tun, was sich andere Männer nur in ihren wildesten und flüchtigsten Träumen vorstellen konnten.

Einmal im Jahr durfte er ein wirklicher Mann sein, genetisch, instinktiv und, genötigt durch die trostlosen Ketten der

Gesellschaft im Verein mit dem hysterischen Gekeife emanzipierter Weiber, auch psychisch. Er durfte ein wildes, reißendes Tier sein, ein rohes sexuelles Tier und gleichzeitig ein verschwiegener, verdrehter, komplexer, moderner Mann, der sich schamlos jeder noch so krankhaften Perversion hingeben kann, die ihm in den Sinn kommen mag.

So hatte er sein Leben eingerichtet. So hatten es Art und Greg gemacht. Vom ersten Tag an, als sie sich im College kennen gelernt hatten. Das war das eiserne Band zwischen ihnen. Sie konnten sich kranksaufen, sie konnten gemeinsam Teenager durchnudeln, die kaum älter als ihre eigenen Töchter waren, und mit einer Wildheit jagen, von der andere Männer nur zu träumen wagten.

Ken kam aus dem Badezimmer zurück und sagte: „Alles klar!" Und Helen und ihrem gottverdammten Gesellschaftsleben und seinem Firmenchef und jedem anderen rechtschaffenen Versager zum Hohn, stellte er sich mit gespreizten Beinen und nackt und geil wie vorher Greg hin und nahm zwei tiefe Züge Bourbon direkt aus der Flasche. Dann zog er sich an und sie gingen alle in den Speisesaal.

6

Es war zehn nach drei, als Nancy aufwachte. Martins ruhiger, rhythmischer Atem neben ihr verriet, dass sein Schlaf tief und sorglos war. Sie waren seit Mittag sehr schnell gefahren, ohne zum Essen haltzumachen, und es war spät und folglich dunkel gewesen, als sie die Mackinac Straits überquert hatten. Sie hatte überhaupt nichts sehen können und war bitter enttäuscht. Sie waren im Trilake Motel eingekehrt, anstatt bis Sault Sainte Marie durchzufahren. Martin hatte versprochen, dass sie am Morgen gleich aufbrechen und bis nach Kanada fahren würden. Der Speisesaal war fast leer gewesen, als sie zum Abendessen gingen. Danach wäre Nancy gerne in der kalten Nachtluft spazieren gegangen, hätte den See betrachten wollen und danach in die Cocktailbar zurückkehren und dem schwarzen Pianisten zuhören, der gut war. Aber Martin konnte nur ans Bett denken. Sie hatte nachgegeben.

Nun tat ihr Körper weh von seinem sturen, mechanischen Liebemachen, das er für sie noch vollends verdorben hatte, indem er dauernd triumphierend nach Bestätigung verlangt hatte. War es gut, machte es ihr Spaß, hatte sie bemerkt, wie lange sie es diesmal getan hatten? Es war eine Art Stammtisch-Exhibitionismus, der sie mit dem Gefühl zurückließ, missbraucht worden zu sein. Beim letzten Mal hatte er eine Ewigkeit gebraucht, und als er endlich fertig war, war er auf ihr eingeschlafen. Aber es war weder ihre Enttäuschung über seine Einstellung noch ihr geschundener Körper oder ihrer beider langsam trocknender Schweiß, der sie wach hielt. Es war die Angst, beim Fremdgehen erwischt zu werden. Die ganze Nacht hatte ihr Herz im Wechselrhythmus dieser quälenden, wirren Visionen unruhig geschlagen.

Die Kinder, ging es ihnen gut, oder wäre dies das eine Mal, wo eines von ihnen einen so ernsten Unfall hätte, dass Eddie ihrer Mutter ein Telegramm schickte und so entdeckte, dass sie gar nicht dort war? Oder wusste er es schon? Hatte er es geahnt oder ihre Lügen durchschaut, noch ehe sie das Haus verlassen hatte? Einmal hörte sie draußen ein schwaches Geräusch und ihr Herz raste noch mehr. Hatte Eddie ihr Detektive hinterhergeschickt, waren sie und Martin verfolgt worden? Gleich würden sie hereinstürzen, mit Kameras und Blitzlicht, lachend, und die Decke wegreißen.

Eddies Gesicht tauchte vor ihr auf, mit mörderischen, schmalen Augen und seinem dicken grinsenden Maul. Warum hatte sie ihn jemals geheiratet, diesen völlig Fremden? Unglaublicherweise musste er irgendwann mal ein Gefühl wie Liebe bei ihr hervorgerufen haben, oder hatte sie sich nur von ihrer Einsamkeit überreden lassen? Selbst jetzt erinnerte sie sich noch dumpf an qualvolle, einsame Nächte in einem möblierten Zimmer in Detroit, Sandwiches und Kaffee in einer grell erleuchteten Cafeteria; den Blick auf die fast menschenleere Straße an Sommerabenden, alle waren weg; Winterabende, an denen sie ein Magazin nach dem anderen gelesen hatte. Mit siebzehn hatte sie nach dem High-School-Abschluss gleich bei General Motors zu arbeiten begonnen. Die weniger verklemmten Mädchen hatten sich die guten Männer geschnappt, am Ende war sie verzweifelt genug gewesen, dass ihr fast jeder recht war.

Und jetzt Martin, gewöhnlich, nicht wirklich gut aussehend, sicherlich nicht wirklich erfolgreich, jedenfalls nicht im Vergleich zu einer Menge anderer Männer seines Alters. Liebte sie Martin, liebte sie ihn wirklich? Oder war er genauso eine Zuflucht, wie Eddie es gewesen war, jemand, der ihr nur wieder half, der Einsamkeit zu entkommen? Die Frage wagte sie sich nicht zu stellen, geschweige denn sie zu beantworten.

Um drei Uhr dreißig schlich sie sich von Martin weg ins Badezimmer und zündete sich eine Zigarette an. Der Spiegel warf ihr blasses Gesicht zurück, zerwühltes braunes Haar, das nicht mehr jung wirkte, und ihre länglichen Brüste, die viel von ihrer jugendlichen Festigkeit verloren hatten. Wütend stampfte sie ihre Zigarette aus, Funken sprühten auf dem gekachelten Boden, verbrannten ihr den Fuß, und sie hasste sich dafür, dass sie sich nicht mochte. So schlecht war sie nun auch wieder nicht. Dass die Männer sie ewig missbrauchten, war der Grund dafür, dass sie sich hasste. Sex war nicht so wichtig. Wichtig war es zu heiraten. Martin hatte gesagt, dass er es wollte. Warum konnten sie dann nicht diesmal abhauen? Wirklich abhauen. Eddie verlassen, Jean verlassen und die Scheidungen einreichen. Fünf freie Tage vor ihnen, in denen sie den vollständigen, endgültigen Bruch vollziehen, in denen sie beschließen konnten, nie mehr nach Hause zurückzukehren.

Würde er das tun? Oder würde Jean ihn zurückhalten? Er stand unter ihrer Fuchtel, das war sicher. Und warum? Sie ließ ihn nicht ran, zumindest sagte er das. Sie kochte nicht für ihn, sie war eklig zu den Kindern, sein Haus war ein Müllhaufen, sie mochte keinen seiner Freunde, sie flirtete mit anderen Männern und betrog ihn wahrscheinlich auch, und sie verachtete seinen Job und sagte ihm, er sei ein Versager und würde es nie in seinem Leben zu was bringen.

Nancy war Jean nur einmal begegnet. Bei einer Party am selben Abend, als sie Martin traf. Eine hochgewachsene, gutaussehende Frau mit honigfarbenem Haar und den richtigen Klamotten, mit einem enttäuschten Mund und einem harten, arroganten Blick, selbst wenn sie mit anderen Männern schäkerte. Sie erzeugte bei anderen Frauen auf der Stelle Minderwertigkeitsgefühle. Das war auch der Grund, warum Nancy einverstanden gewesen war, mit Martin Kaffee trinken zu gehen, als er sie am nächsten Tag anrief.

Und so waren sie zusammengekommen. Zuerst seltsam heimliche Mittagessen. Dann, an einem späten Nachmittag, die Stunde in einem Motel. Dann Lügen für Eddie und Lügen für Jean und ein entnervtes Wochenende, an dem Martin sie unbekümmert und ungestüm begehrte und dann jedes Mal von Sorgen und Schuldgefühlen zerrissen war, wenn er fertig war. So konnte es nicht weitergehen. Schließlich hatten sie sich geeinigt, das Ganze sein zu lassen. Bis just vor einem Monat Martin sie beim Einkaufen abpasste und ihr sagte, er könne es ohne sie nicht mehr aushalten.

Nancy erschrak, als sie bemerkte, wie lange sie im Badezimmer gesessen hatte. Es war fünf Uhr dreißig. Sie schaltete das Licht aus und machte sich müde auf den Rückweg ins Bett. Bald würde Martin aufwachen und sie wieder vögeln wollen, wie Männer es für gewöhnlich tun, wenn sie aufwachen. Als sie sich ihren Weg durch die fremde Dunkelheit des Zimmers ertastete, hörte sie draußen gedämpfte Stimmen, ein unterdrücktes Kichern. Aus Neugier öffnete sie die Vorhänge und schaute raus. Drei Mädchen kamen aus dem Zimmer nebenan, wo diese nett aussehenden Männer wohnten, die mit dem Kombi voller Campingausrüstung. Gestern beim Dinner hatte sie sofort ihr gutes Aussehen registriert, ihre teure Kleidung, ihre feinen Manieren. Irgendwo gab es Frauen, die das Glück hatten, diese Männer zu besitzen. Die Wirtin umschwirrte sie wie ein Schulmädchen, die Kellnerinnen beeilten sich, sie zu bedienen, und erröteten dabei. Sie hatten Geld und zeigten es. Erfolgreich. Karrieremänner, die es in Detroit oder Chicago zu etwas gebracht hatten. So musste es sein.

Daher waren die Mädchen jetzt ein Schock für Nancy. Dass es da überhaupt Mädchen gab. Hatten solche Männer das nötig? Ihre Frauen waren doch sicher attraktiv und würden alles tun, um sie und das luxuriöse Leben zu behalten, das sie zu bieten hatten.

Dann das Alter der Mädchen, der flüchtige Eindruck, als sie im gelben Licht einer Laterne rasch weghuschten, schlanke, junge Körper, fast knabenhaft, Kinder; die kleine Blonde war bestimmt nicht mal fünfzehn.

Um sie herum ein rosiger Hauch von Nachtdunst inmitten der toten Finsternis vor Morgengrauen. Das ferne Geräusch eines Autos und wieder Stille.

Im Bett murmelte Martin im Schlaf, drehte sich um. Nancy wartete. Schließlich sagte ihr sein Atem, dass er wieder tief schlief.

Sie ging ins Badezimmer zurück und schloss die Tür. Sie zitterte. Ihr war übel und sie schauderte. Automatisch drehte sie die Dusche auf, stieg hinein und seifte sich ein, immer wieder, um den ekligen Dreck abzuwaschen, den sie beim Blick aus dem Fenster empfunden hatte. Dreck und Wut. War Sex das Einzige, woran Männer jemals dachten, was sie wollten? Das konnte doch nicht sein. Männer bauten doch auch Denkmäler, leiteten Regierungen, schrieben großartige Bücher und großartige Musik. Männer begleiteten ihre Frauen in Supermärkte und Kaufhäuser, halfen bei der Kindererziehung, nahmen an Elternabenden teil, gingen zu Footballspielen, hielten bei netten Partys höflich ihre Drinks, während sie ernsthafte Bemerkungen über das Leben machten. Ein Mann liebte eine Frau, und eine Frau liebte einen Mann und dann heirateten sie, kauften ein Haus, machten Liebe und zeugten Kinder; ja, sie taten noch mehr; sie schufen etwas gemeinsam, eine Einheit, etwas doch weitaus Bedeutsameres als verstohlene Liebe in Motels. Selbst wenn es teure Motels, wie dieses hier, waren.

Eine Parade der Menschheit marschierte an Nancys Augen vorbei unter dem silbrigen Schauer trommelnden Duschwassers. Romantisch, wie in einem Bilderbuch, gingen Männer und Frauen in Stadtbüros zur Arbeit, kultivierten Felder und Weiden, flogen durch den blauen Himmel und segelten auf den grünen Meeren. Kinder in einer unendlichen Zahl von Schulen erschienen vor Nancys geistigem Horizont. Und Bibliotheken, öffentliche Gebäude, Kliniken und Universitäten. Und tief in ihrem Inneren hörte sie den ernsten Tonfall von Politikern, Professoren und Geistlichen, die ihre Worte in Mikrofone und von Kathedern und Kanzeln herab sprachen.

Als Nancy das Wasser abgedreht und sich abgetrocknet hatte, fühlte sie sich besser. Vielleicht taten die drei Männer nebenan das, was sie wohl letzte Nacht getan hatten, nur in einem kleinen Winkel ihres Lebens. Vielleicht sahen sie das Leben genauso wie sie. Wenn das stimmte, dann wären sie nicht das Hinterletzte an Abscheulichkeit, man musste ihnen verzeihen und was sie gesehen hatte, durfte sie ihnen nicht vorwerfen. So musste es sein. Es waren achtbare Leute, die Art von Leuten, denen jeder gerne selbst zugehören wollte.

Sie hüllte sich in das Handtuch kuschelte sich in der Dunkelheit in einen tiefen, weichen Sessel und wartete auf Martins Erwachen, während sie jedes – auch das geringste – Aufkeimen von Bosheit unterdrückte, um rein zu bleiben.

Martin liebte sie wirklich. Und sie hatte Martin gern. Es war nicht wichtig, dass sie im Bett mit ihm nicht viel empfand, sie hatte noch nie mit jemandem viel dabei empfunden. Er war ein netter Mann, und es war normal, dass er sie begehrte und wollte, dass sie auf seine Performance stolz war. Sie würden sich von Eddie und Jean scheiden lassen und heiraten. Den Kindern würde es nicht schaden. Kinder passten sich heutzutage an, sie waren jung, und man würde sich schon arrangieren. In ihrem Geist tauchten Rechtsanwälte, Kanzleien, ein Gericht und ein Richter auf.

„Hey." Das kam von Martin, der sich im Bett aufgesetzt hatte. Tageslicht kam herein und füllte das Zimmer mit Grau. „Was machst du da drüben?"

Sie ging zu ihm. „Hallo."

Als er seine Arme um sie legte, roch er nach Schlaf und der Liebe von letzter Nacht. Sie wollte nicht, aber sie widersetzte sich ihm nicht, sie spielte einfach Theater. Und sie duschte ein zweites Mal mit ihm zusammen, sie ließen sich Frühstück aufs Zimmer bringen und machten Pläne für den Tag.

„Lass uns nach Kanada fahren. Bitte."

„Kanada?"

Sie hörte das Zögern in seiner Stimme. Gestern Nacht hatte er ja gesagt. Aber gestern Nacht hatte er getrunken.

„Ich war noch nie da."

„Na, ich hab' ja nicht nein gesagt."

Sein Widerstand wuchs. Sein Lächeln war falsch. Er wusste, was sie mit Kanada meinte und hatte Schiss.

„Oh, Martin, tun wir es doch. Jetzt. Hören wir auf, drüber zu reden und tun es."

„Nancy, das ist nicht so einfach."

„Aber ja doch. Na gut, die Kinder hätten vielleicht einen schwierigen Monat, vielleicht auch ein paar Monate. Aber dann würden sich alle beruhigen und sich daran gewöhnen. Eddie wird schon eine andere finden, und Jean wird es schon schaffen, da mach dir mal keine Sorgen." Ihre Stimme fing an, bitter zu klingen. „Sie wird es ganz hervorragend schaffen."

Er saß am Bettrand wie ein kleiner Junge, der bestraft wird, halb angezogen und rieb sich nervös die Hände.

Sie drängte weiter. „Ich meine, was ist schon so besonderes daran? Fast jeder lässt sich heute scheiden. Drei von vier Ehen."

Er platzte heraus: „Sie würde es an den Kindern auslassen. Du kennst sie nicht. Sie ist nicht wie andere Frauen. Sie würde die armen Kids umbringen."

„Aber siehst du denn nicht, dass sie *will*, dass du genau das denkst? Marty?"

Keine Antwort. Sie setzte sich neben ihn, schüttelte ihn verzweifelt. „Martin, was ist mit mir? Mit uns?"

Er antwortete nicht. Sie fühlte sich wie tot und ging zum Frisiertisch, bürstete ihr Haar und dann gab sie auf. „Du willst sie nicht wirklich verlassen, oder? Nicht wirklich!"

„Aber hallo."

Aber seine Stimme verriet ihn. Sie enthielt eine Spur Erleichterung, weil er wusste, dass sie nachgegeben hatte und, zumindest im Augenblick, nicht weiter darauf bestehen würde. Jetzt konnte er es sich leisten zu leugnen.

Sie stach noch mal zu. Das war ihr gutes Recht. „Da liegt das wahre Problem. Wenn du wirklich wolltest, würdest du es tun."

Schweigen. Dann wandte er sich ihr zu, sorglos in seiner neu gewonnenen Sicherheit. „Nancy, hör mir zu. Jedes Ding braucht seine Zeit. Wir können nicht bloß davonlaufen – einfach so. Jean würde alles, was ich habe, an sich reißen, und man braucht Zeit und eine verdammte Menge Geld, um das alles noch mal aufzubauen. Das weißt du. Wahrscheinlich würde ich meinen Job verlieren. So sind die Banken. Wenn sie denken, du bist unmoralisch, dann wollen sie dich nicht, weil das bedeutet, dass du labil bist. Und was würden ihre Kunden denken?" Er überlegte und fuhr fort: „Eddie wäre im Recht und nicht du. Du würdest also nichts bekommen. Nicht mal die Kinder."

Sie starrte ins Leere. Nach einiger Zeit kam er herüber zu ihr, hockte sich vor sie hin und nahm ihre Hände. „Nancy, lass uns nicht streiten. Nicht jetzt, bitte."

Stumpf sagte sie: „Martin, ich möchte dich was fragen."

„Ja, frag mich."

Es war etwas, das sie wissen musste, und sie hatte ein Recht, es zu wissen. Gab es irgendeine Hoffnung? Sie sah ihm fest in die Augen: „Liebst du mich?"

Sie wartete, schaute, versuchte in seinen Augen zu lesen, ob er auswich. Seine Hand hielt ihre fest. „Das weißt du doch." Seine Stimme war warm.

Er liebt mich, dachte sie. Ich bin alles, was er hat. Auf seine eigene, feige Art liebt er mich. Und vielleicht genug, um Jean irgendwann zu verlassen. Aber nicht jetzt. Sie hatte also wieder ihren Hoffnungsschimmer. Dieselbe Art Hoffnung, die sie früher, vor dem Morgengrauen, flüchtig empfunden hatte. Hoffnung würde ihr Zeit geben. Und die Zeit würde ihr die Möglichkeit geben, ihn fester und fester an sich zu binden, so wie Jean ihn band.

Sie hielt sein Gesicht und küsste sanft seine Lippen. „Können wir nicht trotzdem nach Kanada fahren?"

„Sicher." Er hob die Schultern und lächelte, und sie sah in

ihm nicht den dünnen, ausgemergelten Mann, sondern eins ihrer Kinder.

Sie küsste ihn noch mal, und dann packten sie, luden ihre Taschen in den Wagen und fuhren los. Bei der Abfahrt sah sie noch kurz die drei Männer ihren Kombi aus der Garage holen, ihre Jagdhemden grelle frühmorgendliche Farbkleckse. Sie erinnerte sich an die jungen Mädchen und an ihren Ekel. Etwas, das sie unterdrückt hatte, das sie sogar vor sich versteckt hatte, als sie unter der Dusche abzuwaschen versuchte, was sie gesehen hatte, kam jetzt an die Oberfläche. Für einen ganz kurzen Augenblick zeigte es sich ihr kristallklar. Sie dachte an die drei Männer und die drei Kinderhuren, alle zusammen im gleichen Zimmer, nackt, fickend, die Mädchen taten voreinander und vor den Männern, was Nutten immer tun, dieser Gedanke an sich hatte in ihr keinen derartigen Ekel hervorgerufen. Was sie angeekelt hatte, war, dass sie einen Moment lang selbst davon erregt gewesen war und sich verzweifelt gewünscht hatte, mit dabei gewesen zu sein.

7

In stark bewaldetem Gebiet ein Feuer zu machen, ist ein fast todsicherer Hinweis auf deinen Standort. Sollte irgendjemand, ein Ranger, einer von der Feuerwache, ein zufälliger Camper oder Jäger, sogar ein vorbeifliegendes Flugzeug, zufällig von irgendeinem Punkt in deine Richtung blicken, würden sie höchstwahrscheinlich sofort auf deine Anwesenheit schließen, denn nur wenige verfügen über ausreichend Wissen oder Geschicklichkeit, ein Feuer anzuzünden, von dem lediglich eine farblose Säule heißer Luft aufsteigt, die keine dieser winzigen, aber verräterischen Partikeln kohlehaltigen Materials aufweist, das allgemein unter der Bezeichnung Rauch bekannt ist.

Daher muss man das Feuer nachts machen. Das aber bringt ein anderes Problem mit sich: das Glühen der Kohle oder das Flackern der Flammen, denn selbst das kleinste Feuer erzeugt irgendeine Art von Licht.

Deshalb war er letzte Nacht sehr vorsichtig gewesen. Er hatte sich seiner Beute noch nicht genähert. Seine Beute war noch unschuldig weit weg. Er wollte auf jeden Fall jegliches mögliche Zusammentreffen mit irgendjemandem vermeiden, der sich eines Tages unter völlig unvorhergesehenen Umständen an ihn erinnern und dann zwei und zwei zusammenzählen könnte. Er riskierte nichts.

Er hatte sein Aluminium-Kanu ganz aus dem Wasser gezogen und es sorgsam mit welken Blättern und Zweigen abgedeckt, so sorgsam, dass selbst ein erfahrener Förster am helllichten Tag darüber gestolpert wäre. Er hatte die Spuren an dem überhängenden Gebüsch am Ufer beseitigt und sich etwa hundert Yards in den dichten Wald zurückgezogen, bis er eine felsige Stelle fand, die etwas höher als das umliegende Gelände war und eine tellerartige Vertiefung aufwies, sodass ein Feuer von unten aus nicht gesehen werden konnte. Um absolut sicherzugehen, bedeckte er die Feuerstelle mit einem großen flachen Stein, der von drei anderen, ähnlichen Steinen getragen wurde, die rundum eine spaltlose Mauer bildeten. Die vierte, offene Seite wies auf eine große Esche, und er hatte vor, beim Kochen mit dem Rücken an diesem Baum zu lehnen.

Er wusste exakt, wo er sich befand. Er kannte jeden Baum, jeden Busch und jeden Fels. Letztes Jahr war er hergekommen, hatte die Stelle bei Tageslicht untersucht und eine genaue Karte gezeichnet, und über die inzwischen vergangenen Monate kannte er die Örtlichkeit besser als sein eigenes Wohnzimmer.

In der kalten, tintenschwarzen Finsternis sammelte er schnell und ohne Mühe kleine Zweige und Späne, um ausreichend Holzkohle zum Kochen zu bekommen. Sein Gasfeuerzeug spuckte eine lange dünne Flammenzunge in halbverrottete, trockene Blätter, ein schwacher Rauchpilz stieg auf, um sich schon nach weniger als einem Yard in der Nacht aufzulösen. Dann zog er sich ein Dutzend Schritte vom Feuer entfernt in die Dunkelheit zurück und wartete geduldig und völlig regungslos. Nichts war zu hören, außer dem gelegentlichen Zirpen einer der letzten Herbstgrillen und dem schwachen, bewegten Geräusch des Flusses. Die Nacht war ruhig. Nicht einmal ein Windhauch, der die harzenden Bäume zum Knarren gebracht hätte.

Er ging zurück zum Feuer und nahm etwas Suppenextrakt aus seinem Rucksack. Er leerte ihn in seine Tasse, gab etwas Wasser aus seiner Feldflasche dazu und warf die Papierverpackung in die Flammen. Mit seinem großen Jagdmesser holte er vorsichtig einige weißglühende Kohlen aus dem Feuer und bettete die Tasse darauf. Er hatte sein Feuer mit Hartholz gemacht, es würde später nur wenig Ruß von der Unterseite der Tasse zu waschen sein.

Als die Suppe heiß war, trank er sie und wischte die Tasse mit Blättern rein, die danach denselben Weg in die Nicht-Existenz nahmen wie die Suppenverpackung. Er holte ein weiteres Päckchen aus seinem Rucksack. Dieses war größer und in Plastikfolie eingeschlagen. Es wog ungefähr ein Pfund und war ein Steak. Heute Nacht war höchstwahrscheinlich das letzte Mal für die nächste Zeit, dass er eine warme Mahlzeit zu sich nehmen würde. Er hatte vor, sie zu genießen.

Er stach einen dünnen, angespitzten grünen Zweig durch das Fleisch, schürte das Feuer zu einem flachen Kohlebett und hielt das Steak darüber. Er hatte sich sorgfältig das eine Risiko überlegt, das er nicht vermeiden konnte: Geruch. Er hatte beschlossen, es zu wagen. In etwa zehn Sekunden konnte er seine Campingschaufel losbinden, schnell eine Grube in den weichen Lehm am Fuß des Baums graben und das verräterische Fleisch verbuddeln. In weiteren fünf Sekunden konnte das Feuer zugescharrt werden. Das hatte er geübt und beherrschte es. Es gab noch die unwahrscheinliche Möglichkeit, dass der Geruch ein streunendes Tier, einen Wolf oder eher noch einen Kojoten, anlocken könnte. Beide wären zu scheu, um nahe heranzukommen. Die einzig ernstzunehmende Gefahr waren Bären. In dem Fall wäre er in Schwierigkeiten, denn ein Bär ist, obwohl ebenfalls scheu, auch neugierig, und wenn er sein Lager verlassen müsste, könnte ein Bär in wenigen Minuten interessierten Herumschnüffelns so viel Asche verstreuen, dass es ihn am nächsten Morgen eine Stunde kosten würde, alles wieder aufzuräumen. Ein Bär könnte womöglich in der Nähe bleiben und ihn zwingen, sich einen weniger bequemen und sicheren Platz für die Nacht zu suchen. Beide Möglichkeiten hatte er abgewogen und beschlossen, es zu riskieren.

Er bereitete weiter seine Mahlzeit zu. Nach einer Weile nahm er das Steak vom Feuer, zerbrach und verbrannte den spitzen Stock, und als das Fleisch genügend abgekühlt war, riss er mit seinen Zähnen daran und verschlang die leckeren Happen wie jedes andere Raubtier.

Er hatte einen langen und zermürbenden Tag hinter sich. Ursprünglich hatte er geplant, auf einem der vielen Campingplätze entlang des Huron-Sees zwischen der Mackinac-Brücke und der Saint Martins Bay ein Kanu zu stehlen. Der Diebstahl hätte ein gewisses Risiko mit sich gebracht, aber die Chancen wären eher günstig für ihn gewesen. Zu dieser Jahreszeit waren die Bootshäuser schon verschlossen, aber nur wenige waren ausreichend bewacht. Kanus waren nicht gerade das, was Anfang November gerne gestohlen wurde. Nach sorgfältigen Erkundungen hatte er im letzten Jahr eines gefunden, das ein Kind hätte unbemerkt stehlen können.

Theoretisch.

Das Bootshaus war für sich gelegen, am Ende eines schmalen Feldwegs, dreihundert Yards vom Haus des Besitzers entfernt, und vom Highway aus zu erreichen. Es lag weit genug weg, dass bei ausgeschalteten Scheinwerfern das Motorgeräusch niemanden warnen würde. Was noch unglaublicher war: Fünfundzwanzig Leichtmetall-Kanus waren völlig sorglos nur durch ein Vorhängeschloss an der Tür gesichert, schwach genug, um es mit einem starken Hammerschlag aufbrechen zu können.

Und es gab auch keinen Hund.

Trotzdem bestand die Möglichkeit – eine Eins-zu-tausend-Chance –, dass irgendetwas schief gehen konnte. Diese minimale Möglichkeit hatte dazu geführt, dass er stehen blieb und überlegte, als er am Morgen an dem Sportgeschäft im Einkaufszentrum vorbeigefahren war und ein Dutzend glänzender Kanus gesehen hatte, die für fünfzig Dollar das Stück zu haben waren.

Plötzlich gab es, mitten in der sorgfältigsten Planung, ein unvorhergesehenes Ereignis und eine Entscheidung musste getroffen werden.

Ein Kanu stehlen oder billig kaufen.

Egal, wofür er sich entschied, gab es das Risiko, als Dieb verhaftet zu werden. Denn der Wagen, den er fuhr, war ebenfalls gestohlen.

Er hatte sich alles folgendermaßen ausgedacht: An dem Morgen, als er sein Haus verlassen hatte, war er zu einem größeren Bahnhof gefahren, von wo aus Pendler nach Detroit reisten.

Er hatte den Koffer, der seinen Rucksack mit dem zerlegten Gewehr enthielt, in einem Schließfach deponiert und seinen Wagen in eine dortige Garage gebracht, um Bremsen und Ventile überprüfen zu lassen.

Dann war er zum Bahnhof zurückgekehrt, hatte seinen Koffer abgeholt und sich auf dem riesigen Parkplatz für Pendler einen Wagen besorgt, dessen Besitzer er vorher ausgekundschaftet hatte. Es war ein Mann, den er beobachtet hatte, als er in einen Zug einstieg, komplett mit Aktentasche, Zeitung unter den Arm geklemmt, und seine beiläufigen Begrüßungen anderer Männer verrieten, dass er ihnen vorher mindestens schon tausendmal guten Morgen gewünscht hatte. Er schien also ein echter Sklave eines vom Morgen bis zum Abend durchgetakteten Zeitplans zu sein. Das Auto würde nicht vor dem Abend vermisst werden, und bis sein Besitzer zur Polizei kam und die Polizei seine Nummer an alle Polizeistationen im Bundesstaat übermittelt hatte, würde er den Wagen schon beseitigt haben.

Daher fragte er sich, als er die Kanus angeboten sah, welches Risiko er wohl einging, wenn er auf dem Highway mit einem Kanu auf dem Dach unterwegs wäre. Er könnte von einem übereifrigen Polizeibeamten angehalten werden, der kontrollieren wollte, ob seine Ladung richtig gesichert war. Wenn die Nummer des gestohlenen Wagens in den nächsten sechsunddreißig Stunden durchgegeben würde, könnte sich der Polizist womöglich an sein Gesicht erinnern. Irgendwann später könnte das unter Umständen peinlich werden. Im Nachhinein könnte ein intelligenter Beamter sein Gesicht sogar mit mehr als nur mit Autodiebstahl in Verbindung bringen. Er könnte es mit Mord in Verbindung bringen.

War das nicht eine größere Gefahr als der Diebstahl, den er geplant hatte?

Die zehn Minuten der Konzentration, in denen er eine Entscheidung fällte, waren zermürbender gewesen als ein ganzer

Arbeitstag. Wo vorher Klarheit und Entschiedenheit gewesen waren, tauchte plötzlich Unsicherheit auf. Er war in eine Zwickmühle geraten und verwünschte sich deswegen. Er hätte nie so schwach sein dürfen. Wenn du einen guten Plan ausgearbeitet hast, halte dich daran. Und dafür entschied er sich schließlich auch. Vor über einem Jahr hatte er den Gedanken verworfen, für diese Aufgabe eigens ein Kanu zu kaufen. Warum jetzt mit der Idee sympathisieren? Nervosität schien die einzig mögliche Erklärung.

Dennoch fragte er sich während der ganzen Fahrt auf dem Freeway Richtung Norden, ob er das Richtige getan hatte. Er musste sich immer wieder diese Frage stellen, denn perverserweise sah er, während die Stunden vergingen und die Meilen unter der Haube seines gestohlenen Wagens dahinrollten, keinen Polizisten. Den ganzen Tag über. Nicht einen einzigen.

Die Nacht brach an. Er gelangte zu dem Bootshaus und wartete, mit dem Gedanken: Jetzt werde ich einen Bullen sehen. Gerade wenn ich das Schloss aufschlage, wird einer vorbeikommen. Zum ersten Mal in fünf Jahren. So geht es immer.

Aber alles lief wie geschmiert.

Das Schloss hatte leicht nachgegeben. Das Kanu war schnell auf den gestohlenen Wagen gehievt und mit einer Spinne aus Expandergummis befestigt. Der Highway war so problemlos wieder erreicht, wie er ihn verlassen hatte. Zwei Stunden später hatte er eine Stelle erreicht, die nur hundert Yards vom Fluss entfernt war, dort konnte er das Kanu und seinen Rucksack verstecken.

Inzwischen war es zehn Uhr abends und er war hundemüde. Aber er hatte noch einige Stunden harter Arbeit vor sich, bevor er ans Schlafen denken konnte. Er drehte um und fuhr vier Meilen auf der Straße zurück, ohne einem Wagen oder sonst irgendeinem Zeichen von Leben zu begegnen, und bog dann in einen stockfinsteren Weg ein, der von der Brandwache benutzt wurde und zu einem Sumpf führte. Als er fast unten angekommen war, schaltete er die Scheinwerfer und den Motor aus, stieg aus dem Wagen und wartete. Bereit, jederzeit lautlos in den Wald zu tauchen, horchte er auf irgendein Geräusch, das darauf hindeutete, dass jemand ihn dort heruntergefahren gesehen oder gehört hätte.

Aber er hörte nichts, nahm nichts wahr. Ohne die Scheinwerfer einzuschalten, kurbelte er die Vorderfenster hinunter, löste die Handbremse, trat zurück und wartete, dass das natürliche Gefälle des Weges seinen Teil der Arbeit tat. Der Wagen rollte vorwärts. Fünf Sekunden später war ein plätscherndes Geräusch zu hören, als das Auto ins Wasser tauchte. Dann kamen die Luftblasen. Zuerst platzten sie ganz leicht an der Wasseroberfläche, bald wurden sie wilder und wilder und rumorten immer lauter. Sie klangen wie Donner. Er riskierte es, die Taschenlampe anzuknipsen, die er aus seinem Rucksack mitgenommen hatte. Ihr bleistiftdünner Lichtstrahl zeigte ihm das Dach des Wagens über dem dunklen, aufgewühlten Schlamm des Teichs. Einen Augenblick später war es verschwunden.

Die Tiefe hatte er letztes Jahr gemessen. Er hatte achtzehn Fuß eines ausziehbaren Messstabes in Wasser und Schlick versenkt, bevor er auch nur annähernd auf etwas Festes gestoßen war. Er knipste die Lampe wieder aus, brauchte etwa zehn Minuten zur Beseitigung der Wagenspuren am Rande des Teichs und trabte dann zur Hauptstraße zurück.

Auf dem Weg zurück zu seinem Kanu musste er bloß zweimal kurz im Gebüsch abtauchen. Die Straße war eben und er war rechtzeitig vor den beiden nahenden Autos gewarnt, lange bevor die Scheinwerfer ihn erfassen konnten.

Dann schulterte er das Kanu und trug es zum Fluss, paddelte lautlos fünf Meilen tief in den Wald hinein und schlug sein Lager auf. Es war zwei Uhr dreißig morgens, als er die letzte glühende Kohle seines Feuers verscharrte und sich in seinem Schlafsack ausstreckte.

Nichts störte seinen Schlaf.

Im Morgengrauen erwachte er, vergrub beim ersten Licht die Steine, die das Feuer geschützt hatten, und verteilte vorsichtig Blätter und Zweige über seinen gesamten Lagerplatz. Als er fertig war und seine Arbeit begutachtet hatte, wusste er, dass niemand außer einem Mann, der sein ganzes Leben im Wald verbracht hatte, erkennen könnte, dass er da gewesen war. Und dass es nach ein paar Tagen nicht einmal solch ein Mann auch nur erraten würde.

So würde es jeden Tag und jede Nacht sein, bis sein Job erledigt war. Niemand würde jemals irgendetwas erfahren.

8

Vom Wohnzimmerfenster ihrer Motel Suite aus beobachtete Greg, wie Martin und Nancy wegfuhren.

„Eins ist sicher, sie sind nicht verheiratet."

„Woher weißt du das?" Art lag ausgestreckt da und war in den Anblick des Sprudelns seiner drei Alka-Seltzer-Tabletten vertieft. Er fühlte sich krank. Sein Alkoholkonsum in den letzten vierundzwanzig Stunden hätte für sie alle drei gereicht.

Greg zuckte die Achseln. „Das sieht man", sagte er. Er strahlte eine Art verächtlicher Sicherheit aus. „Vielleicht an der Art, wie sie geguckt hat, als sie in den Wagen gestiegen ist."

„Geguckt oder herumgeguckt?"

„Herumgeguckt. So als wollte sie nicht gesehen werden."

Er dachte nach und fügte hinzu: „Vielleicht hätten wir uns vorstellen sollen. Sie war gar nicht so übel."

Ken, die Augen rot vom Schlafmangel, kam aus dem Bad und horchte auf. „Ihr seid verrückt. Beide."

„Wieso?" Greg war fröhlich. Er war der Einzige, der sich richtig gut fühlte. Er fühlte sich immer gut nach einer rauen Sex-Nacht. Egal, wie viel er trank.

„Ihr habt aus dem Fenster geschaut und sie beobachtet, nicht?", fragte Ken aggressiv. „Wie viele andere haben wohl das Gleiche gemacht?"

„Wir hätten sie in ihrem Zimmer besuchen können, einer von uns, mit ihnen im Auto wegfahren können."

„Na klar. Schnappen wir uns doch gleich jemanden mitten im Rathaus." Ken hielt inne, um Greg mit gespielter Ungläubigkeit anzustarren. „Hat es dir letzte Nacht etwa nicht gereicht?"

Vage erinnerte er sich daran, dass Greg, als sie aufgehört hatten, Mädchen zu tauschen, mit der Kleinen namens Sandy ernsthaft zur Sache gegangen war und dass sein Bett einige Stunden lang nonstop gequietscht hatte, bis das Gör, das erst nicht genug kriegen konnte, wimmerte und weinte, er sollte doch endlich aufhören.

Greg lachte, wandte sich vom Fenster ab und erinnerte sich an Nancys sorgenvollen Blick. Frauen mit diesem Blick gaben sich meistens für alles her, sie waren immer bemüht zu gefallen. Er riss Art das inzwischen fertige Alka-Seltzer-Gebräu aus der Hand und kippte es runter. Art fiel der Unterkiefer runter. „Anderson, du Freak!"

Greg lachte wieder und küsste im Scherz Arts kahl werdenden Schädel. Ken hatte die beiden satt. Seit sie aufgestanden waren, hatten sie nichts anderes getan als gequatscht, gestritten und rumgeblödelt. „Los, gehen wir", sagte er. „Wir müssen noch zum Supermarkt."

Greg ignorierte ihn. „Hier!", sagte er zu Art. „Die beste Medizin." Er hielt ihm eine Bourbonflasche hin. Ein Drink war noch übrig.

„Fick dich!", knurrte Art. Er ignorierte Gregs Grinsen, ging ins Badezimmer, um neues Alka-Seltzer zu holen und versuchte die Bildfragmente der letzten Nacht zu einem zusammenhängenden Film zu ordnen. Aber die Mühe war umsonst. Sein Kopf wollte nicht arbeiten. Er konnte sich nicht mal erinnern, wie die Mädchen ausgesehen hatten, geschweige denn, mit welcher oder wie oft er es getrieben hatte.

Er nahm eine eiskalte Dusche, und als er angezogen war, hatten Ken und Greg gepackt und waren bereit aufzubrechen. Greg hielt ihm wieder die Flasche Jack Daniel's hin.

„Ich meine es ernst. Du wirst dich wie neugeboren fühlen."

Art musterte ihn, griff dann matt nach der Flasche, während Greg ihn mit erwartungsvoller Ehrfurcht ansah, während er sie leerte.

Der Bourbon, vielleicht ein halbes Glas, brannte, zerrte an Kehle und Magen, erzeugte einen Würgereiz. Als sie im Wagen saßen, fühlte er sich wieder halb betrunken. Aber es ging ihm besser. Viel besser.

Sie fuhren fünf Meilen auf dem Freeway bis zu einer Ausfahrt, dann raus in eine nahe gelegene Stadt, wo es einen Supermarkt gab. Es war noch zu früh für die meisten Kunden; die drei hatten den Laden ganz für sich, und all die Lebensmittel zu sehen und sich auszumalen, was für gute Malzeiten sie erwarteten, besserte ihre Stimmung. Greg stürzte plötzlich einen Gang entlang und warf Ken mit einem Blitzpass eine Dose Haferflocken zu. Ken fing sie auf und gab sie mit einer niedrigen Flanke an Art weiter. Die Managerin kreischte. Sie war eine Matrone mit bläulichem Haar und glaubte für einen Moment, es mit drei Verrückten zu tun zu haben. Die machten aber weiter und eine halbe Minute später lachte sie mit ihnen.

Die Rechnung belief sich auf 346 $, aber außer den Lebensmitteln hatten sie eine Unmenge Bourbon gekauft, genug, um sich zu besaufen und wochenlang besoffen zu bleiben. Also war's die Sache wert. Sie schleppten drei große Kartons und ein halbes Dutzend Papiertüten hinaus zum Kombi und ließen die Managerin mit der Überzeugung zurück, sie wären die drei perfektesten Gentlemen östlich der Rockies, und fuhren zu einem Stand am Rande der Straße, der ein großes Schild mit der Aufschrift „Munition" trug. Sie waren seit ihrer Abreise von Ann Arbor schon an vielen solchen Ständen vorbeigekommen, billige Buden, die jede Jagdsaison wie Pilze aus dem Boden schossen. Art und Greg kauften jeder einige Schachteln 25er für ihre Remingtons; dann fuhren sie hinüber zu einer Tankstelle. Greg war der Erste, der Martin entdeckte.

„Guckt jetzt nicht hin, aber wir haben Gesellschaft", sagte er mit gedämpfter Stimme.

„Wer?", fragte Ken hinter dem Steuer.

„Mach dein Fenster zu", sagte Greg.

Ken gehorchte. Summend schloss sich das Fenster.

„Das Pärchen aus dem Motel letzte Nacht", erklärte Greg. „Das ist der Typ."

„Sicher?" Ken blickte vorsichtig hin. Martin stand allein an einer Benzinpumpe und zahlte den Tankwart. Nancy war nirgends zu sehen.

„Sicher bin ich sicher. Ich erkenne ihn, ich erkenne das Nummernschild."

„Wo ist die Frau?", fragte Art.

„Da drüben." Greg wies mit dem Kopf Richtung Straße. Nancy kam die Straße herunter, mit einem Päckchen in der Hand. Sie blieb stehen, um Geld in einen Kaffeeautomaten zu werfen, zog zwei Becher und ging weiter Richtung Tankstelle. Sie trug enge Jeans, die ihren kleinen Arsch betonten, einen losen Sweater und keinen BH, und ihr Haar fiel weich um ihre Schultern.

„Wie ich schon sagte", fuhr Greg fort, „gar nicht so übel."

Ken war der gleichen Meinung, wollte ihm aber nicht so schnell Recht geben.

„Schon, aber Miss Amerika würde sie jetzt nicht gerade werden."

„Hör zu, sie hat ein paar hübsche Titten und einen geilen Arsch", sagte Greg. „Das allein zählt."

„Auf jeden Fall ist sie zu gut für ihn", sagte Art.

„Das kannst du laut sagen", pflichtete Greg ihm bei. „Er sieht aus wie einer, der denkt, es gibt nur eine Stelle, wo man ihn reinsteckt." Er lachte. Sogar Ken grinste.

Sie beobachteten, wie Nancy Martin den Kaffee brachte. Der Tankwart hatte Martins Wagen vollgetankt und kam jetzt zu ihnen herüber. „Sie haben uns entdeckt", sagte Ken. „Tut so, als wären sie nicht da." Er ließ sein Fenster herunter und wies den Tankwart an vollzumachen. Er hatte noch Zeit zu sehen, wie Nancy einen verstohlenen Blick in seine Richtung warf.

Dann stiegen sie und Martin ins Auto und fuhren davon.

„Was meint ihr, wohin sie fahren?", fragte Greg.

„Kanada."

„Wieso Kanada?"

„Wieso nicht?", entgegnete Ken. „Wenn du mit 'ner Schnecke ein heimliches Wochenende verbringen möchtest und schon mal hier wärst, würdest du nicht nach Kanada fahren? Wirf mal den Denkmuskel an."

„Vielleicht."

Sie hörten, wie der Tankverschluss zugeknallt wurde, und der Tankwart kam, um zu kassieren. Ken gab ihm zwanzig und wartete auf das Wechselgeld.

„Frag ihn", schlug Greg vor. „Vielleicht haben sie was gesagt."

„Willst du eigentlich blöd sterben?", blaffte Ken ihn an. „Willst du, dass er sich an uns erinnert?" Greg war wirklich manchmal ein Trottel. Sein übergroßes Selbstvertrauen konnte gefährlich werden. Man musste immer auf ihn Acht geben.

„Wenn sie zurück auf den Freeway fahren", sagte Art, „wird es nicht leicht werden."

Er hat Recht, dachte Ken. Sie müssten es an einem Rastplatz versuchen. Zu dieser Tages- und Jahreszeit war vielleicht einer leer. „Überlassen wir's dem Zufall", sagte er.

Er nahm das Wechselgeld und fuhr los.

Greg war besorgt. „Sie haben fast fünf Minuten Vorsprung."

„Drei", sagte Art.

„Wenn er sechzig fährt, müssten wir mindestens fünfundachtzig fahren, um sie einzuholen."

Ken zuckte die Achseln. „Mach dich nicht nass. Er trinkt Kaffee, erinnerst du dich?"

Der Ford schwankte bei der Kehrtwendung, Ken versuchte, ein auffälliges Kreischen der Reifen zu vermeiden. Einmal die Tankstelle hinter sich, trat er aufs Gas. Sie fuhren fünfundneunzig und holten Nancy und Martin ein, als diese gerade zurück auf dem Freeway waren.

Art stellte die logische Frage: „Warum sind sie überhaupt runter gefahren, frag' ich mich, wenn sie nach Kanada wollen?"

Ken erinnerte sich an das Päckchen, das Nancy getragen hatte, als sie die Straße runterkam. „Drugstore", schlug er vor. Und dann: „Da! Rastplatz!" Er zeigte auf ein Schild, das einen nach zwei Meilen ankündigte. „Daumendrücken!"

„Jetzt fahr nicht zu dicht auf. Der Typ kommt sonst noch auf dumme Gedanken."

Das war schwierig. Martin fuhr langsam, bloß fünfzig. Ken stieg vom Gas und hielt einen Abstand von einer Viertelmeile.

Aber vorne hatte Nancy sie schon entdeckt und wunderte sich.

„Marty, da sind diese drei Typen."

„Welche drei Typen?"

„Hinter uns."

„Was ist mit denen?"

„Die drei von der Tankstelle."

„So?" Er warf einen kurzen Blick in den Rückspiegel.

„Sie waren auch im Motel." Sie drehte sich in ihrem Sitz herum. Im Moment war der Ford hinter einer Kuppe verschwunden. Martin lachte. „Privatdetektive?" Er legte seine Hand auf ihren Oberschenkel.

„Na ja, es *könnten* welche sein", verteidigte sie sich.

„Jetzt komm aber, Nancy", spottete Martin jetzt offen. „Privatbullen kosten zwanzig Dollar die Stunde. Jeder. Kann Eddie sich das leisten?"

Natürlich konnte er das nicht. Und auch Jean hätte nie so viel von dem abzweigen können, was Martin ihr gab. Außer sie hatte einen Geliebten, der reich war. Und außerdem, welche Privatdetektive trugen Jagdklamotten und transportierten Boote und Motoren auf dem Dach ihres Wagens?

Nancy war ruhig und erinnerte sich an die Mädchen am frühen Morgen. „Martin?"

„Was ist jetzt?"

„Letzte Nacht hatten sie junger Dinger bei sich."

„Und?"

„Na, was ich meine, in so einem netten Motel – solche Dinger. Das hat mich doch überrascht."

„Woher weißt du das?"

„Ich hab' sie gesehen. Früh am Morgen. Als sie gingen."

„Du meinst *solche*?"

„Was heißt, solche?"

Er lachte. „Für Geld."

„Ich nehm's an." Neckend fragte sie: „Hast du schon mal dafür bezahlt?"

Sofort sah er verlegen aus und zögerte. „Einmal."

„Nur einmal?"

Diesmal antwortete er nicht. Sie lehnte sich an ihn und kicherte. „Es macht mir nichts aus", sagte sie. Männer sind manchmal so komisch mit ihren Geheimnissen, dachte sie. Armer Marty, natürlich hatte er dafür zahlen müssen. Mit einer Frau wie Jean. Männer waren nicht wie Frauen, die auch drauf verzichten konnten. Wenn sich ein Mann nicht von Zeit zu Zeit Erleichterung verschaffte, kam er schräg drauf, wurde deprimiert und schlecht gelaunt. Es machte ihr nichts aus, dass er zu Huren gegangen war. Es war nicht leicht für einen Mann, eine nette Freundin zu haben, wenn er verheiratet war. Sie schmiegte sich an ihn und sagte: „Ich habe ein neues Parfüm gekauft. Magst du es?" Sie schob ihre Wange ganz nah an seine. Er schnüffelte an ihrem Haar.

„Riecht gut", sagte er.

„Ehrlich?"

„Doch. Wirklich. Ich mag es."

Sie setzte sich wieder gerade hin und dabei schaute sie erneut zurück. Der Ford war knapp hinter ihnen.

„Martin."

Ihre Stimme klang scharf. Er wandte den Kopf und sah ihre besorgten Augen, und diesmal spottete er nicht. Vielleicht stimmte *wirklich* etwas nicht. Er blickte selbst zurück.

Und plötzlich dachte er, ja, sie hat Recht. Jemandem zweimal in so kurzer Zeit begegnen, okay. Aber dreimal? In einem Bundesstaat so groß wie Michigan? Die Typen mussten wohl auch nach Kanada fahren. Das war die einzige Erklärung. Viele Jäger machten das.

Aber da war noch was anderes. Er glaubte sich selbst nicht, als er sagte: „Hör zu, entspann dich. Viele Leute fahren nach Kanada." Plötzlich hatte er Angst.

Dann ertönte ein pfeifendes Geräusch, der Ford fuhr seitlich an sie heran, und Greg lehnte halb aus dem Fenster, zückte eine Marke und deutete auf den Straßenrand. Der Ford raste vorbei, das rechte Blinklicht an, um Martin zu sagen, dass er ihm auf den Rastplatz folgen sollte.

„Siehst du? Polizei." Nancys Stimme klang schrill. „Ich hab es dir gesagt."

„Hör zu, beruhige dich. Wir haben nichts getan." Martin fuhr langsamer. Der Ford hatte angehalten. Greg war ausgestiegen und wartete.

„Wir haben uns als Mr. und Mrs. eingetragen."

„Dafür verhaften sie dich nicht."

„Es ist ungesetzlich. Eddie wird es herausfinden. Ich weiß es."

„Wirst du verdammt noch mal jetzt den Mund halten?"

„Er wird es herausfinden." Jetzt war es fast schon ein Schrei.

Martin hielt an. Es waren keine anderen Autos da. Er fummelte am Handschuhfach.

„Was willst du?", Nancys Stimme war tränenerstickt, aber sie hatte sich wieder einigermaßen unter Kontrolle.

„Die Wagenpapiere."

Martin fand sie und stieg aus dem Wagen. Greg kam von dem Ford zurück, mit grimmiger Miene. Art kam hinterher. Martin nahm die Mappe heraus, öffnete sie, um den Führerschein bereit zu haben.

„Was gibt's, Officer?"

Greg nahm die Mappe, warf einen Blick auf den Führerschein, steckte ihn mit den Wagenpapieren in seine Tasche und wies mit dem Daumen nach hinten. „Ab in den Wagen."

„Aber was habe ich getan?"

„Hör zu, Freundchen, diskutier nicht mit mir, oder du verbringst eine Woche im Knast."

„Aber ich habe doch nichts getan."

Gregs Griff wurde fester. Eine riesige Hand packte Martin am Kragen, die zweite schoss von hinten zwischen seinen Beinen nach vorne und packte seine Genitalien. Die obere Hand schob ihn vorwärts, die untere hob ihn hoch und zog ihn zurück. Martin war in Sekundenschnelle auf den Beinen und wurde zum Wagen transportiert. Er war völlig hilflos. Er drehte den Kopf und sah, wie sich Nancys Tür öffnete und Art sich vorbeugte, um mit ihr zu sprechen, während er eine Marke vorwies.

Dann wurde er wie ein Sack auf den Rücksitz des Ford geworfen. Greg kletterte hinter ihm hinein und sagte zu Ken: „Hier ist Romeo. Brav wie ein Lämmchen."

Ken lachte. Nancy erschien, fast heulend vor Schmerz, während Art ihr den Arm auf den Rücken drehte. Er grinste breit.

Greg langte hinaus und zerrte sie so heftig zu sich und Martin herein, dass es ihr den Atem verschlug und sie einen Augenblick lang nicht sprechen konnte. Art knallte die Tür zu. Greg schloss sie ab.

„Erste Ausfahrt", rief Ken Art zu.

Art nickte und ging zu Martins Wagen.

Martin fand seine Stimme wieder. „Hören Sie, würden Sie uns sagen, was hier eigentlich los ist?"

„Maul halten."

„Wir haben ein Recht, es zu erfahren, oder?"

„Schnauze, hab' ich gesagt!" Ken schwang sich auf dem Fahrersitz nach hinten, die Lippen in einer maskenhaften Grimasse zusammengekniffen.

„Er meint es ernst", sagte Greg.

Der Ford raste los. Alles war in weniger als einer Minute passiert.

Nancy bekämpfte die in ihr aufsteigende Hysterie, kam wieder zu Atem und versuchte, ihrer Stimme einen geduldigen Ton zu verleihen. „Bitte, Mister. Wenn Sie uns bloß einen Hinweis geben könnten, was wir getan haben."

Greg antwortete nicht. Ken musterte sie im Rückspiegel und seine Stimme war kalt. „Das gilt auch für dich."

Sie hörte die Warnung nicht. Sie bestand darauf: „Bitte. Wir wollten nichts Falsches tun. Was immer es war. Bitte."

Ken warf wieder einen Blick in den Rückspiegel, diesmal auf die Straße. Art fuhr knapp hinter ihnen. Sonst niemand. Jetzt war der Moment. Er hielt das Steuer des Ford mit der linken Hand gerade, drehte sich halb auf seinem Sitz herum und schlug Nancy mit dem rechten Handrücken über den Mund.

Es war ein kurzer, starker, harter Hieb, der ihre weichen Lippen gegen die Zähne knallte und das Zahnfleisch verletzte, sodass es blutete. Bevor der Schrei aus ihrer Kehle dringen konnte, griff Greg ein. Er presste eine Hand über ihren Mund, so riesig, dass sie fast ihr ganzes Gesicht bedeckte, und als Martin sich regte, um sie zu beschützen, knallte er ihm den Ellbogen in den Solarplexus. Martin machte ein tiefes, grunzendes Geräusch und dann ein hohes Quietschen wie ein Schwein, krümmte sich nach vorne und würgte. Greg ließ Nancys Mund los, packte sie an den Haaren und riss ihren Kopf zurück, hielt ihn fest, damit ihr Hals nicht zur Seite kippen und brechen konnte, und schlug sie zweimal ins Gesicht, hart, aber nicht hart genug, um ihr den Kiefer zu brechen.

Martin stiegen Tränen in die Augen. „Du Schwein!"

„Was?"

„Du dreckiger Hurensohn!"

Greg langte auf dem Vordersitz nach dem Gewehr, das Art dort vorbereitet hatte. Er schwang das schwere 35er nach hinten, als wäre es eine Feder, rammte Martin den Lauf unters

Kinn und drückte seinen Kopf gewaltsam gegen das Fenster. Sein Finger streichelte den Abzug.

„Wie hast du mich genannt?"

Martin konnte nicht sprechen.

„Na los. Sag's noch mal. Wird's bald?"

Ken steuerte den Ford schwungvoll in eine Ausfahrt. „Autos", sagte er leise.

Sie näherten sich einer zweispurigen Asphaltsraße, die unter dem Freeway durchführte und im Westen in der dichten Wildnis der Wälder der Nordhalbinsel verschwand. Aber es gab eine Tankstelle, ein paar Geschäfte und eine große Kreuzung.

Greg sagte: „Noch ein Laut von einem von euch, und ihr werdet richtig in der Scheiße landen. Kapiert?" Er ließ das Gewehr zwischen seine Knie hinuntergleiten, damit man es nicht sehen konnte, legte einen Arm um Martins Schultern, den anderen um Nancy.

Sie hielten an, und Art parkte Martins Wagen auf einem öffentlichen Parkplatz. Er schloss ab, kam zurück, setzte sich auf den Vordersitz des Ford neben Ken und überreichte Martin die Schlüssel. „Vergiss nicht, wo du sie hinsteckst", sagte er.

Der Ford fuhr wieder los. In wenigen Sekunden hatten sie das bebaute Gebiet verlassen, und die Straße war wieder leer. Es war die Bundesstraße 28, die ohne nennenswerte Unterbrechungen, abgesehen von Marquette, 150 Meilen am Südufer des Oberen Sees entlang direkt nach Wisconsin führte. Auf halber Strecke lag Schoolcraft County, einer der wildesten, abgelegensten und unverdorbensten Landschaftsflecken Nordamerikas. Dort gab es noch Wölfe.

„Okay", sagte Ken. Langsam und mit Erleichterung atmete er aus. Alles war gutgegangen.

Greg raufte Martins Haar und gab Nancy einen Schmatzer auf den Kopf, er beschnüffelte sie einen Moment, weil ihm gefiel, wie sie roch. Er nahm Martins Mappe aus der Tasche, gab sie Art und zwinkerte. „Es stimmt, er *ist* Martin Clement."

Art grinste, blätterte die Dokumentenmappe durch und pfiff. „Heilige Scheiße", sagte er. „Die ganzen Versicherungskarten, die einer mit sich rumschleppen muss, bloß wegen eines Computerjobs in einer Scheißbank." Er schloss die Mappe, endgültig, mit einem lauten Knall, gab sie Greg zurück, der sie fröhlich in Martins Jackentasche stopfte.

Martin rührte sich nicht.

Art sagte: „Okay, Martin. Du bist unschuldig."

Ken warf einen Blick nach hinten. „Vielleicht sollten wir uns jetzt vorstellen. Ich bin Ken; das ist Art. Und Greg. Ken, Greg und Art. Okay?"

Greg streichelte sanft Nancys Haar. Er legte den Arm um ihre Schulter und erlaubte seinen Fingern, den Ansatz ihres langen Brustmuskels zu betasten. „Wie heißt du, Süße?" Sie antwortete nicht. Er fragte Martin: „Wie heißt deine Freundin?"

„Nancy", sagte Martin mit schwerer Zunge.

„Nancy, was?"

Martin biss sich auf die Lippe. Greg packte wieder Nancys Haar, riss ihr Gesicht herum und zog es ganz nah an seines heran. Ein Inch und ihre Lippen hätten sich berührt. „Nancy was?"

„Stillman. Nancy Stillman." Ihr warmer Atem streifte seinen Mund. Er ließ sie zurückfallen. „Okay", sagte er. „Ganz toll."

Beschwichtigend sagte Ken: „Nancy. Das gefällt mir." Er sah sie an. „Passt zu dir. Hab keine Angst, Nancy. Wir werden dir nicht weh tun. Bleib nur ruhig sitzen und genieße den Ausblick."

Greg bemerkte Martins leichenblasses Gesicht, schnalzte mit der Zunge und wühlte weiter in Martins Haar. „Marty glaubt, wir sind Psychopathen oder so was."

Art sagte: „Wir sollten ihm vielleicht besser was über uns erzählen. Das wird ihn beruhigen."

„Marty", sagte Ken. „Wir sind alle anständig verheiratet. Wir haben alle Kinder. Ich habe vier, Greg hat vier und Art hat drei. Ich bin in der Werbebranche, Art ist Unternehmensberater und Greg Geschäftsmann. Baumaschinen. Wir sind, nun ..." Er schien einen Moment nachzudenken, suchte nach den richtigen Worten. „Nun, man könnte sagen, wir sind einfach typische Vorstadt-Amerikaner. Wie du, aber vielleicht mit ein bisschen mehr Geld. Wir haben alle drei ziemliches Glück gehabt. Sind erfolgreich. Ich habe gerade ..."

Er brach ab, als eine Flut von Flüchen aus Gregs Mund hervorbrach. Er drehte sich um und sah, wie sich ein Ausdruck entrüsteter Ungläubigkeit auf Gregs derben Zügen ausbreitete. „Was ist los?" Automatisch bremste er den Ford.

Nancy war zusammengekauert, die Hände bedeckten ihr Gesicht, ihr Kopf gebeugt. Greg war halb aus seinem Sitz, hob seinen Arsch, indem er den Rücken wölbte.

Dann sah Art den nassen Sitz und Gregs feuchte Hose. Er fing an zu lachen, hüpfte vor und zurück und Tränen traten ihm in die Augen. „Nancy hat einen kleinen Unfall gehabt", sagte er.

„Um Himmels willen!", sagte Ken mit gespieltem Entsetzen. Er lachte. Dann lachte auch Greg. Und legte einen Arm um Nancy und drückte sie fest an sich.

Ken drückte aufs Gaspedal und der Ford nahm wieder Geschwindigkeit auf.

9

Schnell hatten sie die siebenundneunzig Meilen auf der einsamen Straße zwischen dem Sault Sainte Marie-Freeway und Marquette hinter sich gebracht. Es gab nur wenig Verkehr, dichten Wald zu beiden Seiten der Straße und nur die Dörfer Raco, Hulbert Corners, Soo Junction, McMillan und Seney, wo man aufpassen musste. Dort schraubten sie das Tempo auf die vorgeschriebene Geschwindigkeit runter. Man konnte nie wissen, wo der Wagen einer Highwaypatrouille lauerte, die Polizisten behaglich im beheizten Inneren, auf die gelegentlichen, fallweisen Funknachrichten horchend, rauchend, kauend, und wahrscheinlich ab und an einen kleinen Schluck zu sich nehmend.

Tief mitten in Schoolcraft County bog Ken von der Route 28 ab, und einen Augenblick später wurde der Ford vom dichten Gebüsch des schmalen Fahrwegs verschluckt.

Art fühlte sich deutlich erleichtert. Waren Ken und Greg auch entspannt, er war es nicht. Martin gefiel ihm nicht. Er hatte eine Art mürrischen Trotz an sich, die leicht zu einer plötzlichen und unvorhersebaren Explosion kommen konnte. Das gehörte alles zum Spiel, sicher, aber es beunruhigte ihn trotzdem. Er hätte einen handfesten Draufgänger vorgezogen, den sie zusammenschlagen konnten, oder einen elenden Feigling, eins von beiden. Nach einigen Blicken auf Martin und Nancy hatte er nicht mehr in den Rückspiegel gesehen. Er hätte auch lieber ein jüngeres, lebendigeres Mädchen gehabt, weniger scheu, weniger weiblich. Nicht, dass es wirklich einen großen Unterschied für ihn machte. Wenn er wirklich über Frauen nachdachte, waren sie für ihn unendlich viele gesichtslose Klumpen Fleisch. Die Einzige, mit der er jemals Kontakt gehabt hatte, war Pat. Bei all ihrer Verbitterung und kaum verborgenen Verachtung, war sie doch real. Zwischen ihr und ihm gab es die fast greifbare Wirklichkeit des Hasses, sodass er, bei den seltenen Gelegenheiten, da sie ihn ranließ, zumindest die Erregung der Feindseligkeit genießen konnte. Geistig konnte er sie, ohne dass sie es wusste, bestrafen, indem er ihre Verachtung während jeder Bewegung seines kurzen Sex mit ihr genoss. Mit jeder anderen Frau jedoch hatte er keinen Kontakt, er benutzte ihren Körper nur, um sich einer geheimen Fantasiewelt hinzugeben, die ihm sonst verboten war. Denn Sex mit einer fremden Frau erlaubte ihm, sich in seinem tiefsten Inneren vorzustellen, er täte es mit einem Mann. Und wenn es zufällig auch noch eine Frau war, die er mit Ken und Greg teilte, gab es noch eine bittersüße zusätzliche Variante, wenn er zusah, wie sie sie nahmen: sich vorzustellen, an der Stelle dieser Frau zu sein. Hatte einer von ihnen es erraten? Machte es etwas aus? Bestätigte nicht der Kinsey-Report und auch der Psychiater (den sie ab und zu aufsuchten, weil Pat darauf bestand), dass seine Gefühle ganz normal waren und von vielen anderen Männern geteilt wurden? Jedenfalls hatte er noch nie den geringsten Verdacht in Kens oder Gregs Gesichtern gelesen, noch jemals auch nur die geringste Anspielung von ihrer Seite gehört.

Sie kamen zu einem Gittertor. Er stieg aus, öffnete es. Der Ford fuhr langsam durch. Er schloss das Tor hinter dem Wagen und stieg wieder ein. Niemand sprach. Nancy und Martin waren bleich und stumm. Greg hatte Nancys Platz gesäubert, und seine Hose war fast trocken.

Nach ein paar hundert Yards mündete die Straße auf einmal in ein heruntergekommenes Touristencamp, das den Winter über geschlossen war. Rostige Eisengitter, ein Schindelhaus, dessen Farbe abblätterte, und ein halbes Dutzend schäbiger, kleiner Einzimmer-Hütten in ähnlich reparaturbedürftigem Zustand. Seit August hatte niemand Gras gemäht, Unkraut wuchs überall am Straßenrand, braun und zusammengefallen vom Novemberfrost, wand sich an kahlen Bäumen empor, die genauso karg und dürr aussahen.

Ken fuhr zu einer windschiefen Garage. Die Türen waren abgeschlossen. Er zog die Handbremse und schaltete den Motor ab.

„Hast du den Schlüssel?"

Art zog ihn aus der Brusttasche seiner Jagdjacke und stieg wieder aus.

Ken wandte sich an Nancy und Martin. „Jetzt hört mal zu, ihr zwei. Wir gehen alle auf Camping-Tour, verstanden? Wir müssen alles vom Dach herunterholen, zwei Boote aufpumpen und alles in den Booten verstauen. Wir haben Motoren, niemand muss paddeln, aber es ist noch weit."

„Was er sagen will, ist", sagte Greg, „dass ihr beide viel besser dran seid, wenn ihr kooperiert."

„Exakt." Ken musterte Martin. „Martin, du scheinst darüber nachzudenken abzuhauen. Ich kann dir nur raten, versuch's gar nicht erst."

Greg sagte: „Nancy wird nicht versuchen abzuhauen, stimmt's Nance?" Er drückte sie an sich und lachte, als sie zurückschrak.

„Okay?", fragte Ken. „Haben wir uns verstanden?"

Martin fand seine Stimme wieder: „Hören Sie, Mister, Sie haben sich geirrt. Wir haben kein Geld."

Greg tat überrascht. „Mein Freund, alle haben Geld."

„Wir nicht. Wir könnten zusammen nicht mal zehntausend aufbringen."

„Bitte", sagte Nancy sanft. „Ich habe Kinder."

„Es ist noch nicht zu spät, uns laufenzulassen", sagte Martin. „Wir kennen Ihre Familiennamen nicht. Ich habe Ihre Autonummer nicht. Ich habe sie nicht gesehen."

Greg starrte ihn nur an. Ken lächelte schwach.

„Ich habe sie nicht gesehen", bat Martin. „Ich schwöre bei Gott."

Nancy brachte nur noch ein Flüstern zustande. „Bitte, bitte."

„Alles klar. Ran an die Arbeit", sagte Ken forsch. Er stieg aus dem Wagen.

Greg öffnete die Tür an Nancys Seite, stieß sie ein wenig, folgte ihr hinaus. „Hier entlang", sagte er zu Martin. Martin rutschte auf dem Sitz hinüber und stieg hinter ihm aus. Greg deutete mit dem Kopf auf das Autodach. „Die Gummiseile zuerst. Vorsicht mit den Augen, wenn einer loslässt."

Martin schrie: „Verdammte Scheiße, ihr seid alle verrückt!"

Gregs freundliches Lächeln verschwand mit einem Schlag.

Aber Martin schrie weiter: „Was zum Teufel wollt ihr von uns?"

Ruhig sagte Greg: „Hör zu, worauf haben wir uns geeinigt, als du das letzte Mal Ärger gemacht hast?"

Martins Blick begegnete Nancys. Ihr Kopf bewegte sich unmerklich, und ihre Augen baten stumm „nein". Er hielt den Mund und fing an, die gespannten Seile loszumachen und die Gummiplane über der Ladung zurückzuschlagen. Nancy ging rüber, um ihm zu helfen. Da hörte sie gleich neben sich das laute Geräusch von plätscherndem Wasser. Sie schaute hin. Völlig ungerührt, als existierte sie nicht, hatte Greg sein Gewehr unter den Arm geklemmt, seine Hose geöffnet und pisste nun. Unfähig, ihren Augen zu trauen, stand Nancy starr da wie angewurzelt. Es war nicht die enorme Größe seines Schwanzes, die an und für sich zu unwirklich war, um sie für wahr zu halten; sie hätte sich nie vorstellen können, dass ein Mann so ausgestattet war. Es war eher die schiere Unverschämtheit in seinem Benehmen. Entsetzt konnte sie nicht aufhören ihn anzustarren, bis sie schlagartig realisierte, dass sie dastand und zuschaute. Sie gab sich einen Ruck, wandte sich wieder Martin zu und versuchte, nicht zuzuhören. Ihr war schwindlig; alle Kraft strömte aus ihren Gliedern, sie fühlte sich hilflos und schwach. Als Greg fertig war und helfen kam, empfand sie nackte Angst bei seiner Nähe, und sie konnte sich nicht überwinden ihn anzusehen.

In wenigen Minuten hatten sie die ganze Ladung freigelegt und holten die Schlauchboote herunter, die in Leinensäcke verpackt waren, die beiden Außenbordmotoren, die vier Propangasflaschen und Kens neues Rohr für den Brunnen.

Greg öffnete den Kofferraum. „Hier. Fangen wir damit an, Nancy?" Er gab ihr einen schweren Karton mit Lebensmitteln. Mit dem Kopf deutete er auf den Weg, der durch das Unkraut führte. „Da entlang."

Martin und Ken waren bereits unterwegs, Ken führte. Fünfzig Yards weiter lag ein schieferfarbener Fluss, ungefähr fünfzig Yards breit. Er war tief und floss träge dahin, und der immergrüne Wald gegenüber war wie eine massive Wand. Nancy folgte ihnen, und Art ging hinter ihr. Greg blieb beim Wagen.

Der Weg war schmal. Martin überlegte, ob er im Gebüsch am Rand untertauchen sollte, wagte es aber nicht. Auf der ganzen Strecke zwischen Fluss und Kombi wäre er sichtbar. Art und Greg beobachteten ihn beide. Er ging langsamer, damit Nancy ihn einholen konnte, und verlagerte dabei die Gasflasche von einer Schulter auf die andere. Der schwere Stahl rieb unerbittlich und schmerzhaft.

Dicht hinter ihm flüsterte Nancy: „Martin, was wollen die?"

„Weiß nicht. Hat was mit der Bank zu tun." Er sprach, ohne den Kopf zu wenden.

„Versuch abzuhauen."

„Was ist mit dir?"

„Du musst. Wir müssen Hilfe holen."

Martin versuchte sich vorzustellen, wo diese Hilfe herkommen könnte. Aber alles, was sein Bewusstsein erfassen konnte, war das einsame Band des Highways, das eine Viertelmeile hinter ihnen durch den Wald führte. Wie weit war es, in welcher Richtung auch immer, zu einem Haus oder einem Dorf? Er versuchte, sich zu erinnern. War da nicht vor zehn Meilen eine Kreuzung gewesen, eine Bar und ein Lebensmittelladen?

Aber wenn er es bis zum Highway schaffen könnte, wäre

er zumindest in offenem Gelände. Alle paar Minuten würden Autos vorbeifahren und die Typen würden es nicht wagen, ihm zu folgen.

Sie kamen ans Flussufer. Er stellte seine Flasche ab, half Nancy mit ihrer Kiste. Art kam von hinten heran, und Ken sagte: „Ich bleibe hier. Vielleicht bringt ihr als nächstes die Boote, dann kann ich sie gleich beladen."

„Okay", sagte Art. Er winkte mit dem Gewehrlauf Richtung Auto, und als wäre das alles eine nette Party, stubste er Martin damit gutmütig in den Hintern. „Los! Kehrt marsch!"

Plötzlich witterte Martin seine Chance und versetzte Nancy einen leichten Stoß, damit sie auf dem Weg voranging. Nach etwa zwanzig Yards blieb er absichtlich zurück.

„Los, weiter, weiter!", sagte Art.

Martin schleppte sich noch ein kurzes Stück weiter, drehte sich dann um und sagte: „Hören Sie ..."

„Wirst du wohl weitergehen?"

„Ich hab' schreckliche Bauchschmerzen."

Art grinste. „Wenn du mit dem Abladen fertig bist, gehen wir in den Wald und du darfst was dagegen unternehmen."

Er schubste ihn wieder mit dem Gewehr. Martin sah, dass sein Finger nicht am Abzug war. Sein Herz wurde zu einem riesigen Klumpen. Brust und Hals wurden ihm so eng, dass es ihm den Atem raubte. Und ein Brausen in seinen Ohren und eine graue Wand zwischen ihm und Art.

„Was ist los?" Arts träges Lächeln war verschwunden. In seinem Blick lag leichte Beunruhigung.

Martin packte den Gewehrlauf und schleuderte ihn hoch gegen Arts Gesicht. Und hielt ihn dort, den Bruchteil einer Sekunde zu lange, sodass Art sich wieder besinnen konnte, ihn wegzustoßen versuchte und den Finger an den Abzug bekam. Das Dröhnen des Schusses war ohrenbetäubend.

Nancy wirbelte herum und sah Martin und Art ineinander verknäult kämpfen. Sie drehte sich um und erblickte Greg, der das Schlauchboot, das er in den Armen hielt, fallen ließ und nach seinem Gewehr langte, das an der Tür des Ford lehnte. Sie drehte sich noch mal rum und sah Ken hinter Art und Martin, eingerahmt von zwei Bäumen am Flussufer. Er fing an zu rennen.

Nur ein Moment war vergangen. Plötzlich lag Art auf dem Rücken, das Gewehr immer noch in der Hand, und Martin stürzte sich blindlings ins Gebüsch, kämpfte sich durch Stechwinden und Sumach. Eine Sekunde später war er hinter einer der Sommerhütten verschwunden. Kens Schuss riss ein Stück der Bretterverkleidung von der Ecke der Hütte ab und zischte ins Leere.

Auf der anderen Seite der Hütte wurde das Gebüsch spärlicher. Bis zum Haus waren es dreißig Yards. Martin flüchtete dorthin und benutzte das Haus als Deckung vor Greg, der beim Kombi an der Garage stand. Sein Herz pochte wild und seine Lungen stachen. Es war, als wäre er sein ganzes Leben lang gerannt. Hinter sich hörte er, wie Ken Art etwas zubrüllte und wie Art hinter ihm herstürzte. Hinter dem Haus war Wald. Martin schlug Haken zwischen einem Abfallhaufen, einem verrosteten Auto, einer alten Hundehütte und einem Ofen und verschwand zwischen den Bäumen. Er lief weiter und hörte das Geräusch von Wasser. Es kam ganz nahe von rechts und es war der Fluss. Er kämpfte sich weiter durchs Gebüsch und gelangte auf eine Lichtung, nur um zu erkennen, dass er in eine Falle geraten war.

Dort, wo Martin sich befand, machte der Fluss eine Schleife, sodass er beinahe in sein eigenes Bett zurückfloss. Das Haus dahinter lag dicht an der Verengung dieser Schleife, und als Martin vorhin in den Wald gestürzt war, war er, ohne es zu wissen, nur einen Steinwurf vom Fluss entfernt gewesen, sowohl zu seiner Rechten wie zur Linken. Jetzt steckte er mitten in der Schlinge, und es gab keinen Weg hinaus, außer geradewegs nach vorne. Nur ein paar Yards entfernt hörte er Art und Ken einander zurufen. Er hatte keine Chance mehr umzukehren, ohne gesehen zu werden.

Gleich vorne am Flussufer lag ein kleines Bootshaus. Die Tür war abgeschlossen. Planlos und ohne eine Idee, wozu, zertrümmerte Martin blindlings ein kleines Fenster und hievte seinen Körper über das Fensterbrett. Jeder Platz schien ihm jetzt eine Zuflucht zu sein. Er fiel schwer, mit dem Gesicht voran, auf einen feuchten, mit Unrat übersäten Betonboden. Als er aufstand, schmeckte er Blut. Es floss aus einer Wunde auf seiner Nase, ein Glasschnitt, und mehr Blut kam aus einer bösen Abschürfung am Kinn. Er blickte um sich. Im Halbdunkel erkannte er Ruderboote, ein halbes Dutzend, und ein altes Kanu. An der Flussseite gab es eine Doppeltür, die mit einem zwei mal vier Kantholz verschlossen war. Er hob den Riegel aus der Halterung und warf sich gegen die Türflügel. Rostige Scharniere kreischten; die Unterkanten der Türen kratzten scharf am Beton, aber sie gaben nach, Licht und das Geräusch des Flusses strömten herein.

Martin drehte das Kanu um, suchte nach einem Paddel. Er konnte keines entdecken. Er griff sich ein Ruder, das mit einem Dutzend anderer in einer Ecke stand, und schob den Bug des Kanus eine kurze, seichte Rampe hinunter in den Fluss und stieg hinein. Er drückte das Ruder hart gegen die Rampe, stemmte sich dagegen und stieß sich ab. Das Kanu schwankte wild und schwenkte seitlich herum ins Wasser.

Dann sah er Ken und Art. Sie waren kaum zehn Fuß vom Bootshaus entfernt und beobachteten ihn, die Gewehre lässig über den Arm gelegt. Er wusste, dass sie die ganze Zeit da gewesen waren, während er die Türen geöffnet und das Kanu hinausgewuchtet hatte. Einfach dagestanden und gewartet.

Ken sagte: „Du hast diese Scheiße gebaut, Artie. Er ist dein Täubchen."

In der eiskalten Ewigkeit, die folgte, beobachtete Martin, wie Art zielte, sah aber nicht Art, sondern nur das obszöne, runde, schwarze Loch der Mündung des Gewehrlaufs. Es war direkt auf ihn gerichtet. In einem Augenblick würde etwas aus diesem Loch herauskommen, so schnell und hart, dass er es nie erkennen würde. Ein schrecklicher Schlag und Finsternis würden folgen. Am Schlimmsten war, dass es zu spät war, irgendetwas dagegen zu tun. Der Tod – das war jetzt. Er fühlte sich innerlich schluchzen, aber es kam kein Ton über seine Lippen.

Dann knallten Schüsse. Einer nach dem anderen, so schnell, wie Art sie überhaupt abfeuern konnte. Und gleichzeitig ein gewaltiges Zerren unter Martins Füßen. Holzsplitter flogen und sofort umspülte etwas Kaltes seine Fußgelenke. Starr setzte er sich hin, kehrte in die Realität zurück. Der Bug des Kanus war zur Hälfte weggeschossen; Wasser strömte herein. In weniger als einer Minute war das Kanu in zwei Fuß tiefem, eisigem Wasser auf schlammigen Grund gelaufen.

Ken lachte, schüttelte den Kopf und wandte sich ab. Art wartete, ohne zu lächeln, bis Martin wie betäubt ans Ufer zurückgewatet war.

10

In der Abenddämmerung erreichten sie ihr Ziel. Der Fluss weitete sich zu einem See von einer Viertelmeile Breite und einer Meile Länge. Dann wurde er wieder enger, um sich durch die endlosen, wogenden Wipfel des schweigenden Waldes zu schlängeln.

Vor der Jahrhundertwende war die Gegend stark gerodet worden: Nun war der Wald nachgewachsen, Ahorn, Esche, Buche und Waldeiche waren zu den sonst vorherrschenden Kiefern dazugekommen, die sich ausgebreitet und ihre volle Größe erreicht hatten. In jener längst vergessenen Zeit war eine kleine Sägemühle schnell und illegal gebaut worden, auf einem Fleck Land, der einmal eine Halbinsel mit felsigem Steilufer gewesen war, die wie eine Zunge in den See ragte. Hier waren Baumstämme, die über den See oder flussabwärts trieben, gesammelt, geschält, zu groben Brettern zersägt und auf einheitliche Länge zugeschnitten worden, bevor sie im Winter dann mit Schlitten zu einer inzwischen verlassenen, einige Meilen entfernten Eisenbahnlinie und schließlich zu den neu sprießenden Städten in den Ebenen des Mittleren Westens gebracht hatte.

Heute war, dank des Fleißes von Generationen von Bibern, der Wasserspiegel des Sees gestiegen. Der flache, dünne Hals der Halbinsel war verschwunden, wodurch sich das höher gelegene Land der Halbinsel selbst in eine Insel verwandelt hatte, die vom Ufer durch einige hundert Yards schultertiefen Stauwassers getrennt war, ab und zu unterbrochen durch buschige Hügel von Sumpfgras und vereinzelte astlose Baumstämme, die aus dem Wasser ragten, wie die einsamen Maste verlassener, gesunkener Schiffe.

Die Mühle selbst war noch sichtbar zwischen den Bäumen, der Ziegelschornstein bröckelte, das derbe Schindeldach war arg durchlöchert und bedeckt von dunklen Moosflecken, die

Holzbeplankung der Wände war silbrig zerfasert von Jahrzehnten nördlichen Frosts und kurzer brennender Sonnenhitze im Juli und August.

Und nicht weit davon, vom See nur durch eine vom Unterholz befreite Lichtung getrennt, stand Kens, Gregs und Arts Jagdhütte.

Martin sah sie zuerst, als sie den See hinauffuhren, der jetzt eine spiegelglatte violette Fläche unter einem nur wenig helleren Himmel war, auf welchem die letzten tastenden Lichtfinger eines nördlichen Sonnenuntergangs schnell verblassten.

Er stubste Nancy. Vor Kälte zitternd, schaute sie verstohlen hin. Ihre halb geschlossenen Augen streiften kurz den See und verweilten auf dem dunklen Felsgestein des Ufers, den überhängenden immergrünen Bäumen und dem dichten Gestrüch, das hie und da durch den silbrigen Stamm eines vor langer Zeit umgestürzten Baumes unterbrochen wurde, der durch Zeit, Eis und Seewasser krumm und knorrig geworden war.

Sie sah die Hütte nicht ohne Schwierigkeiten, denn diese passte sich so gut ihrer Umgebung an, dass sie fast eins mit ihr zu sein schien, solide gebaut, mit sorgfältig abgedichteten, hölzernen Außenwänden. Sie hatte ein niedriges, abfallendes Schindeldach, das zum See hin über eine aus breiten Planken gebaute Eingangsterasse vorragte, die einige Fuß über dem Boden lag und über zwei Steinstufen zu erreichen war. Die Fenster, welche die Eingangstür flankierten, waren gegen jegliche Art von Eindringlingen fest mit Läden verschlossen und die Hütte wirkte, obwohl irgendwie einladend, zugleich unheilvoll. Es lag an ihrer völligen Isoliertheit. Während sie sie betrachtete, hatte Nancy das Gefühl, das ein Gefangener hat, wenn sich nach Gerichtsverhandlung und Verurteilung die Zellentür endgültig hinter ihm schließt. Sie hatte eine dunkle Vorahnung, dass gewiss sehr bald ein neuer, noch nie geträumter Alptraum beginnen müsse.

Ken drosselte seinen Motor. Einen Augenblick später stieß der Gummibug des Schlauchboots sanft knirschend an das Ufer unterhalb der Hütte, das aus feinem Schotter bestand.

„Home sweet home", sagte Ken.

Sie waren vier Stunden lang mit ziemlich hoher Geschwindigkeit auf der Wasserstraße durch den Wald unterwegs gewesen. Vor nur sechs Stunden waren Martin und Nancy gekidnappt worden. Es kam ihnen wie eine Ewigkeit vor.

Ken war zurückgekommen, nachdem sie Martin wieder eingesammelt hatten, und kurz darauf Art mit dem armen Martin, dessen Augen stumpf waren vor Angst und Hoffnungslosigkeit. Bevor sie die Boote bestiegen, wurde er von Art öffentlich bestraft. Lächelnd erklärte er, dass Kaugummi Martins Adrenalinspiegel wieder heben würde und damit auch seine Stimmung. Er hatte seinen eigenen, gut durchgekauten Klumpen aus dem Mund geholt, ihn Martin zwischen die Zähne gezwängt und ihm befohlen zu sagen, wie gut er ihm schmeckte. Als Martin sich zunächst weigerte, hatte Art ihm den Lauf seiner 35er zwischen die Beine geknallt, woraufhin dieser vor Schmerz zusammenklappte. Dann richtete er den Lauf auf Martins Genitalien.

„Sag: Es schmeckt gut, Art."

„Es schmeckt gut."

„Art."

„Art."

Martin fing an, wie ein Kind zu weinen.

„Kau." Ein scharfer Gewehrstoß. Martin schrie und kaute.

Und Nancy würde nie ihr eigenes, geringeres Elend vergessen. Geringer, aber trotzdem eine Qual. Als die erschöpfende Arbeit des Beladens der Schlauchboote beendet war, wurden sie und Martin in das Boot gesetzt, das Ken am Motor steuerte. Greg und Art blieben im anderen Boot nahe bei ihnen. Sie fuhren los, und Ken fing an, sie über ihr Privatleben auszufragen. Sanft. So sanft und höflich, dass es manchmal unmöglich war, sich zu erinnern, wer er war. Und gleichzeitig mitleidlos und unnachgiebig. Er bestand auf Antworten. Und wenn sie die nicht freiwillig gab, entlarvte er sie mit Hilfe rücksichtsloser Kreuzverhöre.

Was machte ihr Mann, wie viel verdiente er, warum stahl sie sich am Wochenende mit Martin davon? War es wegen dem Spaß im Bett oder war es was Ernstes? Hatte sie andere Affären gehabt? Wie war es vor ihrer Heirat gewesen? Hatte sie bessere Liebhaber als Martin gehabt oder waren sie nicht so gut gewesen? Und wie war Martins Frau? Hatte sie sie jemals getroffen, und log Martin nur, oder wollte er Jean ernsthaft verlassen?

Kens Augen hatten gelächelt und ganz durch sie hindurchgesehen, sie zu Lügen und Halbwahrheiten gezwungen, die er durchschaute, wodurch alles zwischen ihr und Martin schließlich schmutzig und billig und unehrlich erschien. Sie hatte sich noch nie so nackt und verletzbar gefühlt. Sie wagte nicht, Martin anzusehen.

Ein- oder zweimal hatten sie ein Reh gesehen. Sie überraschten einen Fuchs, der sie von einem Felsen aus beobachtete. Sie sahen auch Biber. Aber kein Haus oder irgendein anderes Zeichen menschlichen Lebens.

Jetzt landeten auch Greg und Art, sahen sich um, erfreut, endlich zu Hause zu sein, und Ken gab ruhig Befehle, die Lebensmittel und den Alkohol auszuladen und sich in Bewegung zu setzen.

„Mach schon Martin, heilige Scheiße. Ich sterbe vor Hunger."

Das war Greg, riesig und fröhlich. Er belud Martin mit einer Kiste Bourbon. Ken nahm eine andere hoch und stürmte über die Lichtung hinauf zur Hütte. Greg lachte wieder, schlug Nancy spielerisch auf die sich straff überm Arsch spannende Jeans. „Ich kann dir nur raten, gut zu kochen", sagte er und gab ihr eine Kiste mit Lebensmitteln und schubste sie vorwärts. Dann folgten er und Art mit Gasflaschen. Sie beeilten sich, denn in einer halben Stunde würde es dunkel sein.

Ken erreichte als Erster die Hütte. Er rasselte mit den Schlüsseln und einen Augenblick später sprang die Tür auf. „Wartet", sagte er und verschwand im finsteren Inneren. Greg und Art stellten die Gasflaschen ab und gingen zurück zu den Booten. Nancy und Martin warteten gehorsam, zu kraftlos, um zu sprechen. Martin hatte keine weitere Chance mehr gesehen zu fliehen, und er wusste, dass er, selbst wenn sich plötzlich und wie durch ein Wunder eine Möglichkeit bieten sollte, es nicht einmal fünfzig Fuß weit durchs Gebüsch schaffen würde, bis seine Beine nachgeben und er mit dem Gesicht voran auf dem gefrorenen, lehmigen Waldboden landen würde.

„Geschafft", rief Ken. Sein Feuerzeug klickte und fast unmittelbar danach flammte das helle, blendende Licht einer Aladdin-Gaslampe auf.

Nancy und Martin traten ein. Es roch schal, muffig und dumpf.

„Gefällt's euch?" Besitzerstolz in Kens Stimme. Sie sahen einen großen Raum mit einem offenen Kamin in der Ecke, darüber einen Hirschkopf und eine Reihe alter Vorderlader-Doppelflinten.

Die Einrichtung war gemütlich und geschmackvoll. Es gab einen langen, polierten Esstisch aus Hartholz, ein altes Regal aus Kiefernholz, mit Tellern auf der Ablage und aufgehängten Tassen, einige Sessel und eine Couch beim Feuer, zwei Sitzbänke unter den Fenstern zweier Wände, die in einer beleuchteten Ecke, wo sich Bücherregale befanden, zusammenstießen, ein Dielenboden mit verstreut darauf liegenden, handgewebten Baumwollteppichen. Die Zimmerdecke war das Dach, die Ritzen zwischen den grob behauenen Balken abgedichtet, und insgesamt nicht so hoch, dass der Raum an Weite verloren hätte. Beim Eingang führte eine offene Doppeltür zur Rechten in die Küche. Im hinteren Teil des Zimmers gelangte man über zwei Stufen zu einer Art Loggia, wo es ein modernes Badezimmer mit Duschkabine und ein großräumiges Schlafzimmer mit drei Betten gab. Eine dünne Staubschicht lag über allem, und tote Insekten, die sich im Sommer hineinverirrt hatten, übersäten Boden und Möbel.

Sobald Ken die Lampe angezündet hatte, brachte er Nancy und Martin in die Küche, wo er eine weitere Lampe in Betrieb nahm, die an einem altmodischen viktorianischen Gestell von der Decke hing.

„Da wären wir, Nancy. Ich würde sagen, du solltest gleich mit dem Kochen anfangen." Er blickte automatisch auf seine Armbanduhr, dann riss er die Fenster über einer breiten Doppelspüle auf, entriegelte die Fensterläden und ließ das letzte Graulila der Abenddämmerung herein. „Heute Abend, was du am leichtesten kochen kannst. Ist uns egal. Spaghetti wären prima." Er deutete auf einen vierflammigen Gasherd. „Die Gasflaschen stehen draußen. Es sollte noch genug in der einen sein, die jetzt angeschlossen ist."

Er öffnete die Türen der Hängeschränke aus Kiefernholz und unter der beschichteten Arbeitsfläche. „Dosen und zum Saufen ist da unten", sagte er. „Trockenes Zeug und Schachteln da oben. Dieser Schrank hier ist isoliert und hat hinten einen Luftschlitz. Hier lagern wir Fleisch und leicht Verderbliches, mit dem Trockeneis, das du gesehen hast."

Er machte die Schränke wieder zu und drehte den Wasserhahn über der Spüle auf. Luft zischte heraus. „Greg wird in wenigen Minuten das Wasser angeschlossen haben. Wir pumpen es aus einem alten Brunnen, aus der Zeit, als hier gerodet wurde. Er ist gut. Aber lass es eine Minute laufen, damit der Rost rauskommt."

Dann wandte sich Ken zu Martin und sagte weniger freundlich: „So, jetzt aber los. Du hast uns am Anfang aufgehalten. Mindestens eine halbe Stunde. Es wird doppelt so lange dauern, Sachen im Dunkeln zu erledigen, die wir sonst vor Sonnenuntergang gemacht hätten."

Plötzlich sprach Nancy: „Wieso glauben Sie, dass ich für Sie Essen kochen werde?"

Ken schaute erst überrascht, dann lächelte er: „Du wirst."

Sie antwortete absichtlich langsam: „Nein, das werde ich nicht. Wenn Sie zum See zurückgehen, werde ich zur Tür hinausgehen, und Sie werden mich nie wieder sehen." Sie starrte ausdruckslos auf die Spüle. Sie hatte sich nicht bewegt, seit sie den Lebensmittelkarton abgesetzt hatte.

Sanft fuhr Ken fort: „Aber Nancy, sei doch nicht so."

„Wie, verdammt noch mal, soll sie denn sein?", platzte Martin heraus. „Soll sie vielleicht singen und tanzen?"

Ken drehte sich langsam zu ihm um, und jeder Ausdruck wich aus seinen Augen. Seine Stimme war weich. „Hör genau zu, Martin. Ich sag' es nicht noch mal. Das nächste Mal überlasse ich das Art. Verstanden? Es ist folgendermaßen: Wir müssen alle hier noch eine Weile miteinander auskommen, und die Hütte ist nicht besonders groß. Eines der ersten Dinge, die man beim Campen lernt, ist Höflichkeit. So geht man sich nicht gegenseitig auf die Eier. Kapiert?"

Er lächelte wieder und wandte sich Nancy zu. „Du bist ein kluges Mädchen. Du wirst es dir ein paar Minuten überlegen und dich fürs Kochen entscheiden." Er bückte sich plötzlich und zog unter der Spüle eine lange Kette hervor, die in der Balkenwand verankert war. Am Ende war ein Fußeisen. Mit einer raschen, lässigen Bewegung ließ er es um Nancys schlanke Fessel zuschnappen. Dann sprach er weiter, total freundlich, als ob überhaupt nichts geschehen wäre. „Du brauchst keine Soße zu machen. Unten drin sind ein paar Dosen Bolognese. Die machst du einfach warm."

Draußen knatterte unerwartet ein kleiner Gasmotor los, das Geräusch zerstörte die Abendstille.

Ken hob die Stimme: „Das ist das Wasser. Braucht fünfzehn Minuten. Wird in die Tanks auf dem Dach gepumpt." Er zeigte zur Decke, die, anders als die im Wohnzimmer, aus flachen

Brettern bestand und niedriger war. „Gewöhnlich machen wir das jeden Morgen."

Dann nahm er Martins Arm, um ihn aus der Küche zu bugsieren. Martin schüttelte ihn heftig ab und sprang zurück.

„Sie haben sie angekettet!", schrie er ungläubig.

Nancy hatte sich noch immer nicht bewegt. Aber jetzt untersuchte sie die Kette, und ihre Augen waren seltsamerweise nicht mehr blicklos und leer. Ihr Blick war wach und scharf vom plötzlichen Begreifen.

„Wie einen Hund!", schrie Martin. „Sie haben sie angekettet!"

„Es tut nicht weh", sagte Nancy. Sie klang fast erleichtert, als hätte sie eine Entscheidung getroffen.

„Also los, Marty." Ken nahm wieder seinen Arm. Sein Griff war fest. Martin gehorchte und ging, seitwärts gewandt, durch die Tür, die Augen noch immer auf Kette und Fußeisen geheftet.

Als sie draußen waren, rebellierte er wieder. „Aber warum sie? Ihr wollt doch mich. Die Kette ist doch für mich, oder?"

„Vielleicht", sagte Ken. „Aber sie war diejenige, die angekündigt hat, sie würde spazieren gehen."

Mehr sagte er nicht, und nachdem er Martin den halben Weg zum See geführt hatte, gab Martin auf. Er schleppte eine halbe Stunde lang Proviant, bis die Boote leer waren. Dann zogen sie sie herauf, aus der Reichweite möglicher Sturmwellen.

Als Martin wieder in die Küche zurückkam, brannten auf dem Herd zwei Gasflammen. Es war warm und roch nach kochendem Reis und den Knoblauchzehen, die Nancy gehackt hatte. Es war ein Schock für ihn. Sie kochte also doch. Warum? Als sie seine Überraschung wahrnahm, lächelte sie höhnisch. „Weißt du was? Das ist das erste Mal, dass ich dir ein Essen koche."

„Das ist nicht lustig."

„Aber wahr."

Er verstand ihre Ruhe nicht, beinahe Heiterkeit. Verzweifelt fragte er sich immer wieder, warum sie sich entschieden hatte, doch zu kochen. Aus irgendeinem Grund, den er ebenfalls nicht verstand, hatte er Angst zu fragen. Aber er hatte irgendwie das Gefühl, dass sie sie beide hintergangen hatte. Er war sauer auf sie und musste sich zwingen zu sprechen. „Was kann ich tun, um dir zu helfen?" Er vermied es sorgfältig, hinunterzuschauen. Sie stand am Herd und er wusste, dass der ganze Küchenboden von der schwarzen Linie der Kette durchschnitten wurde. Er glaubte nicht, den Anblick ertragen zu können.

„Sind sie draußen mit dir fertig?"

„Sie haben gesagt, ich soll reingehen."

„Du kannst ein paar Dosen aufmachen. Da." Sie schob ihm welche über den Küchentisch rüber. „In diesen beiden ist Paella. Und da sind Pfirsiche. Zum Nachtisch. Das sind Artischockenherzen, und das Erbsen. Der Dosenöffner ist da drüben."

Martin schaute hin. Das Ding war an der Wand neben der Tür befestigt. Er trug eine Dose hinüber, während Nancy etwas Speiseöl in eine große Bratpfanne schüttete und großzügig Pfeffer und ein paar Kräuter darüberstreute, die sie gefunden hatte.

Martin sagte mit gedämpfter Stimme: „Sie trinken viel."

Nancy antwortete nicht. Sie war damit beschäftigt, das Öl zu erhitzen, und drehte die Pfanne so, dass es vom tiefer liegenden Rand zur Mitte floss. „Verdammt, kann eigentlich niemand mal eine anständige Pfanne herstellen?" Sie gab den gehackten Knoblauch hinein.

„Das ist vielleicht die Lösung", sagte Martin. „Man muss sie stockbesoffen machen."

„Wo ist meine Paella?"

Er brachte ihr die geöffnete Dose. Sie enthielt nur die Fischzutaten, getrocknete, gehackte Pilze und Gemüse. Sie gab alles

in die Pfanne und breitete die Zutaten mit einer Gabel aus.
„Wo ist die andere?"

Martin verlor langsam die Nerven. „Musst du so reden, als würde es dir Spaß machen?"

„Spaß machen – was?"

„Kochen."

„Ich liebe Kochen."

„Ich meine, Kochen für *sie*." Seine Stimme zitterte vor Anspannung. Er packte sie grob am Arm. „Was zum Teufel führst du im Schilde? Was ist los mit dir?"

Sie riss sich los. „Was soll ich denn deiner Meinung nach machen, Martin?"

„Du brauchst nicht so auszusehen, als machte es dir Spaß."

„Es macht mir keinen." Einen Augenblick lang wich aller Mut aus ihren Augen, und sie sah verloren aus, verzweifelt, wie sie es im Auto gewesen war.

„Dann hör auf damit!"

Sie nahm sich wieder zusammen, mit sichtbarer Anstrengung. „Es ist auch unser Essen", sagte sie. „Wir werden nicht weiterkommen, wenn wir gegen sie kämpfen. Wir können nicht. Wir müssen mitspielen, ob wir wollen oder nicht. Bis wir sehen, was passiert. Das ist die einzige Möglichkeit."

Sie hatte Recht, und er wusste es. Aber ihm wurde schlecht bei dem Gedanken, auch nur einem von ihnen ins Gesicht zu blicken. Er wünschte sich, ein Gewehr in die Hand zu bekommen und es auf sie zu richten. Er war nie beim Militär gewesen. Wie es wohl war, den Abzug zu drücken, ein lautes Geräusch zu hören und einen Mann fallen zu sehen, der im selben Moment von etwas Lebendigem zu etwas gänzlich Unbeweglichem wird? Man konnte sich herunterbeugen, es schütteln und mit ihm sprechen, und es würde sich nie mehr bewegen oder antworten. Martins Herz pochte vor Angst.

Er öffnete die zweite Paella-Dose, und Nancy schüttete das Reiswasser ab und gab den Reis zum Doseninhalt in die Pfanne. Danach ergriff sie spontan Martins Arm, küsste ihn auf die Wange und lächelte schüchtern. „Wir werden einen Weg finden", sagte sie. „Ich bin sicher."

Greg erschien in der Tür. „Scheiße, Nancy, das riecht gut. Wann essen wir?" Sein Lächeln war total freundlich. Er nahm eine Bourbonflasche aus dem Hängeschrank, machte den Schraubverschluss auf.

„In etwa zehn Minuten", sagte Nancy.

Er hielt ihr die Flasche hin und kratzte sich völlig unbewusst am Sack. „Willst du'n Schluck?"

Sie tat, als hätte sie nichts gesehen und sagte: „Danke." Ganz beiläufig nahm sie die Flasche, goss sich zwei Finger Whisky in ein Glas und gab etwas Leitungswasser hinzu. Sie war formell, ohne unhöflich zu sein, aber Martin wurde es kalt im Magen, und er hörte das Blut in seinen Ohren rauschen.

Dann sagte Nancy ruhig: „Zehn Minuten, und jetzt hinaus mit Ihnen. Sie machen mich nervös."

Sie schob Greg Richtung Tür.

Er war überrascht, dann grinste er, schwenkte die Flasche zu einem angedeuteten Gruß und fragte Martin: „Was ist mit dir? 'n Schluck?"

Martin antwortete nicht. Er konnte nicht. Er sah zu Boden, steif und unnachgiebig.

Greg zuckte die Achseln, warf einen letzten Blick auf Nancy, die ihre Pfanne schüttelte, um zu vermeiden, dass der Reis am Boden anklebte, dann vermengte sie die brutzelnde Paella mit den braun werdenden Körnern.

Greg ging raus. Martin stierte ihm nach, dann glotzte er Nancy an. Sie nippte an ihrem Drink, dann machte sie sich wieder an die Arbeit. Er guckte runter auf die Kette. Sie war obszön, grässlich, eine lange schwarze Schlange, schlitternd und sich windend, wenn Nancy sich bewegte. Sie hatte einen Küchenschwamm in das Fußeisen gesteckt, um ihr Fußgelenk davor zu schützen, aufgerieben zu werden.

Von nebenan hörte man Gelächter und das Knistern des Feuers. Art spielte leise auf einer Mundharmonika.

Es konnte nicht wahr sein, nichts davon. Gestern Nacht um die gleiche Zeit, dachte Martin, hatten sie gerade die Mackinac-Brücke überquert, und das Einzige, woran er gedacht hatte, war, Nancy zu füttern, auszuziehen und ins Bett zu kriegen.

Mechanisch fing er an, die anderen Büchsen zu öffnen.

11

Als es Abendessen gab, waren sie schon auf dem besten Weg, besoffen zu werden. Nachdem sie Nancys Kochkunst gelobt hatten, fingen sie an, Toasts auszubringen. Der erste war für sie, die Köchin. Martin, der nicht trank, weil bei ihm Verdacht auf ein Magengeschwür bestand, stach heraus wie ein böses Omen, und Greg zwang ihn, ein halbes Glas Bourbon runterzukippen, und dann noch eins.

Später, als alle zu Bett gegangen waren und die Hütte finster und ruhig dalag, war ihm davon übel. Eine zweite Kette mit Fußeisen war aufgetaucht, die an der Wand des Wohnzimmers unter einer der Sitzbänke befestigt war. Diesmal war Martin dran.

„Tugend wird belohnt", hatte Ken gesagt, als er Nancy freiließ. Was er wirklich meinte, war, dass sie es nicht wagen würde, nachts allein in den eiskalten Wald zu fliehen. Er wusste es. Sie wusste es. Ob angekettet oder nicht, sie war eine Gefangene.

Aber Martin war nicht Nancy. Also war er jetzt draußen auf der Terrasse, über das Geländer gebeugt und versuchte zu kotzen, den beißenden, süßlich-scharfen Gestank von Bourbon und Galle in der Nase und zwischen den Zähnen, und seine Nachtkette war auf die ganze Länge gespannt, das Eisen schnitt in sein Fußgelenk.

Drinnen kauerte Nancy, in eine Decke gehüllt, auf einer der Bänke und wartete. Sie hatte sich den ganzen Abend gut gehalten, seit sie beschlossen hatte mitzuspielen. Ihr Gehirn war leer, der Kopf ganz leicht nach all der Anstrengung und tief innen spürte sie einen Druck in ihrer Brust, wie ein Eisenband unter den Rippen, um ihre Lungen. Das war der Schmerz stunden- und stundenlanger Anspannung. Sie hätte sich nicht aufraffen können, Martin irgendwie zu helfen. Sie wusste, dass sie einen Punkt erreicht hatten, an dem keiner mehr imstande war, sich um den anderen zu kümmern. Obwohl sie zusammen waren, waren sie allein.

Während des Abendessens hatte sie auf die Vergewaltigung gewartet. Das musste geschehen. Sie war seelisch darauf vorbereitet; nichts konnte schlimmer sein als Eddie. Sie hätte ihnen ohne Protest erlaubt, sie abwechselnd zu nehmen; eine Frau stirbt nicht am Sex. Sie wurde nur schwanger. Aber sie betete, dass sie sie nicht schlagen würden.

Sie und Martin mussten mit am Tisch sitzen. „Eine große, glückliche Familie", hatte Art gesagt. Sie wurde zwischen Ken und Greg platziert. Greg hatte einmal ihre Brust mit dem Rücken seiner riesigen Hand gestreift, als er nach etwas langte, sie wusste, dass es Absicht war, das wusste eine Frau immer. Aber sie hatte nichts gesagt, und er auch nicht. Dann war Art schließlich umgekippt, und nachdem Ken und Greg ihn ins Bett gebracht hatten, war Ken zurückgekommen, um ihr und Martin das Badezimmer zu zeigen; er war bei Martin geblieben, als der auf dem Klo war und sich die Zähne putzte, hatte sie aber dann allein gelassen und ihr sogar gezeigt, wie man die Tür abschloss. Es war wie ein Alptraum. Ken war der fürsorgliche Gastgeber und sie waren einfach willkommene Gäste, die hier das Wochenende verbrachten.

Später hatte er ihnen Decken und Kissen gebracht, Martin angekettet, die letzte Glut im Kamin zusammengeschürt, ein letztes Scheit aufgelegt und war gegangen. Hatte die Schlafzimmertür diskret zugemacht. Nach ein paar Minuten war der Lichtspalt, der noch unter der Tür hervordrang, verschwunden.

Stumpf hatte Nancy zwei Betten gemacht, sich auf ihres gelegt und das Licht ausgeschaltet. Ken hatte Zigaretten dagelassen und sie rauchte. Bald würden sie da sein. Greg wahrscheinlich als Erster, dann Ken. Vor Art war sie heute Nacht sicher. Gottverdammt, wenn sie sie benutzen wollten, dann bitte schnell, damit es vorbei war.

Niemand kam.

Dann wurde Martin schlecht.

Jetzt kam er zurück, sank erschöpft auf seine Bank, zog die Decken hoch und zitterte völlig unkontrolliert. Sie setzte sich auf und legte ihm eine Hand auf die Stirn. Er fühlte sich kalt und feucht an. Nancy hüllte sich noch enger in ihre Decke und setzte sich neben ihn.

„Geht's dir jetzt besser?", flüsterte sie.

„Ja, meine Fresse, wie kann jemand dieses Zeug überhaupt trinken?"

Sie drückte ihre Zigarette aus, zündete sich eine neue an und versuchte, den Mut zu finden, ihm zu sagen, was sie sagen wollte. Die richtigen Worte wollten sich noch nicht finden, also sagte sie was anderes. „Das sind Flaschen zu neun Dollar." Sie wusste, das war eine blöde Bemerkung, aber sie musste mit irgendwas beginnen.

Sie hörte, wie er anders atmete, vielleicht war er irritiert. Schnell fuhr sie fort: „Ich meine damit nicht, dass der Bourbon deswegen gut ist, wenn du keinen Alkohol magst. Ich dachte bloß, wie viel Geld die haben. Reiche Leute schmeißen es einfach weg."

„Wie viel hat das Abendessen gekostet?", fragte Martin. Es war ein unangenehmer Unterton in seiner Stimme. Überrascht dachte Nancy: Er regt sich immer noch auf, weil ich gekocht habe, ist vielleicht sogar böse.

„Ich habe dir erklärt, warum ich gekocht habe", sagte sie.

„Du hättest dich weigern können."

„Das hätte nichts gebracht", sagte sie. „Ich dachte, das hättest du verstanden. Ich habe versucht, es dir zu erklären." Die seltsame Kraft, die sie früher am Abend verspürt hatte, das Gefühl, die Lage akzeptiert und eine Entscheidung getroffen zu haben, war jetzt sogar noch stärker. Etwas war passiert. Sie war sich selbst fremd. Die Angst, mit Martin entdeckt zu werden, die brutale Unwirklichkeit von Eddie, ihrem Heim und ihren Kindern, irgendwie zählte das alles nicht mehr. Das alles hatte aufgehört, als sie auf dem Fluss durch den Wald hierher gefahren waren. In ihr war eine neue furchtlose Frau, die sie nicht kannte, eine, die es plötzlich leid war, defensiv und duckmäuserisch zu sein. Sie ging zurück zu ihrem eigenen Bett und setzte sich darauf, streckte den Rücken und kreuzte die Beine.

Sie hörte Martin wieder sprechen, mit leiser Stimme. Was er sagte, entging ihr, und dann hörte sie ihn weiterreden. „Drei Arschlöcher tauchen aus dem Nichts auf, kidnappen uns, schlagen mich zusammen, schleppen uns weg zu einer Bude gottweißwo in den nördlichen Wäldern, und du kochst ihnen ein Fünf-Sterne-Menü."

Einfach unglaublich, dachte sie. Er machte nicht mal den Versuch, sie zu verstehen. Das erlaubte ihm sein Mannesstolz nicht. Und im selben Augenblick hatte sie den schrecklichen Verdacht, dass es nicht einmal Mannesstolz war, es war einfach nur kindisch. Er benahm sich wie ein verzogener kleiner Kacker. Dafür war aber jetzt keine Zeit.

Er machte weiter: „Du kochst ihnen nicht nur ein leckeres Essen, du setzt dich auch noch hin und trinkst mit ihnen." Nun schmollte er schon weniger. Es klang nach aufrichtiger Empörung. „Du hättest nicht auch noch trinken müssen!" Einen Augenblick schwieg er. Dann fügte er hinzu: „Ich werd' dir sagen, was passieren wird. Wenn du nicht aufpasst, wirst du noch vergewaltigt."

Seine Stimme klang rachsüchtig. Nancy merkte, wie sie ein Lachen unterdrückte. Er wurde von Augenblick zu Augenblick immer unglaublicher, unwirklicher.

„Denkst du?", fragte sie. „Du denkst, deswegen haben sie mich hier? Sex? Was hat dich denn zu dieser brillanten Schlussfolgerung gebracht?" Wenn er rachsüchtig war, konnte sie wohl sarkastisch sein, bitteschön.

Er antwortete nicht, und plötzlich sprudelten die Worte, die sie vorher mühsam zu formulieren versucht hatte, einfach ungehindert hervor. „Und du?", fragte sie. „Was haben sie mit dir vor? Die Bank?" Sie machte weiter: „Du glaubst, sie haben dich gekidnappt und die Bank wird Lösegeld für dich zahlen? Das glaubst du wohl, oder? Vielleicht eine halbe Million Dollar. Wie bei Diplomaten und Leuten, die in Südamerika gekidnappt werden. Das ist es, was du glaubst. Ich meine, eine Bank könnte sich doch nicht erlauben, dich nicht auszulösen, oder? Was würde dann aus ihrem Image? Und ich – ich war bloß zufällig dabei. So mussten sie mich auch mitnehmen, und jetzt haben sie auch noch eine Frau am Hals, aber wenn sie schon mal da ist, kann man sie ja auch benutzen." Ihre Stimme wurde rau von aufwallender Verbitterung. „Kochen, putzen, ficken, alles wozu Frauen immer nützlich sind!" Sie spuckte die Worte aus.

„Schon gut, schon gut!", sagte Martin. Arroganz und Beleidigtsein waren aus seiner Stimme gewichen. Sie hatte angegriffen und er hatte den Rückzug angetreten. Sie erkannte – und fühlte dabei einen Stich – dass die meisten verwöhnten Kinder auch Tyrannen waren. Warum hatte sie diese Seite an Martin nie bemerkt? Es machte so viel zwischen ihnen kaputt. Ein Moment wie dieser, ein Schimmer der Erkenntnis, und die Welt war nicht mehr dieselbe zwischen zwei Menschen.

„Was bringt dich zu der Annahme, dass die Kette da speziell für dich ist?", fragte sie. Endlich war es raus. Sie hatte es sagen wollen, seit Ken zum ersten Mal das Eisen um ihr Fußgelenk gelegt hatte.

Zuerst war er still, verstand noch nicht. Dann fragte er scharf: „Wie meinst du das?"

Sie antwortete absichtlich nicht. Er setzte sich abrupt auf, zutiefst getroffen. Ihre Zigarette war ein roter Lichtpunkt, als sie sie von ihren Lippen nahm, lässig ausatmete und wartete.

12

Ken, Greg und Art frühstückten am nächsten Tag gleich bei Morgengrauen und gingen auf die Jagd. Sie ketteten Martin in der Küche an, weil es dort Wasser gab, und ließen ihm ein kleines, aufklappbares Chemieklo zurück. Er würde den ganzen Tag nichts zu tun haben, außer vielleicht lesen, also gaben sie ihm auch ein paar Taschenbücher.

Nancy nahmen sie mit auf die Jagd. Art wollte allein sein, also warfen Ken und Greg eine Münze, wer sie haben sollte. Ken gewann und stattete sie mit warmer Kleidung aus, die ihr zu groß war, und stopfte Zeitungspapier in ein paar Stiefel, um wenigstens so weit an ihre Schuhgröße heranzukommen, dass sie nicht beim ersten Schritt gleich wieder heraustieg.

Sie sah aus wie ein Clown und alle mussten sehr lachen. Nancy zwang sich zu einem Lächeln. Sie fand, so war es leichter für sie. Wenn sie sich mit aller Kraft bemühte, nicht daran zu denken, dass die drei sie nicht laufen lassen würden, dass Martin angekettet war, dass sie sie vielleicht sogar erschießen würden, falls sie versuchte abzuhauen, dann konnte sie die drei als Männer betrachten, die zu bekommen sich jede Frau glücklich schätzen würde. Ken war attraktiv, seine Augen waren klar und intelligent, seine Manieren perfekt. Er wirkte ruhig und gelassen. Sie fragte sich, wie wohl seine Frau war. Und Greg. Selbst seine schreckliche Arroganz erschien ihr heute anders. Er war weniger demütigend, wenn man wusste, dass er einfach ein Tier war, das nicht dachte. Wenn man ihn so sah, konnte man verstehen, was Ken und Art an ihm fanden. Er konnte einen sogar zum Lachen bringen.

Art nahm das eine Boot und fuhr als Erster los. Als Nancy, Greg und Ken das ihre gestartet hatten, war das Geräusch von Arts Motor nur noch ein schwaches Flüstern drüben beim Festland Richtung Westen, wo die Insel einmal als Halbinsel begonnen hatte. Dann fuhren sie alle drei hinüber zur anderen Seite des Sees und trennten sich. Ken zog mit Nancy nach Norden; Greg wandte sich südwärts. Sie machten aus, sich um vier Uhr wiederzutreffen.

Freundlich, aber mit nüchternem, warnendem Blick, sagte Ken: „Nancy, wenn du versuchen willst abzuhauen, ist das in Ordnung, aber ich werde dich wieder einfangen müssen, und das wird den ganzen Tag verderben."

Sanftmütig stapfte sie hinter ihm her. Selbst wenn sie es riskierte davonzulaufen, wohin sollte sie sich wenden? Sie hatte nicht die geringste Ahnung, aus welcher Richtung sie ursprünglich gekommen waren. Sie hatte noch nie einen guten Orientierungssinn gehabt.

Um neun Uhr erlegte Ken einen Hirsch. Sie waren eine tiefe Schlucht heraufgekommen, wo ihnen der Weg von umgestürzten Bäumen und sumpfig nassem Boden erschwert worden war. Es war anstrengend, über und unter Baumstämme und moosbewachsene Felsblöcke zu klettern, sich durch Herbststechwinden und Gesträuch einen Weg zu bahnen, und Nancy fragte sich, wie lange sie wohl noch durchhalten würde. Ihre Beine wollten ihr nicht mehr gehorchen und ihr Atem ging in schmerzhaften Stößen. Dann war die Schlucht endlich zu Ende, und sie arbeiteten sich an einem steilen Hang empor auf einen Grat zu, wo der Wald weniger dicht war. Plötzlich erstarrte Ken und hielt warnend eine Hand hoch. Lautlos hob sich sein Gewehr, und Nancy sah den Hirsch. Er blickte direkt in ihre Richtung, reglos, mit erhobenem Kopf. Er war jung, das Geweih nur zweimal gegabelt. Und schön, mit gertenschlanken Beinen, hohen Schultern.

Nancy hatte noch nie ein Tier in freier Wildbahn gesehen. Ihr Herz schlug heftig in Erwartung des schrecklichen Ereignisses, das gleich eintreten würde.

Als der Schuss durch den Wald krachte, war er lauter, als sie es sich je vorgestellt hatte. Gleichzeitig zuckte der Hirsch zusammen, sein Fleisch kräuselte sich vom Hals bis zu den

Schenkeln. Die Hinterbeine schienen nachzugeben. Er drehte sich, schwankte und versuchte, mit gesenktem Kopf, von der Stelle zu kommen. Ken feuerte noch mal, und der Hirsch fiel. Er senkte das Gewehr, lächelte, seine Augen waren dunkel. Vögel flogen kreischend auf. Der Wald war wieder ruhig.

Nancy fand ihre Stimme wieder. „Ist er tot?"

„Ich nehm's an." Er blies über das Ende des Gewehrlaufs, eine Art ritueller Kuss, und lud zwei neue Patronen. „Hab' ihn in den Nieren erwischt beim ersten Mal. Zog etwas nach rechts. Das wird beim Nächsten nicht mehr passieren."

„Dürfen Sie denn nicht nur einen schießen?"

„So sagt man." Er zwinkerte ihr zu. „Komm, weiter." Er drehte sich um und schlug den Weg zurück Richtung Schlucht ein.

„Aber was ist mit dem Hirsch?"

„Was soll damit sein?"

„Nehmen Sie ihn nicht mit?"

Sein Auge maß den Abstand zu dem toten Tier. „Wir werden einen näher beim Haus erlegen. Müssen ihn weniger weit tragen."

Plötzlich, weit weg, ertönte ein Schuss. Ein Krachen, dann verhallte sein Echo mit hohlem Grollen.

„Das ist Art", sagte Ken. Fast unmittelbar danach hörten sie einen weiteren Schuss, dann einen dritten. „Der tobt sich aus", lachte er. „Vermutlich Vögel. Er hasst sie."

„Vögel?"

„Weiß nicht, warum. Ich nehme an, er denkt, es wird ihm einmal einer mitten ins Gesicht fliegen."

Sie gingen wieder zurück über den zugewachsenen Grund der Schlucht, kletterten dann an einer Seite hinauf, durchquerten ein flaches Waldstück und stiegen in eine andere Schlucht hinunter.

„Der See liegt links", sagte Ken.

Sie fragte sich, woher er das wusste.

Sie kamen zu einem kleinen Teich, und diesmal waren es Biber. Ken schoss zwei nebeneinander, so schnell, dass der zweite keine Zeit hatte, zu flüchten, als er den Schuss hörte, der den ersten tötete. Beide Biber tauchten unter, der See schloss sich über ihnen, die Wellen glätteten sich, und dunkelrote Blasen stiegen auf, die ringsum das Wasser rosa färbten.

Gregs Flinte ertönte. Sie war sehr viel näher als Arts Gewehr, der Knall lauter und das Echo kürzer. Er war nur eine halbe Meile entfernt, und was auch immer er schoss, er verfehlte es nicht. Es gab nie einen zweiten Schuss. Sein Gewehr bellte; dann hörten sie es für zehn Minuten nicht mehr.

Dann schoss Ken ein Reh. Er zuckte die Achseln. „Die Weibchen nicht zu töten, ist blöd. Laut Theorie schießt man ein paar Hirsche, und die, die übrig bleiben, schaffen die ganze Arbeit nicht mehr. Daher vermehren sie sich nicht zu arg und müssen folglich auch nicht verhungern. Aber warum nicht Männchen und Weibchen schießen, wenn es zu viele davon gibt?" Er grinste Nancy charmant an. „Was ist so heilig an einem Weibchen? Dass eine Menge Männchen sterben müssen, damit es genug zu fressen hat?"

In der Ferne war wieder das Echo von Arts Flinte zu hören.

Zu Mittag aßen sie auf einer Lichtung, auf einer flachen Anhöhe, Zwieback, Dosenfleisch, ein paar Gürkchen und Bier. Hinter ihnen dehnte sich meilenweit der Wald, endlos und menschenleer, hier und da durchbrochen vom Silber der Seen und träge dahinfließenden Flüssen.

„Da wohnen wir, da drüben", sagte Ken und deutete auf einen schimmernden Punkt in der Größe einer Münze. „Na ja, nicht ganz. Das ist nur das Ende des Sees. Die Jagdhütte liegt mehr Richtung Mitte. Der Hügel verdeckt sie."

Nancy stellte sich die Hütte vor und erinnerte sich zum ersten Mal seit Stunden an Martin. Und an die Kette und das Fußeisen, und daran, was sie bedeuteten, daran, wer Ken wirklich war. Sie hatte es fast vergessen.

Schweigend aß sie, und es wurde ihr plötzlich kalt. Der Wind umwehte sie sanft, fegte welke Blätter weg. Sie hörte von weit her Kens Stimme. „Es gibt nichts Schöneres als die Jagd", sagte er. „Sie entspricht der Natur des Mannes. Und das ist das Problem mit der Hälfte der Welt. Der Mensch ist ein jagendes, tötendes Tier, und er hat nie die Möglichkeit, diesen Trieb auszuleben. Oh ja, sicher, mal jemandem ein Messer in den Rücken rammen, im Büro, ab und zu, aber kein richtiges, tägliches Töten, nicht das Wahre."

Nancy drehte sich langsam zu ihm um, und Ken schien ihre Gedanken zu lesen. „Ich weiß, du willst sagen, was ist mit dem Krieg? Aber, Teufel noch mal, viele Jungs kommen doch nie in einen Krieg. Und von denen, die es schaffen, erleben nur wenige echte Schießereien, und der Hälfte von denen hat man es so eingebläut, dass Krieg schlecht ist, dass sie's gar nicht genießen können. Sie wurden nicht darauf konditioniert, als sie jung waren, verstehst du? Nehmen wir die alten Griechen, die Spartaner; sie lernten töten, sobald sie laufen konnten. Wenn sie dann wirklich jemanden aufgespießt hatten, erschien es ihnen als die natürlichste Sache von der Welt. Die haben keine Zeit mit Schuldgefühlen verschwendet."

Er brach ab und deutete von der Lichtung weg. „Schau!", sagte er.

Auf der nächsten, niedrigen Erhebung stand ein toter, astloser Baum, dessen Rinde abgeschält war und der sich fast weiß vor dem Grün des Waldes abhob. Auf seiner Spitze, schattenhaft vor dem Himmel, saß ein Habicht, braun vor dem dunkler werdenden Blau, denn die Sonne war im Sinken.

Ken warf sich flach auf den Boden und flüsterte: „Jetzt wirst du mal sehen, wie man schießt. Was wollen wir wetten?" Er kontrollierte den Entfernungsmesser auf dem Zielfernrohr. „Ich geb' ihm dreihundert Yards. Kein Wind." Er steckte den Unterarm durch die Schlinge des Gewehrs und stützte den Kolben gegen Schulter und Wange.

Eine Art Entsetzen ergriff von Nancy Besitz, schlimmer als beim ersten Mal, als Ken den Hirsch geschossen hatte. Der Habicht war kaum zu erkennen. Er drehte seinen Kopf hin und her, wie auf einem Kugelgelenk. Warum ihn töten? Wozu? Der Habicht konnte kaum von ihnen wissen. Er war ein Vogel. Vögel wissen nicht, dass sie von etwas angegriffen werden können, das hunderte von Yards entfernt ist, von etwas, das sich am Boden befindet. Vögel kennen den Tod auf dem Boden nur, wenn sie selbst dort unten sind, den Fuchs oder Wolf oder Luchs, der plötzlich aus dem Dickicht hervorbricht, während sie an ihrer eigenen Beute zerren. Oder den Schrei eines größeren Vogels, eines Adlers, das Rauschen seiner Flügel und den bösartigen Schlag seiner Klauen, wenn er das frisch erbeutete Fleisch rauben will.

Aber nicht ein Gewehr, dreihundert Yards weit weg. Und einen kleinen Stahlkegel, so schnell, dass er nicht zu hören ist. Von irgendwo.

„Nein", sagte sie. „Bitte nicht!"

Ken bewegte langsam den Abzug.

Sie langte nach seinem Arm, aber es war zu spät. Der Schuss krachte. Der Habicht verharrte für den Bruchteil einer Sekunde aufrecht und reglos. Dann, wie in Zeitlupe, lösten sich langsam Federn von seinem Hals, der kopflos zurückblieb. Der Körper fiel in sich zusammen; die Klauen lösten sich vom Baum; er fiel runter wie ein nasser Lappen.

So verlief auch der Rest des Nachmittags. Alles, was sich blicken ließ, wurde geschossen. Und Art und Greg erlegten noch mehr, den Schüssen nach zu schließen. Unaufhörlich dröhnte das Echo ihrer Schüsse.

Zuerst wurde Nancy übel. Doch schließlich kümmerte sie sich nicht mehr um tote oder verstümmelte Tiere. Als sie zum Seeufer zurückgingen, um Greg zu treffen, nahm sie nur noch Kens Schweigen und Männlichkeit war. Er ging neben ihr, physisch anziehend und dominant. Sie hatte das Gefühl, ihn immer gekannt zu haben, ihm immer gefolgt zu sein. Sein Gesicht, sein Körper, sein Geruch und seine Bewegungen waren ihr völlig vertraut. Martin war jemand anders in einem anderen Leben.

Greg lachte, als sie sich trafen. Seine Hände waren rot von Blut, seine Kleidung blutbefleckt. Er wies mit dem Daumen hinter sich in den Wald. „Der letzte, den ich erwischt habe, liegt nur fünfzig Yards von hier. Ein Fuchs. Ich habe einige Felle bei ihm gelassen."

Ken grinste und sagte: „Wir warten."

Greg verschwand. Sie hörten, wie er sich den Weg durchs Dickicht bahnte. Ken zündete zwei Zigaretten an und gab Nancy eine, feucht von seinen Lippen. Es erschien ihr ganz normal, Lässigkeit unter Freunden.

Bevor sie die Zigarette halb aufgeraucht hatte, war Greg wieder zurück, mit einem schweren Bündel blutiger Felle über der Schulter. Sie luden die Felle ins Boot und fuhren los, gerade als die Sonne hinter ein paar Kiefern unterging. Sie glitzerte noch einen Moment, die Strahlen zerrissen, dann war sie untergegangen.

Nancy sah, wie die Hütte näher und näher glitt. Dabei verschwand mehr und mehr das Gefühl beschützter Einsamkeit. Vorher war sie allein gewesen mit Ken und dem Wald und dem Jagen, jetzt gab es Greg, und bald auch Martin und Art und wieder das alte Entsetzen.

Art begrüßte sie von der Veranda der Jagdhütte aus. „Was für ein Geballer. Wie war's bei euch?" Er grinste von einem Ohr zum anderen, seine Gesichtsfarbe kräftig vom Aufenthalt an der frischen Luft.

„Großartig", sagte Ken.

„Ich hab' eine Wildkatze. Hier!" Art hielt sie hoch, ein gelbliches, schlaff herunterhängendes Bündel mit einem Klumpen gestockten Bluts um das halb weggeschossene Gesicht.

Außerdem hatte er einen Habicht angeschleppt, sechs Bi-

ber, ein paar kleine Vögel. „Keine Ahnung, was für welche."
Zwei Hirsche, ein paar Eichhörnchen und ein Krähenpaar,
drei Waschbären, und – das Beste – einen Kojoten. „Hab' den
Bastard erwischt, als er sich von einem der Hirsche wegschleichen wollte, die ich vorher erwischt hatte. Dem hab' ich's gegeben."

Dann verschwand sein Grinsen, und er sagte: „Und, oh,
ach ja. Wartet, bis ihr von Junior hört." Er meinte Martin und
führte sie alle in die Hütte.

Irgendwann im Laufe des Tages hatte Martin einen Stuhl
auf den Küchentisch gestellt und eine Falltür in der Decke
aufgestoßen, die zu den Wassertanks führte. In dem Schutt
dort oben hatte er ein zerbrochenes Metallsägeblatt gefunden,
das vor Jahren dort liegen geblieben war, als sie die Wasserleitung installiert hatten. Er war wieder heruntergeklettert und
hatte angefangen, die Kette zu bearbeiten, wobei er das Sägeblatt noch mal zerbrach, aber er hatte weitergemacht, obwohl
er sich dabei die Hände blutig schnitt.

Und fast hätte er sie durchgeschnitten gehabt. Art war gerade noch rechtzeitig zurückgekommen. „Sie muss geschweißt
werden", sagte er. „Ich konnte es nicht tun, während ich ihn
gleichzeitig mit dem Gewehr in Schach halten musste."

Sie standen in der Küche herum, während Martin mit eingefallenem Körper dasaß, die endgültige Niederlage in sein
Gesicht eingebrannt. Stumm blickte er Nancy an, und sie las
Verzweiflung in seinen Augen.

„Ich habe ihn noch nicht bestraft", sagte Art.

„Vergiss es", sagte Ken. „Er hat genug gehabt, schon allein
durch die Tatsache, dass du ihn erwischt hast. Nicht wahr,
Marty?" Er lachte und guckte Martins Hände an. „Er muss
verbunden werden, sonst blutet er uns hier alles voll. Nancy,
der Erste-Hilfe-Kasten ist im Badezimmer."

Sie ging los und holte ihn. Während sie Martins Hände
bandagierte, brachte Greg ein tragbares Schweißgerät. Ken

machte eine Flasche Bourbon auf, und als Greg das Kettenglied geschweißt hatte, hatten sie sie fast niedergemacht. Ken saß neben Nancy am Küchentisch, den Arm locker um ihre Schultern gelegt. Sie konnte Martin nicht mehr anschauen. Sie spürte, dass dieses vage Gefühl von Geborgenheit, das Ken ihr gab, endgültig verschwinden würde, wenn sie es täte, und sie könnte sich Ken nicht einmal ein wenig zugehörig fühlen, und die letzte Spur von Sicherheit durch diesen Jagdtag würde ihr entgleiten. Sie wäre wieder ihr altes Ich, ein Teil von Martin und gekidnappt.

Dann machte Greg Martin von der Kette los und schickte ihn Brennholz schleppen, und Ken, entspannt und milde, beschloss, Nancy eine Kochstunde zu geben, während Art am Feuer saß und las. Kens Angebot ließ neue Hoffnung in ihr aufkeimen, und sie schaffte es zu lächeln.

„Es ist nichts Besonderes. Nur eine Steaksoße, die ich in Frankreich gelernt habe." Er untersuchte fünf große gefrorene Steaks, die er am Morgen aus der Trockeneis-Kühlbox genommen hatte. „Okay. Perfekt." Er goss sich einen Drink ein und einen zweiten für Nancy und fuhr fort: „Ich war in Cannes und übernachtete auf dem Weg nach Paris in einem Dorf namens Vitteaux, nördlich von Dijon. Dort gibt es einen kleinen Gasthof. Der Küchenchef hat mir das Rezept gezeigt."

Er holte die große Bratpfanne, sagte ihr, sie solle anfangen, und erklärte ihr, wie man eine Weinsoße zubereitet, seine Stimme und seine Anwesenheit waren angenehm vertraut. Es nahm einige Zeit in Anspruch, und sie standen nahe beieinander am Herd. Ken leerte sein Glas, öffnete eine neue Flasche und goss auch etwas in Nancys Glas, aber als zwei Finger hoch Whisky drin war, schob sie die Flasche weg und schüttelte den Kopf. Die Glut des ersten Drinks hatte schon begonnen, langsam in ihre Gliedmaßen zu sickern. Sie wollte nicht zu betrunken werden. Sie wollte wissen, was sie tat.

Dann legte er einen Arm um sie und beugte sich plötzlich

zu ihr hinunter. Schlagartig besserte sich ihre Stimmung. Sie war doch in Sicherheit. Sie war akzeptiert worden. Sie gehörte dazu. Sie öffnete ihren Mund für ihn, erforschte die süße, nasse Härte seiner Zunge mit der ihren zuerst sanft, dann begieriger. Nur einen Moment lang dachte sie an ihre wunden Lippen und dass er derjenige war, der sie geschlagen hatte.

Er lachte und tätschelte ihre Arschbacken durch die dicke Jagdhose hindurch. „In Jeans gefällst du mir besser", sagte er. Und er hielt eine ihrer Brüste für einen Moment, wog sie in der Hand und betastete ihre Form durch das grobe wollene Jagdhemd. Sie hinderte ihn nicht daran. Es schien ihr natürlich, dass er das tat.

Das war es also, dachte sie. Also doch Sex. Aber nicht Vergewaltigung. Sex wie er sein sollte, mit Wärme und Gefühl und Kontakt. Aber warum Martin? Wollten sie auch Sex mit ihm? Und wer? Art? Alle? Heutzutage weiß man ja bei keinem so genau.

Aber für einen flüchtigen Augenblick kam etwas von dem alten Entsetzen wieder hoch und ernüchterte sie. Man braucht einen Mann und eine Frau nicht zu kidnappen für Sex. Eine Menge Frauen und auch Männer taten alles dem menschlichen Geist nur Vorstellbare, auch ohne dafür Geld zu verlangen. Tun es, weil sie es gerne tun.

Und das Fußeisen und die Kette? War wirklich auch voriges Jahr jemand da gewesen? Was für eine Frau? Wo war sie jetzt? Was für ein Mann? Oder waren die dunkelbraunen Flecken etwas anderes, kein Blut, und sie bildete es sich nur ein? Oder doch Blut, ja, aber weil die beiden nicht hatten mitspielen wollen?

Im Hintergrund hörte sie Ken die Soße erklären, während er umrührte, in beruhigendem Tonfall, als wäre nichts geschehen.

Ihre Sicherheit kehrte zurück. Es war richtig, wenn sie mitspielte. Was auch immer sie wollten, es war richtig. Es war die einzige Möglichkeit. Heute Nacht würde sie dafür sorgen, dass Ken sich wünschte, nie eine andere Frau gehabt zu haben als sie. Auch Greg, wenn sie musste. Ihre Hochstimmung kehrte zurück. Sie war frei, sie hatte es geschafft. Plötzlich war es ihr egal, ob sie betrunken wurde; es war nicht mehr gefährlich, sich nicht unter Kontrolle zu haben. Sie trank ihren Bourbon aus, und als Ken nachgoss, schob sie die Flasche nicht weg und sie lächelte, und bevor sie trank, küsste sie ihn wieder, von sich aus, ihren schlanken Körper hart an den seinen gepresst.

13

Den ganzen Tag lang hatte er ihre Bewegungen im Wald beobachtet, die Schüsse aus den einzelnen Flinten klangen unterschiedlich, der eine knallender und tiefer, der andere schärfer und höher. Art hatte die gesamte Nord-Süd-Länge des Sees entlang gejagt, dabei schoss er mit einer leichten 20-Kaliber-Schrotflinte, dann hatte er sich direkt landeinwärts gewandt und danach etwa zwei Meilen weit nach Westen, wo er seine 35er Remington zum Einsatz brachte. Mittags war er wieder nordwärts vorgestoßen, und in der Mitte des Nachmittags, als er nach Osten zurückkehrte, den See an seinem nördlichen Ende erreichte und schließlich am Ufer entlang zu seinem Ausgangspunkt zurückkehrte, hatte er ein fast perfektes Rechteck beschrieben. In sumpfigem Gelände hatte er am heftigsten geschossen. Von Zeit zu Zeit waren Schwärme von Zugvögeln aufgestiegen, ihre Schreie waren sogar auf die große Entfernung hörbar gewesen.

Er wusste, dass Ken mit Greg und der Frau den See überquert hatte und erst nach Nordosten, dann nach Osten und schließlich einen langen Rückweg nach Südwesten gegangen war, ein Tag in einem großen Dreieck, das Ken zu seinem Treffpunkt mit Greg zurückgeführt hatte. Einmal hatte er Ken gesichtet, als er eine Anhöhe hinaufkletterte, ein ameisengroßer Punkt, gefolgt von einem zweiten. Daher wusste er, dass Ken die Frau mitgenommen hatte, und wie er Ken, Greg und Art kannte, wusste er auch, dass Art sie wahrscheinlich nicht gewollt hatte, und dass Ken und Greg gelost hatten, wer sie nehmen sollte.

Gregs Jagdmuster unterschied sich total von dem der beiden anderen. Er war ziellos umhergewandert. Offensichtlich hatte er den Wald im Zickzack durchquert, mit keinem anderen Gedanken, als dorthin zu gehen, wohin ihn die Laune gerade trieb, oder vielleicht Wild zu verfolgen, das vor ihm um sein Leben lief. Nun, das war eben Gregs Charakter. Dennoch war er schnell vorangekommen. Einmal schienen seine Schüsse aus mindestens drei Meilen Entfernung zu kommen, und dort war eine sehr unwegsame Gegend. Aber Greg war schließlich ein brutaler, zäher und kräftiger Mann, der ausgezeichnet auf seine Kondition achtete.

Von seinem Ausguck auf dem felsigen Steilufer oberhalb der alten Sägemühle hatte er später beobachtet, wie Greg, Ken und die Frau bei Sonnenuntergang zurückkehrten; durch sein Fernglas mit zwölffacher Vergrößerung hatte er sie ganz nahe gesehen, einmal auch durch das Leupold-Zielfernrohr seiner Holland & Holland-Doppelflinte. Er hatte sie unbekannt und unerkannt beobachtet, genauso wie er dem männlichen Gefangenen durch das Küchenfenster der Jagdhütte zugeschaut hatte, als dieser auf den Dachboden geklettert und wieder heruntergekommen war, um sich den Weg in die Freiheit zu sägen.

Es war wirklich ein Elend mit dem Typen. Er war im Grunde wie ein Kaninchen, das weder schlau noch willensstark genug war, sich zu retten, geschweige denn die Frau. Jetzt, nachdem er gescheitert war, war sein Kampfgeist wahrscheinlich gebrochen.

Die Frau hingegen machte einen anderen Eindruck. Anfangs wie ein Lamm, zeigte sie sich jetzt wie eine Löwin. Sowas geschah öfter mit Menschen. Unglück erzeugte Mut, Durchtriebenheit, Hartnäckigkeit und grimmige Entschlossenheit. Sie war mit auf die Jagd gegangen, hatte den ganzen Tag durchgestanden und auf der Rückfahrt im Schlauchboot sogar die Nerven gehabt zu lachen. Sie hatte noch eine Chance, während für den Mann schon alles verloren war. Wusste sie, was ihr bevorstand? Wahrscheinlich. Sie sah genügend ängstlich, genügend misstrauisch aus, um intelligent zu sein. Heute Nacht, gerade jetzt, wird sie wohl mit ihnen schlafen. Ihr krankes, verdrehtes, fast homosexuelles Ritual mitmachen.

Da war der eine, kurze Moment vor nicht allzu langer Zeit

gewesen, als er im Blickfeld seines Visiers behoste Beine im Wohnzimmer, auf dem Boden gesehen hatte, eingerahmt vom dunklen Küchenfenster und der Tür. Sie ragten aus Richtung des Esstischs ins Bild, dann vermischten sie sich mit den Beinen der Frau, dann mit denen eines anderen Mannes, wahrscheinlich Greg. Schließlich zeigten sich Arts Beine, der dastand und der den anderen dabei zusah, als sie versuchten, sich zu entwirren. Dann rollten die drei Körper in sein Blickfeld, ineinander verstrickt, kitzelten sich die drei wie Kinder und lachten unkontrolliert. Als sie aufzustehen versuchten, fiel die Frau hin. Sie war offensichtlich total betrunken.

Er bekämpfte das immer stärker werdende Unbehagen, das von seiner verkrampften Position hervorgerufen wurde. Er atmete tief ein und rückte seinen vorgebeugten Oberkörper zurecht, den er auf die Ellbogen gestützt hatte, während er leicht die Beine bewegte, um die Steifheit in seinen Hüften zu lindern, ohne dabei die Arme zu bewegen, welche zwei der drei Stützen bildeten, auf denen seine Holland & Holland mit dem tiefmontierten Zielfernrohr ruhte. Die dritte Stütze, die ausklappbare Gewehrauflage, war in den dünnen Schiefer zwischen zwei der verwitterten Felsen gerammt, die sein Versteck bildeten. Er lag am höchsten Punkt des Steilufers.

Er sah, wie das Licht im Wohnzimmer der Hütte plötzlich ausging, und dann war nur noch das schwache Glimmen des sterbenden Kaminfeuers wahrnehmbar.

Geduldig wartete er. Die Gefahr war vorbei. Nur das Training bewirkte, dass er sich so verhielt, die Disziplin, die er sich im Laufe der Jahre anerzogen hatte. Die Wahrscheinlichkeit, dass sie seine Anwesenheit ahnten, war eins zu einer Million. Aber ein Eins-zu-einer-Million-Schuss konnte ihn genauso töten wie ein Fünf-zu-eins-Schuss. Was das anging, genügte ein dummer Zufall.

Minuten vergingen; die Erde wurde kälter und feindlicher. Der Wind ging böig, und die Sterne waren eisige Nadelköpfe, die sich über ihn lustig machten. In der Hütte regte sich nichts mehr. Kein verräterischer Schatten löste sich aus der Dunkelheit der Eingangstür oder einem der hinteren Fenster.

Langsam rollte er sich von seinem Beobachtungsposten weg. Das Wiedereinsetzen seines Blutkreislaufs schmerzte höllisch. Er setzte sich auf, rieb Fußgelenke und Schenkel, um die Zirkulation zu unterstützen. Dann tastete er in seinem Rucksack nach seiner Feldration, Zwieback, Trockenfleisch, Gemüsewürfel und seiner Feldflasche. Als seine Hand sie berührte, hielt er inne. Nein, es wäre besser, nicht hier zu essen. Nur an einer Stelle, wo er ganz sicher jede mögliche Spur beseitigen konnte. Sorgfältig glättete er den Boden, befreite ihn von Fußabdrücken, schob mit geübter Hand in der tintenschwarzen Finsternis Blätter, trockenes Gras und Schiefer zurecht, die er vorher gestreift oder beiseite geräumt hatte. Er befreite sein Gewehr aus der Stellung und klappte die Auflage ein. Dann montierte er das Zielfernrohr ab, wickelte es sorgfältig in seine Nylontasche und steckte es in seinen Rucksack. Mindestens in den nächsten zwölf Stunden würde er es nicht brauchen, vielleicht auch länger nicht. Sein Fernglas folgte dem Zielfernrohr in den Rucksack. Das Gewehr in der Hand, stand er auf in der Kälte und machte sich lautlos auf den Weg, den Rücken des Steilufers hinunter in Richtung der sumpfigen Wälder am Nordufer der Insel.

Er bewegte sich sehr langsam und erinnerte sich an Wegmale, die er sich am Vortag eingeprägt hatte: ein Felsblock mit bemooster Oberfläche, die haarigen, ausgetrockneten Wurzeln eines Baumes, den ein Sommergewitter herausgerissen hatte, ein glattrindriger junger Baum, ein niedriger Busch, von würgenden, scharfdornigen Stechwinden durchzogen.

Nun verließ er die vergleichsweise kahle Rückseite des Steilufers in Richtung Wald. Er wartete, horchte. Kein Geräusch außer dem Zirpen einer Grille. Hundert Yards dichten Waldes bildeten zusammen mit der alten Sägemühle, der teilweise gerodeten Lichtung und einem weiteren Streifen Dickichts eine kompakte Mauer zwischen ihm und der Hütte.

Er holte eine kleine Stablampe aus einer Innentasche seiner Jagdjacke und knipste sie an, den dünnen hellen Strahl auf den Boden gerichtet, um sicher zu gehen, dass keiner der höheren Äste Licht reflektierte. Diesen Morgen hatte er einen Pfad vorbereitet. Hier war ein Ast herabgebogen, von einem zweiten gehalten; ein paar Schritt weiter waren ein oder zwei Steine strategisch günstig positioniert. Der Pfad wirkte so unauffällig und natürlich, dass nur ein im Dschungelkrieg geschulter Pfadfinder ihn hätte entdecken können. Er folgte dem Pfad, machte Zweige los, legte Steine zurück an ihren Platz. Nach fünf Minuten spiegelte sich der dünne Lichtstrahl im Wasser. Er hatte das Nordufer erreicht. Sofort machte er das Licht aus und tastete vorsichtig das Gebüsch ab. Seine Finger berührten etwas Hartes, Metallisches und zugleich Hohles. Es war der Bug seines Kanus. Er machte zwei gleich lange Schritte vorwärts zum Kiel, hockte sich nieder und suchte weiter. Seine tastende Hand griff in einen niedrigen Tunnel im Gebüsch. Er nahm seinen Rucksack ab, schob ihn vor sich durch den Tunnel und folgte dann sehr vorsichtig selbst, das Gewehr knapp über dem harten Boden. Das brauchte Zeit und Geduld, aber fünf Minuten später wurde er dafür belohnt, indem er sich unter seinem getarnten Kanu lang ausstrecken und seinen Kopf auf den Rucksack betten konnte. Er hatte die Essensrationen und die Feldflasche herausgenommen und genoss seine erste Mahlzeit seit Morgengrauen.

Das war gute Arbeit gewesen, dachte er. Das Kanu würde verhindern, dass er vom Nachtfrost durchnässt wurde und in seinen Kleidern einfror. Es verbarg auch jegliches kurzfristig entzündete Licht. Er wickelte das Papier von seinen Essenrationen zusammen, steckte es in den Rucksack zurück und zog eine kleine Blechdose heraus, die fünf Zigaretten und ein Gasfeuerzeug enthielt. Das Feuerzeug machte ein kratzendes Geräusch und flammte nahe bei seinen Augen hell auf. Er nahm das filterlose Ende einer Zigarette in den Mund. Er hatte filterlose Zigaretten gekauft, weil Filter nicht schnell verrotteten und später womöglich von jemandem aufgelesen werden konnten, der das Gebiet sorgfältig nach Beweismitteln durchkämmte. Gewöhnliches Zigarettenpapier und ungerauchter Tabak hingegen zerfielen und wurden beim ersten Wintersturm in alle vier Himmelsrichtungen zerstreut oder vom Schnee in wenigen Tagen vernichtet.

Feuerzeug und Zigarettendose kamen zurück in den Rucksack. Schweigend rauchte er, auf dem Rücken liegend, und überdachte den nächsten Tag. Es war schwierig, Pläne zu schmieden; man konnte die Handlungen anderer nicht komplett vorausberechnen. Aber man konnte eine grundlegende Vorstellung davon haben, und man konnte sichere Aufenthaltsorte und Ausweichpositionen überdenken, für den Fall, dass jemand sich anders als vorausberechnet verhielt und zufällig über einen stolperte.

Ziemlich schnell hatte er seine Zigarette aufgeraucht. Er drückte sie neben sich aus. Entfernen würde er den Stummel am Morgen. Dann hielt er das leuchtende Ziffernblatt seiner Armbanduhr nahe an sein Gesicht und stellte die Weckfunktion auf sechs Uhr ein. Um diese Zeit würde es noch dunkel sein. Kaum einer in der Hütte würde vor halb acht wach sein. Das gab ihm Zeit zu essen, zurück aus dem Kanu zu kriechen, jegliche Schäden, die er an dem schützenden Gebüsch beim Hineinkriechen verursacht haben mochte, zu beseitigen und zum Beobachtungspunkt des nächsten Tages zu gelangen.

Heute Nacht konnte er sich das letzte Mal ausstrecken und richtig schlafen. Morgen würde er ein neues Lager, ein neues Versteck bauen müssen; erstens als notwendige Sicherheitsmaßnahme, denn er würde gesucht, verzweifelt gesucht werden, und zweitens, um schnelle Bewegungen in verschiedene Richtungen zu ermöglichen. Von morgen an, außer er hatte großes Glück, würde er unter Umständen bis zu zweiundsiebzig Stunden nicht mehr schlafen.

Er klappte den Kragen seiner Jacke hoch, rollte sich auf die Seite, lauschte auf das ruhige Plätschern des Seewassers gegen die Felsen zu seinen Füßen und fiel bald in tiefen und ruhigen Schlaf.

14

Die Kälte weckte Nancy auf, Kälte, rasende Kopfschmerzen und die dumpfe Übelkeit vom Alkohol. Zuerst, noch schlaftrunken, versuchte sie, sich an Gregs langem, nackten Rücken zu wärmen, aber das reichte nicht. Ihre und seine Decke waren auf den Boden gefallen. Sie müsste über ihn klettern, um sie wiederzuholen, und dazu war ihr zu schlecht. Art und Ken lagen im Tiefschlaf hingestreckt in den anderen Betten.

Dann sorgte die Angst dafür, dass sie endgültig aufwachte. Die schützende Dunkelheit der Nacht war verschwunden und mit ihr das blinde Vertrauen und die entfesselte Hysterie, denen sie sich freiwillig hingegeben hatte. Schutzlos blieb sie zurück und mit schrecklichem Ekel und Schuldgefühlen, als sie sich an die Lust erinnerte, die sie verspürt hatte. Am allerschlimmsten war das nagende Gefühl, das sich schnell in ihr ausbreitete; jetzt, da sie alles mitgemacht hatte, besaß sie keine Waffen mehr, keine weibliche Rätselhaftigkeit mehr, die zu verführen vermochte.

Denn sie hatte sich total gehen lassen. Zuerst hatte sie Ken und Greg oral befriedigt, während sie alle drei Art ignorierten, der mit schlaffem Mund und brennenden Augen zusah. Dann ließ sie Ken und Greg einzeln ran, abwechselnd, während sie jeweils mit dem anderen im Mund weitermachte. Das war aber nur der Anfang. Gierig stürzten sich beide wieder auf sie, gleichzeitig. Und sie, völlig enthemmt und nun genauso unersättlich, war lachend ihren Anweisungen gefolgt, ihrem besoffenen Gegrabsche und Geschiebe, dem schmerzhaften Zerren an ihren Gliedmaßen, als sie versuchten, sie in Position zu bringen. Als sie schließlich erkannte, was sie mit ihr vorhatten, war es zu spät, um aufzuhören, und der lange, stechende Schmerz von Kens Analfick kam gleichzeitig mit Gregs unvorstellbar gewaltigen und brutalen Stößen in ihre Vagina, bis beide Männer tief in sie eingedrungen waren und in ihr ihre harten Pfähle aneinanderrieben. Ihr eigener schweißnasser zerschundener Körper hatte sich willig ihren tiefen, rhythmischen und erfahrenen Stößen entgegengestemmt. Ihre Münder, heiß und nass, suchten den ihren, riefen Gemeinheiten und Obszönitäten, die sie lustvoll zurückgab, bis Art auch noch mitmachte, zuerst abstoßend und erstickend in ihrem Mund, bis sie ihn am Ende sogar mehr begehrte als Ken und Greg. Endlich explodierte das ganze Universum in ihr und ihnen und ertränkte schließlich ihre hemmungslose Gier.

Armer Martin, dachte sie und lauschte. Später hatte sich Art aufreizend vor Martin in einen Stuhl fallen lassen, grotesk nackt und herausfordernd. Betrunken, kichernd, mit schwerer Zunge, schilderte Art ihm im Detail alles, was sie getan hatte. Und dann machte er sich an Martins Hose zu schaffen.

Sie war in die Küche gegangen, um ihr Glas nachzufüllen, und hatte, nur noch halb wach, an der Tür gelehnt, die Bourbonflasche in der Hand, und das süße Feuer des Bourbons sickerte aus ihren Mundwinkeln, während sie Art zuhörte und neue Erregung spürte. Martin hatte sie im Feuerschein gesehen, nackt, und versucht sich wegzudrehen. Aber Art hatte ihn festgehalten, fummelnd, tätschelnd, kichernd und Nancy war zu Greg und Ken zurückgekehrt, die wach waren und auf sie warteten.

Jetzt hob sich ihr Magen; vorsichtig würgte sie alles zurück, löste sich von Greg und stieg aus dem Bett. Ihr Körper schmerzte auf eine Art und Weise, die sie nie für möglich gehalten hätte. Nackt stand sie im Zimmer, zerrissen, zerschlagen und hilflos zitternd. Dann fand sie die Hose und das Hemd, die sie am Vortag getragen hatte, und die dicken Jagdsocken, die ihr Ken als Hausschuhe gegeben hatte. Sie sammelte sie ein, ging ins Bad und zog sich an. Als sie herauskam, war Martin wach. Ganz leise hörte sie seine Kette rasseln. Er setzte sich an der Kante der Bank auf, mit schweren Lidern, die Augen erfüllt vom Unglauben über Nancys Anwesenheit und darüber, was ihm widerfahren war. Sein verfrorener Körper beugte sich erschöpft vornüber, die Unterarme auf den Knien, ließ er die Hände schlaff herunterhängen.

Er war ein völlig Fremder. Und doch war er noch immer Martin. Eine Erinnerung flackerte in ihrem Bewusstsein auf, wie er sie am Flughafen erwartet hatte und sich wegen ihres Kusses geniert hatte. Wann war das? Wer war er?

Er sprach kein Wort. Sie ging an ihm vorbei, öffnete leise den Riegel der Eingangstür und trat hinaus.

Die Sonne ging gerade auf. Ihre gebrochenen Strahlen bohrten sich in gezackten Mustern in die Baumwipfel des Waldes jenseits des Sees.

Das Wasser war silbrig-rötlich. Sie bückte sich und tauchte die Hand hinein, die sofort taub wurde vor Kälte. Gestern hatte Ken gesagt, in ein paar Tagen würde es Eis geben. Dann hörte sie ihn lachen. Sie drehte sich um. Ken kam über den weißen frostigen Boden von der Hütte herüber, nackt, ein Handtuch um die Schultern, sein Körper hob sich seltsam weiß von seiner dunklen Geschlechtsbehaarung ab. Sie dachte, wie merkwürdig ein nackter Mann doch aussieht, so schmal in den Schultern, so dünnbeinig. Bis auf Greg.

Da kam Greg auch schon. Und Art.

„Hey, Nance!"

Ken stieß einen Schrei aus, schleuderte seine Mokassins von den Füßen, und so schnell, dass er es sich nicht anders überlegen konnte, galoppierte er mit drei Riesensprüngen ins eisig aufspritzende Wasser und tauchte unter.

Mit Gebrüll tauchte er wieder auf. Greg griff sich Nancy, zerrte an ihren Hemdknöpfen.

„Hinein mit dir, Mädchen."

Er ignorierte ihr Gekreische, und Ken stieg brüllend vor Lachen aus dem Wasser und zog ihr die Hose herunter, seine Hände waren so kalt, dass sie brannten. Greg packte sie an den Hand- und Ken an den Fußgelenken. So trugen sie sie, stellten sich ans Ufer und zählten bis drei, während sie sie höher und höher schwangen.

Beim Aufprall auf dem Seewasser stach es wie mit Nadeln über die ganze Länge ihres Rückens. Das Wasser schloss sich über ihr wie ein riesiger Block von etwas Erdrückendem, so schwer, dass sie nicht atmen konnte. Endlich öffnete sie die Augen und sah eine Welt von dunstigem Braun, den laubbedeckten Grund des Sees und oben einen silbrigen Schimmer, das Tageslicht.

Sie kam hoch, und das Morgengrauen war wie ein willkommener, warmer Mantel. Ken und Greg sprangen neben ihr ins Wasser und dann Art.

„Morgen, Nance." Das war Greg. „Wie geht's unserem Mädchen?"

Und Ken sagte: „Warum hast du uns nicht aufgeweckt?"

„Oh, Mann! Was für eine Nacht!" Greg umschloss mit seinen massigen Händen ihre Arschbacken und zog sie grob und fest an sich, seine Augen tanzten. „Du bist schon was, meine Fresse. Wow!"

Er küsste sie, hob sie hoch aus dem Wasser und schlug ihr fest auf den Arsch. Röhrend machte er sich auf den Weg zum Ufer. „Das nenne ich einem Blechaffen die Eier abfrieren! Heilige Scheiße!"

Ken stieg langsamer aus dem See, den Arm um ihre Schultern gelegt. „Ja, das war ganz groß, Nance." Er lachte. „Ich bin völlig ausgepumpt. Wie steht's mit dir?"

Sie lächelte schüchtern. Er drückte sie fest an sich. „Hat dir gefallen, nicht? Gottnochmal, du musst es zwanzig Mal gemacht haben. Nicht schlecht."

Er lachte, suchte und fand ihren Mund, gab ihr einen tiefen Kuss und führte sie aus dem Wasser. Plötzlich war seine Wärme und Vertrautheit da; da war Art, blau vor Kälte, aber er grinste und hielt ihr ein Handtuch hin, als sie auf ihn zuging, mit einem besonderen Blick wegen der besonderen Intimität, die sie geteilt hatten; da war Greg, der seinen großen Körper abrubbelte und darüber scherzte, wie sehr ihn das eisige Wasser geschrumpft hätte; und Ken trocknete sie ab, wie er ein kleines Mädchen abtrocknen würde, eines seiner Kinder. Die andere Kälte, tief in ihr drin, verging allmählich. Sie gehörte noch dazu und konnte ihnen bei Tageslicht gegenübertreten, nüchtern und ohne Furcht. Ihre Augen betrachteten die schlanke Linie ihres eigenen Körpers, ihre runden Brüste, vom Schwimmen gestrafft, ihren flachen Bauch, die glitzernden Wassertropfen im braunen Gewirr ihrer Haare, die Schlankheit ihrer Schenkel und Waden. Sie würden sie bald wieder begehren, nicht bloß weil sie eine Frau war, sondern weil sie ihre ganz besondere Nancy war.

Sie gingen zurück hinauf zur Hütte. Sie hielt Kens Hand; Gregs Arm lässig um ihre Schultern, Art folgte und schlug verspielt mit dem Handtuch gegen jeden Hintern, der ihm gerade unterkam.

Ihr Gelächter erfüllte das Wohnzimmer, als sie hereinkamen, und niemand scherte sich um Martin, nachdem Greg ihn in der Küche angekettet und ihm befohlen hatte, Frühstück zu machen.

„Scheiße, Mann, was glotzt du denn so säuerlich? Dir ist doch gestern sicher einer beim Zuhören abgegangen." Es war die Sorte grober, beleidigender Bemerkungen, die sich nur Greg leisten konnte. Ken und Art lachten. Sogar Nancy musste lächeln. Ken forderte sie zum Weitersaufen auf, die beste Medizin.

„Machst du Witze?", sagte Greg.

„Warum nicht?", rief Art.

Sie trank. Der scharfe Bourbon brannte wie Feuer, und fast musste sie kotzen. Aber als er einmal drin war, fühlte sie sich gut. Sie kreischten vor Lachen. Greg gab ihr noch einen schmerzhaften Schlag auf den nackten Arsch; Ken gab ihr einen Kuss. Gemeinsam zogen sie sich vor dem Feuer an, und dann schickte Ken Nancy in die Küche, eine neue Flasche zu holen und um eventuell Martin zu helfen.

Martin stand am Spülbecken und rührte Pfannkuchenteig an. Nancy fühlte sich sehr unbehaglich und ignorierte ihn zuerst. Sie füllte den Kaffee aus der Espressomaschine in die Kanne, die sie auf den Küchentisch stellte. Dann musste sie sprechen. „Bitte hass mich nicht, Martin", sagte sie sanft. Sie sprach weiter: „Aber du tust es. Ich weiß es. Ich habe wohl nicht das Recht, dich zu bitten, mich nicht zu hassen, oder?"

Er antwortete nicht sofort. Als er es doch tat, klang es hässlich. „Wo ist der Schlüssel?"

Der Schlüssel? Welcher Schlüssel? Sie zwang sich, sich nicht umzudrehen. Sie spürte seine Feindseligkeit instinktiv wie ein Tier. Sie übertrug sich nachgerade physisch, zerrte an ihr. Sie holte einige Tassen aus dem Hängeschrank.

„Wo ist er?", sagte er noch mal. Er packte sie am Arm, sodass sie ihn ansehen musste.

„Welcher Schlüssel, Martin?"

„Du treibst es die ganze Nacht, und es kommt dir nicht einmal in den Sinn, oder? Die Garage. Damit ich mit dem Familienauto einen Sonntagsausflug machen kann." Sein höhnisches Gesicht kam ganz nahe, seine Augen geweitet vor Hass. „Das hier." Er hob sein Fußgelenk und schlug gegen das Fußeisen.

Er hatte Recht. Sie hatte nicht daran gedacht. Sie hatte nicht einmal mit dem Gedanken gespielt. Plötzlich verabscheute sie ihn, verabscheute ihn, weil er nicht verstand und weil er sie daran erinnerte, dass er nicht so hatte entkommen können wie sie.

„Martin, versuch dich zu erinnern, wo wir sind."

„Erinnern?" Er lachte grob. „Du verlangst von mir, dass ich mich erinnere?"

„An das, was mit uns geschehen ist. *Warum* ich es getan habe."

„Soll ich mich daran erinnern, wie sehr es dir gefallen hat?

Und erzähl mir nicht, es hätte dir nicht gefallen. Ich hab' dich gehört. Oh, ich hab' dich sehr gut gehört."

Es gab kein Entkommen. Es war schrecklich. Sie versuchte genau nachzudenken. Ihn zu belügen hatte keinen Sinn. Er würde sie durchschauen. Sie musste ihm die Wahrheit sagen, aber auf eine Art, die ihn nicht zu sehr in Wut bringen würde. Irgendwie.

„Als ich mich dazu entschloss", sagte sie, *„wusste* ich nicht, dass es mir gefallen würde."

Er ignorierte sie. „Frauen geben nicht alle Tage solche Geräusche von sich", sagte er. „Und schon gar nicht so 'ne frigide Nutte wie du."

Mein Gott, dachte sie, das war es also. Letzte Nacht hatte er endgültig erkannt, dass er sie niemals befriedigt hatte, es niemals könnte. Sein Stolz konnte das nicht ertragen; der Chauvinismus eines Mannes, der sich wie ein Versager fühlte, wenn er eine Frau nicht so erregen konnte, dass sie kam, während andere Männer das konnten. So einfach war das. Es war eine tödliche Wunde. Viel schlimmer als die andere, fruchtlose Sache, die Art ihm angetan hatte. Die hatte er nicht erwähnt.

Sanft sagte sie: „Marty, Liebling, glaub mir, bitte. Ich konnte nichts dafür. Wahrscheinlich war ich einfach total blau. Bitte versteh mich. Ich wusste es nicht. Ich wusste nicht, dass es mir am Ende gefallen würde. Ich wollte es nicht." Und fast flehentlich fügte sie hinzu: „Ich wünschte, es hätte mir nicht gefallen!"

Er wandte ihr den Rücken zu und klammerte sich ans Spülbecken. „Gefallen, das würd' ich wohl meinen." Er drehte sich wieder um. „Wenn noch Platz für einen vierten Typen gewesen wäre, sein Ding reinzustecken, du hättest ihn auch rangelassen."

Das war purer Hass. In diesem Moment schnappte etwas in ihr ein. Etwas, das zurückging auf eine Wahrheit, die sie immer gekannt, eine Verzweiflung, die sie vor sich selbst verborgen hatte. Martin hatte sie nie wirklich begehrt, außer, um sie zu benutzen. Und all ihre verzweifelte Hoffnung, Eddie zu entfliehen, war nur das gewesen: Wunschträume und Selbsttäuschung. Martin hatte sie unrein und pervers gemacht, genauso wie die Frauen, die er fürs Ficken bezahlte. Es war sogar noch schlimmer, denn er hatte sie gleichzeitig zum Narren gehalten. Und das Schlimmste war, dass sie sich aus Verzweiflung selbst belogen und ihm nachgegeben hatte.

Die Bitternis dieser Erkenntnis und die Wut auf sich selbst stiegen in ihr hoch, und als sie ihm ins Gesicht schlug, schlug sie gleichzeitig sich selbst. Es klang wie ein Pistolenschuss. Und ihr plötzlicher, wutentbrannter Schrei wie der Schrei einer völlig fremden Frau.

„Du Arschloch! Du mieser kleiner Kriecher. Du hast deinen Teil gehabt. Lass deine dreckige Bosheit nicht an mir aus."

Er starrte sie ungläubig an, während seine Finger das brennende Rot in seinem Gesicht ertasteten. Seine Augen wurden plötzlich weiß und jetzt holte er aus.

Die Wucht seines Schlags schleuderte Nancy durch die halbe Küche und siedendheißer Kaffee spritzte gegen die Wand. Die Bourbonflasche zersplitterte. Durch ein schreckliches klirrendes Geräusch hindurch hörte sie Martin schreien.

„Du verfickte dreckige Hure!"

Sie schmeckte Blut und maß die Entfernung. Die Kette hatte sich um den Küchentisch gewickelt und hielt ihn in Schach, er hing an ihrem Ende wie ein Hund, und sie war außer Reichweite, fast, aber nicht ganz. Er packte ihren Arm, seine Oberlippe kräuselte sich über den Vorderzähnen, Schaum quoll ihm aus dem Mund. Sie fühlte, wie er sie zu sich hinüberzerrte.

Greg kam in die Küche, sah und lachte. Er löste Martins Finger von ihrem Arm, als wäre er ein Kind, hob ihn hoch und schleuderte ihn gegen die Spüle und gab ihm einen Fußtritt. Martin klappte kreischend zusammen und hielt sich den Oberschenkel.

„Mein Bein. Du hast mir das Bein gebrochen!"
„Leck mich am Arsch! Aufräumen!" Greg kickte die zerbrochene Flasche in seine Richtung. „Okay, Nance?"
Sie erhob sich, die Hand an ihrem blutigen Mund. Ken und Art kamen, standen in der Tür, und Ken sagte zu Martin: „Du blöder kleiner Arsch! Warum hast du das gemacht, verdammte Scheiße?" Und zu Nancy: „Wo hast du den nur aufgegabelt?"
Nancy schluchzte Richtung Martin: „Feigling. Wann hast du Jean das letzte Mal geschlagen?"
Er kam auf die Füße. „Lass bloß Jean aus dem Spiel, du dreckiges Flittchen." Seine Augen wurden wieder weiß. Er ging auf sie los. Diesmal stoppte ihn Ken.
„Hör zu. Das langt."
„Die Kinder waren bloß eine Ausrede, nicht war?", sagte Nancy. „Du wolltest nur die Wochenenden mit mir. Die freien Wochenenden."
Martin schrie zurück: „Du verlogene Hure. Du Heuchlerin. Als ob ich für dich nicht bloß eine Abwechslung von Eddie gewesen wäre. Als ob du mich nicht auch bloß benutzt hättest!"
„Ich hab' gesagt, Schluss jetzt", sagte Ken scharf. Er bugsierte Martin grob zurück an die Spüle, und dessen Kampfgeist verflüchtigte sich im Nu. „Dasselbe gilt für dich, Nancy."
Er nahm Nancy mit ins Wohnzimmer, und Greg befahl Martin, das Frühstück fertigzumachen und das Durcheinander aufzuräumen. Er nahm eine zweite Flasche und folgte Ken. Aber Art blieb noch einen Moment dort und beobachtete Martin amüsiert.
„Martin", sagte er, „was ist denn los mit dir? Manche Typen kriegen eine Frau in den Griff, und manche eben nicht. Das musst du doch wissen. Kein Grund, sich so aufzuregen."
Im Wohnzimmer nahmen sie noch alle einen Drink direkt aus der Flasche und warteten auf Martin. Nach einer Weile kam er aus der Küche, mit Eiern und neuem Kaffee. Sie aßen schweigend. Die gute Stimmung war vorbei. Martin hatte

etwas kaputtgemacht. Nancy spürte das. Er hatte die Wärme und Vertrautheit zerstört, und irgendwie ahnte sie, dass er sie für immer zerstört hatte. Und da wusste sie auch, dass er die Wahrheit gesprochen hatte. Über sie und über sich. Die ganze Zeit, während sie ihn beschuldigt hatte, war sie selbst genauso schuldig gewesen.

Sie sah, wie Greg auf ihren Ausschnitt schaute, und wurde sich bewusst, dass sie ihr Hemd nicht zugeknöpft hatte. Er lächelte, aber es war ein anderes Lächeln als vorher. Er wollte sie, aber nur, um sich zu erleichtern. „Okay, Boss", sagte er zu Ken. „Was willst du machen? Zurück ins Bett und noch ein bisschen spielen, oder kommen wir zur Sache?"

Ken überlegte und sagte: „Was meint ihr?"

Greg beäugte Nancy und kratzte sich am Sack. „Na ja, die Nacht war schon recht kurz. Noch 'ne kleine Runde könnte nicht schaden."

„Vergiss es", sagte Art kalt. „Der kleine dreckige Arsch da drinnen macht nur Ärger. Gehen wir die Sache an."

„Art hat Recht", sagte Ken. „Außerdem ist es gegen die Regeln."

„Wir könnten sie ändern. Stimmen wir ab."

„Nein, wir haben sie aus einem guten Grund aufgestellt. Erinnerst du dich? Sich auf nichts einlassen."

Greg erinnerte sich und gab dann widerwillig nach: „Ja. Du hast Recht."

„Was für Regeln?", fragte Nancy schüchtern.

Ken sagte: „Bloß Regeln." Er sah sie nicht an.

„Aber welche?"

Es kam keine Antwort, und dieses Schweigen beunruhigte sie. Etwas stimmte nicht. Ken war verschlossen. Ein Vorhang war gefallen.

„Martin!", rief er. „Komm herein." Er fischte den Schlüssel für das Fußeisen aus seiner Tasche. Nancy sah es und sie sah, dass Greg wieder auf ihre Brust starrte. Er sah, dass sie ihn beobachtete, streckte den Arm aus, nahm eine ihrer Brüste und wog sie in der Hand und lachte. Eine verzweifelte Hoffnung durchzuckte Nancy. Vielleicht konnte sie irgendwie dafür sorgen, dass alles wieder gut würde. Sie langte nach Gregs Hose, griff nach seinem Schwanz und spürte, wie er sofort steif wurde.

Ken sah es und runzelte die Stirn. „Lass es, Greg, verdammte Scheiße!" Seine Stimme war scharf und zornig.

Greg gab nach. „Schon gut. Schon gut." Er nahm seine Hand von Nancy und ihre weg von ihm.

Martin kam herein und blieb wartend stehen. Ken musterte ihn langsam von oben bis unten.

„Was ist los?", fragte Martin. Er war sehr blass.

„Trink einen, Marty", sagte Ken. Er goss ein paar Finger hoch Bourbon in ein Glas und überreichte es Martin, der es ohne Widerspruch nahm, seine dunklen Augen wanderten langsam von einem Mann zum anderen.

Nachdem er getrunken hatte, nahm Ken das Glas wieder zurück. Martin hatte sich nicht bewegt. Er war höchstens blasser geworden, aber eine Art tiefer Erkenntnis war in seinem maskenhaften Gesicht aufgetaucht, und um seinen Mund lag ein entschlossener Zug, der vorher nicht da gewesen war.

Ken bemerkte es und fragte: „Was hast du mit ihm gemacht, Greg?"

„Nichts", protestierte Greg, der nicht verstand. „Ich hab' ihm einen Tritt gegeben. Gegen den Schenkel. Du weißt, wie sie uns bei der Army beigebracht haben."

Art beobachtete Martin gespannt. „Das ist es nicht", sagte er. „Ken hat Recht. Er hat es gespürt. Keine intellektuelle Erkenntnis, das nicht, aber eine instinktive Ahnung. Wie ein Tier. Das ist interessant." Er lächelte. „Na ja, vielleicht auch nicht. Schließlich *ist* er ja ein Tier."

Ken schaute Martin weiterhin nachdenklich an. „Ja", stimmte er zu. „Du hast Recht, Artie. Gefahr. Er hat sie gerochen."

Und dann zu Martin: „Hier. Für dich." Er überreichte Martin den Schlüssel vom Fußeisen.

Martin wandte den Blick von Art ab.

„Nimm ihn, nimm ihn", beharrte Ken. Er ließ den Schlüssel in Martins Brusttasche gleiten.

Martin presste die Worte langsam hervor. „Wie viel Vorsprung bekommen wir?"

„Seht ihr?", triumphierte Art. „Ich hab's euch gesagt."

Verwirrt stammelte Nancy: „Ken, ich verstehe nicht."

„Kein Problem", lachte Greg. „Wir lassen euch laufen."

„Ihr bekommt zwanzig Minuten", sagte Ken zu Martin.

Art nahm einen kleinen Rucksack von einer der Bänke. „Das hier könnt ihr haben. Da drin sind drei Tagesrationen, Streichhölzer, Notapotheke, alles, was ihr braucht."

„Kann mir irgendjemand erklären, was das alles soll?", platzte Nancy heraus.

„Hab' ich dir doch gesagt", antwortete Greg. „Goodbye."

Es klang nicht gut. Sie wandte sich an Martin. Sein Lächeln war unangenehm. „Du weißt genauso gut wie ich, worum es geht."

Und selbstverständlich wusste sie es auch, tief in ihrem Inneren. Sie hatte es gewusst und sich selbst eingestanden, lange vor ihm. Alles, was sie danach gedacht hatte, war bloß eitle Hoffnung und Selbsttäuschung gewesen, aus purer Verzweiflung. Sie fragte sich, wann Martin beschlossen hatte, der Wahrheit ins Gesicht zu blicken. Gestern? Als sie jagen waren? Oder letzte Nacht? Eigentlich machte es keinen Unterschied. Sie konnte es noch nicht wirklich wahrhaben. Ihre Todesangst wurde vermischt mit dem Gefühl, aus der kleinen Welt ausgestoßen zu sein, die sie schützend um sich herum aufgebaut hatte. Noch vor ein paar Minuten waren sie alle nackt gewesen und hatten zusammen gelacht. Greg hatte die Arme um sie gelegt und sie geküsst und Ken genauso. Und letzte Nacht hatten sie alles geteilt. Sie waren Freunde.

Nancy konnte nicht sprechen.

Martin öffnete gelassen das Fußeisen und nahm den Rucksack, den Art ihm hinhielt.

„Wie viele waren vor uns da?", fragte er.

Ken zögerte, dann antwortete er: „Sechs."

„Sechs Paare", sagte Art mit scharfer Stimme.

„Einfach so?", fragte Martin. „Jedes Jahr ein Ferienausflug, jemanden mitnehmen, bisschen Spaß haben, paar Spielchen spielen, sie dann laufen lassen und eine Treibjagd abhalten. Einfach so?"

Sein Tonfall war ganz sachlich.

Ken und Art wechselten einen Blick. „Pass auf, Marty", sagte Ken. „Sieh es mal so. Da ist ein großer Wald da draußen. Da könnte alles Mögliche passieren."

Art grinste höhnisch. „Wer weiß? Vielleicht erschießt ihr am Ende uns?"

„Womit denn, zum Teufel?", platzte Martin heraus. Für einen Moment verlor er die Beherrschung. „Damit vielleicht?" Er streckte ihnen die Hände entgegen, Handflächen nach oben.

Niemand antwortete. Wild blickte er von einem zum anderen. „Ich hab's schon gesagt. Ihr seid verrückt. Alle. Geisteskrank. Hört mal, wir sind hier nicht in Vietnam oder sonst wo. Wir sind keine Gooks oder Nigger. Wir sind Weiße. Wie ihr. Ich arbeite in einer Bank. Ich bin ein anständiger Bürger. Ich bin verheiratet. Ich habe Kinder."

Ken startete seine Stoppuhr. „Eure Zeit läuft jetzt."

Aber Martin wollte nicht aufhören. „Verdammt noch mal, hört mir zu. Also gut, euer Kick ist die Menschenjagd. Aber das ist keine richtige Jagd. Jagd bedeutet, dass einer die Chance hat, abzuhauen oder sich zu wehren. Warum lasst ihr uns überhaupt gehen? Warum knallt ihr uns nicht gleich auf der Stelle ab?"

„Wisst ihr, die Leute sind schon komisch", sagte Greg. „Noch vor einer halben Stunde hatte er nichts anderes im Sinn, als von dieser Kette hier loszukommen. Nur frei sein war alles, was er wollte." Seine Stimme heuchelte gekränkte Verwirrung.

Ken ignorierte ihn und antwortete Martin. „Du kannst natürlich hier bleiben, wenn du willst. Du kannst dir Kaffee kochen oder einen Drink nehmen und sitzen und warten. Aber ich glaube nicht, dass du das tun wirst. Oh, das hätte ich fast vergessen ..." Er zog einen Taschenkompass hervor. Westlich von hier, etwa zweieinhalb Meilen, gibt es die Überreste einer alten Eisenbahnstrecke. Nur eine Spur. Wenn ihr der Richtung Süden folgt, stoßt ihr auf die Route achtundzwanzig." Er ließ den Kompass über den Tisch zu Martin schlittern.

Martin nahm ihn. „Du bist dir deiner Sache verfickt sicher, was?", sagte er. „Ich werd' dir mal was sagen, Großmaul, ich werde mich, wie ich hier stehe, so was von aus dem Staub machen, und dann darfst du dreimal raten, was das für euch bedeutet."

Greg blickte zu Art. „Na, wie findest du denn das? Scheint ja, als hätten wir diesmal was richtig Lebendiges gefangen."

Art grinste. „Vielleicht hast du Recht." Er wandte sich an Martin. „Martin, du bist ein Mensch, ein Homo sapiens. Mit einem Gehirn, das als Waffe weitaus tödlicher sein kann als ein Gewehr. Wir haben uns genauso in Gefahr begeben wie du. Viel Glück. Möge der Beste gewinnen."

„Könnte ich etwas Wasser haben?", fragte Martin. Seine Stimme war wieder kalt und geschäftsmäßig.

Ken erhob sich, nahm schweigend eine kleine Feldflasche von einem Haken an der Wand und gab sie ihm. Martin nahm sie und ging langsam rückwärts zur Tür.

Endlich hörte Nancy sich selbst sagen: „Ken, nein!" Sie fing an zu weinen.

„Geh schon, Nancy", sagte Greg. „Hör auf." Er hörte sich unbehaglich an und sah auch so aus.

„Ken! Letzte Nacht habe ich nicht versucht wegzulaufen.

Ich hätte den Schlüssel für die Kette stehlen können, und ich habe es nicht getan, nicht wahr? Gestern Nacht war so, weil ich es wollte." Sie wandte sich Greg und Art zu, versuchte, sie durch ihre Tränen hindurch anzusehen. „Und dich auch. Euch beide. Ich wollte es gestern Nacht."

Greg zuckte die Achseln. „Sicher. Wir hatten Spaß."

„Es könnte mehr solcher Nächte geben. Ich würde nichts sagen. Zuhause könnte ich für euch alle da sein, wann immer ihr wollt." Sie klammerte sich an Ken. „Ken, hör mir zu."

Er schob ihre Arme weg und sagte: „Sieh mal, Nancy. So ist die Sache nun mal, und du verschwendest nur Zeit. Ich werde es mir nicht anders überlegen. Greg nicht. Und Art auch nicht."

Brutal fügte Art hinzu: „Hör mal, kleines Mädchen, willst du es schriftlich? Du bist gefüttert und gefickt worden. Jetzt hau ab."

„Ken!" Erneut schlang sie die Arme um ihn. Finsteres und kaltes Entsetzen packte sie, und Ken schien unendlich weit entfernt von ihr zu sein.

Sie hörte, wie Arts Stimme lauter wurde, schrill vor Ungeduld. „Ken, würdest du bitte dieses blöde Flittchen von hier entfernen?"

„Komm schon, Nancy. Los geht's."

Sie fand sich draußen wieder. Da war Martin, schon halbwegs die Stufen der Terrasse hinunter. Konnte er helfen? Irgendwie? Warum ging er so ruhig weg?

„Martin!"

Er drehte sich nicht um. Er überquerte die Lichtung, beschleunigte seine Schritte. Noch rannte er nicht. Die Freude wollte er ihnen nicht machen.

Art erschien neben Ken. Mit seinem Gewehr. Sie kam nicht auf die Füße. Sie versuchte es, aber ihre Knie gehorchten ihr nicht. Sie kroch zu Ken. Wenn er ihr nur erlaubte, seine Füße zu küssen. „Ken, ich tue alles."

Sie hörte seine wütende Antwort. „Verfickt noch mal, hau ab!"

Und dann war Art über ihr, mit wilden Tritten und Schlägen. Sie krachte mit dem Rücken gegen die glatten Steine der Terrassenstufen. Benommen setzte sie sich auf.

Arts Gewehr krachte ohrenbetäubend. Etwas peitschte und brannte an ihrem Schädel. Dann sah sie klar. Ken sah auf sie herab, mit eisigem Blick und weiß vor Zorn; Art lachte, eine krankhafte Grimasse. Er hatte direkt neben ihrem Kopf in den Boden geschossen. Blut floss aus der kleinen Schürfwunde unter ihrem Haar. Greg erschien in der Tür und steckte eine Patrone ins Magazin seines eigenen Gewehrs.

Das waren dieselben fremden Männer, die Martin und sie angehalten und gezwungen hatten, in ihren Kombi zu steigen.

Sie stand abrupt auf. Alles kam zurück zu ihr aus einer großen Entfernung und wurde kristallklar.

„Ihr widerlichen Scheißkerle", sagte sie. „Ich weiß nicht, wie ihr für all das zahlen werdet. Aber ihr werdet zahlen. Ihr alle drei. Ihr seid nichts als Abschaum."

Sie spuckte auf die Steinstufen.

Sie drehte sich um und begann, Martin zu folgen. Gregs Flinte krachte, aber sie zuckte nicht zusammen. Sie wusste, dass sie nicht auf sie schießen würden. Noch nicht. Sie waren nur wie der Mob, der dem Nigger noch ein bisschen Angst einflößt, bevor er Seil, Benzin und Streichhölzer rausholt. Noch mehr Schüsse, Dreck spritzte auf und drang in ihre Hosenbeine, zerkratzte ihr Fleisch.

Sie ging weiter.

15

Art goss Kaffee aus der Espressokanne und sagte: „Ich finde nicht, dass du ihnen die zusätzlichen zehn Minuten hättest geben sollen." Er hatte ihre Tassen herausgebracht, und sie saßen alle drei auf den Stufen und genossen die Wärme der aufgehenden Sonne. Es würde wieder ein wunderschöner Tag werden. In der Nähe der Mühle stritten einige Krähen; blaue Eichelhäher schwatzten; der See hatte die gleiche Farbe wie der Himmel und spiegelte die Mauer immergrüner Bäume am Ostufer in allen dunklen Einzelheiten. Weit entfernt darüber, sehr hoch, kreiste ein Habicht.

„Warum nicht?", fragte Ken.

„Weil der Kerl nicht so blöd ist, wie er aussieht."

Ken dachte darüber nach. Vielleicht hatte Art Recht. Da war etwas in Martins Augen gewesen, das nichts mit dem unfähigen Idioten zu tun hatte, den sie erst an der Tankstelle gesehen und später am Rande des Freeways aufgelesen hatten. Jener Mann war schwach gewesen, ein Typ, der immer zögert und aus Unentschlossenheit scheitert. Der Mann jetzt war entschlossen.

Eine Art physischen Vergnügens durchströmte Ken bei dem Gedanken, Martin zu töten. Eine sexuelle Erregung von den Lenden bis zum Rückgrat. Dasselbe Gefühl, wie wenn eine Frau, die er wollte, ihm mit einem gewissen Blick zu verstehen gab, dass auch sie ihn wollte und dass ihr alles recht sei. Es war die Vorfreude auf etwas Verbotenes.

„Mach dir keine Sorgen", sagte er. „Den kriegen wir."

Greg lehnte sich zurück, die Ellbogen auf die raue, verwitterte Beplankung der Terrasse gestützt. Er lachte. „Wie findet ihr diese Nancy?"

„Das Beste, was wir jemals hatten", sagte Art. Er erinnerte sich an Nancys kreischenden nassen Mund und fügte hinzu: „Hundertprozentig."

Ken dachte über Nancy nach, ihre wilden Laute, ihr heißes, heftig zuckendes Becken, ihre Hände mit den scharf bohrenden Fingernägeln. Aber vor allem erinnerte er sich an die weiche Art, mit der sie begonnen hatte ihn anzusehen. Sie hatte es gewollt, wirklich. „Ich weiß nicht", überlegte er. „Wie hieß noch die Tussi vor drei Jahren?"

„Die Dunkelhaarige?"

„Ja, die Flachbrüstige."

„Du meinst Ellen. Die war vor vier Jahren."

„Vier. Stimmt."

„Ja, kann sein", sagte Greg.

Ken versuchte, sich zu erinnern und zu vergleichen. Wenn man älter wurde, konnte man sich nach einiger Zeit kaum noch erinnern, wie die einzelnen Frauen gewesen waren.

„Aber der Typ, der ihr Freund war", sagte Art, „war anders."

Ken versuchte, sich auch an den Mann zu erinnern. Einen Moment lang sah er ein undeutliches Gewirr von Gesichtern vor sich, dann zeichnete sich eines von ihnen schärfer und wurde zu einem dicklichen, kahl werdenden jungen Mann mit feuchten blauen Augen und bibbernden Lippen. Er runzelte die Stirn, und als die Grimasse stärker wurde, löste sich das halbe Gesicht in Zeitlupe auf, als in Kens Erinnerung ein Schuss durch den rechten Wangenknochen krachte, in die Nase drang und die ganze linke Seite seines Schädels absprengte.

„Steward", sagte er.

„Stimmt", sagte Greg. „Er weigerte sich, abzuhauen."

„Wir mussten ihn gleich da draußen abknallen", fügte Art hinzu. „Erinnert ihr euch? Grad da drüben." Er zeigte auf einen Punkt der Lichtung.

„Sicher", sagte Ken. „Erinnere mich genau an ihn. Der blöde Idiot hat sich in die Hosen geschissen."

Und sogar tot hatte er noch Ärger gemacht. Die Leiche war unter der Wasseroberfläche an einem Hindernis hängengeblieben, den verzweigten Resten eines Baumstamms, als sie sie, beschwert mit einem rostigen Eisenstück aus der Maschinerie der verlassenen Sägemühle, zusammen mit der Leiche der Frau im tiefen Sumpfwasser am Nordende der Insel versenken wollten, wo ihr Fleisch im Frühjahr von Fischen und Schildkröten abgerissen wurde und die Knochen im ätzenden Schlamm, in den sie versanken, schnell verrotteten.

„Nein, ehrlich", warf Greg ein, „die Beste, die wir je hatten, war das Mädchen damals im College."

„Alicia?"

„Genau die mein' ich."

„In Sachen Sex?", fragte Art ungläubig.

„Mehr, weil sie so 'ne harte Nuss war", sagte Ken.

„Ja, ungefähr das hab' ich gemeint", pflichtete Greg bei. Aber das meinte er nicht wirklich. Ihm hatte gefallen, wie sie Alicia gezwungen hatten, und wie sie gebissen und um sich getreten und geschrien und gekratzt und sich gewehrt hatte. Wenn eine Frau nicht wollte, war das schon der halbe Spaß.

„Scheiße, worüber redet ihr da?" Art war empört. „Die zählt doch nicht mal. Wir haben sie nicht gejagt."

„Wir hätten sie gejagt, wenn du nicht Schiss bekommen hättest", lachte Ken.

„Wo wolltest du es denn tun? Mitten in Ann Arbor?"

Genau das hatte er machen wollen, dachte Ken. Ein Rudel-Bums im Auto, nicht in einem Motel, und sie dann irgendwo in einer Wohngegend rauswerfen. So wären sie nie in Schwierigkeiten geraten. Er dachte an den .38er-Revolver, mit so viel Vorsicht gekauft und nie verwendet. Die Frustration von damals und dass sie im Motel – Gregs und Arts Idee, das mit dem Motel – gesehen worden waren, war der Auslöser für die Idee mit der einsamen Jagdhütte gewesen. Das war der Anfang.

Art rührte in seinem Kaffee. „Was mich immer fasziniert hat, ist, dass alle Typen immer sofort denken, sie würden als Geisel genommen, und dass alle Frauen immer denken, sie könnten uns mit Sex rumkriegen."

„Das passt", sagte Ken. „Das ist die grundlegende männliche und weibliche Psychologie, wenn du mal drüber nachdenkst."

„Was *mich* fasziniert", warf Greg ein, „ist, dass du nie voraussagen kannst, wie sie davonlaufen. Denk mal an Marina. Wir dachten, sie würde vor Angst sterben, noch bevor sie den halben Weg zur Mühle zurückgelegt hatte, oder?"

„Da hast du Recht." Ken erinnerte sich an Marina, klein, blond, gedrungen, das hübsche Gesicht eines unschuldigen Kindes. Sie war zum Rand der Lichtung buchstäblich gekrochen, zu entsetzt, um aufrecht zu gehen.

Dann hatten sie sie drei Tage lang nicht gefunden. Und drei wahnsinnige Nächte lang nicht geschlafen. Sie war einfach verschwunden gewesen. Zuerst durchkämmten sie das gesamte Seeufer. Dann schwärmten sie aus, rasch, und teilten den Wald in immer kleiner werdende Planquadrate ein, zehn Meilen landeinwärts und in südlicher Richtung. Das hatten Ken und Greg gemacht. Art war auf die andere Seite des Sees gegangen.

Nach zwei solchen Tagen und Nächten hatten sie immer noch nicht das geringste Lebenszeichen entdeckt. Sie schlossen daraus, dass Marina zur Insel zurückgekommen war oder sie vielleicht nie verlassen hatte, und weitere vierundzwanzig Stunden lang, einen ganzen Tag und eine ganze Nacht, durchstreiften sie die umliegenden Wälder, vom Steilufer bis zum Sumpf am Nordende, das gesamte Ufer, die Sägemühle.

Zum ersten Mal, seit sie die Hütte gebaut hatten, waren sie fast in Panik geraten. Sie hatten überlegt, das Land zu verlassen, denn selbst wenn Marina freigekommen war, hätten sie noch genügend Zeit dazu gehabt. Gerade noch. Sie hatten darüber spekuliert, in welcher Mindeststundenzahl sie die Polizei oder die Förster erreichen und zurückkehren könnte, wenn ihr gleich am Anfang die Flucht gelungen sein sollte.

Nur Ken hatte dem Fluchtgedanken widersprochen. Und er hatte Recht behalten. Schließlich hatte Marina sich selbst verraten, als sie im Schlaf stöhnte, in dem gemütlichen Nest, das sie sich mitten unter dem Küchenboden der Hütte gebaut hatte und von wo aus sie über ein loses Brett jede Nacht heraufkommen und sich mit Essen und Trinken hatte versorgen können.

Das war knapp gewesen. Noch knapper war es nur mit dem Mann zwei Jahre vor Marina, der zur Hütte zurückgekehrt war, um ein Gewehr zu stehlen. Er verletzte Greg leicht am Bein, bevor sie ihn in die Enge trieben und kurzen Prozess mit ihm machten, aber auch nur, weil der Idiot nicht genug Munition mitgenommen hatte.

Ken schaute auf seine Uhr. „Sie haben noch fünfzehn Minuten."

Greg grunzte. „Ich könnte einen Drink vertragen."

„Kriegst du aber nicht."

Die Regel besagte, kein Alkohol am Tötungstag, und sie hatten ohnehin schon mit Nancy fast eine Flasche geleert. Greg machte ein bekümmertes Gesicht.

Nachdenklich sagte Art: „Wisst ihr, wir haben hiermit in den letzten sieben Jahren viel Spaß gehabt, eine Menge Spaß, aber ich kann mich des Eindrucks nicht erwehren, dass wir Gefahr laufen, einen Fehler zu machen."

„Was bitte?"

„Wir treiben eine gute Sache zu weit", sagte Art.

„Meinst du, du willst aussteigen?" Greg war entrüstet, beinahe ungläubig.

„Natürlich nicht. Vielleicht nur eine Änderung des Systems."

„Jetzt geht das wieder los", sagte Greg.

Ken wusste genau, was er meinte. Dies war Arts alljährlicher Versuch, ihre Jagd vom Wald und der nördlichen Wildnis, die er nicht wirklich mochte, in Städte zu verlegen. Art war im Grunde ein Stadtkind. Und Greg war ein primitives Tier, das im Dickicht mehr zuhause war als sonst wo. Sie würden nie einer Meinung sein.

„Jetzt warte mal", sagte Art. Seine Hände drückten Hartnäckigkeit aus. Er wollte seinen Standpunkt vertreten. „Da gibt es eine Reihe von Dingen. Erstens wird sich eines Tages irgendjemand einen Reim darauf machen. Irgendein gelangweilter, blöder Bulle, der nichts Besseres zu tun hat. So geht es doch immer, oder?"

„Was für einen Reim?"

„Jetzt keine Nebensächlichkeiten."

„Ich möchte es wissen", beharrte Greg.

Art holte tief Luft, mit gemarterter Ungeduld. „Okay, okay. Also: die Tatsache, dass jedes Jahr zur gleichen Zeit ein Mann und eine Frau, immer ein Paar, verschwinden. Irgendjemand wird es mit der Jagdzeit in Verbindung bringen. Dann ist es nur noch ein Schritt, es mit Jägern in Verbindung zu bringen. Und der nächste Schritt ..."

Er bekam keine Gelegenheit, seinen Satz zu vollenden. Greg knurrte halb, halb heulte er. „Ach hör doch auf", sagte er. „Du machst wohl Witze."

Ken lächelte innerlich. Greg hatte in diesem Punkt Recht. Sie hatten sehr genau darauf geachtet, dass die Paare jedes Mal aus einem anderen Teil des Bundesstaates kamen. Einmal waren sie sogar bis nach Wisconsin gefahren, um ein Pärchen zu kriegen. Niemand würde das jemals mit der Jagdsaison in Verbindung bringen oder mit bestimmten Jägern oder etwa mit der Nordhalbinsel.

„Ich sagte, dass es eine Reihe von Dingen gibt", beharrte Art. „Wir könnten unsere alten Spuren verwischen und ..."

Greg unterbrach ihn wieder, diesmal kampflustig. „Was für alte Spuren?"

Art hob die Stimme, frustriert: „Hör mal, jetzt stell dich nicht absichtlich dumm. Bis jetzt haben wir vierzehn Leute hier gehabt. Ich bin jetzt kein Forensiker, aber sie müssen etwas hinterlassen haben, Haare oder Fingerabdrücke oder sonst was."

„Sicher", sagte Greg sarkastisch. „Also, was schlägst du vor?

Einen gigantischen Frühjahrsputz? Oder willst du vielleicht die Hütte niederreißen?"

„Warum nicht?", fragte Art. „Wir können ja wieder eine neue bauen."

„Kannst du ja machen. Ich bleibe standhaft."

Dann holte Art wieder tief Luft und legte los. Er begann, einen nach dem anderen, die Vorteile einer Jagd in der Stadt aufzuzählen. Ein Jahr New York, das nächste Chicago, dann San Francisco. Sie könnten ihr Glück sogar im Ausland versuchen. Paris, London und Rom. Schattenmenschen in der Rush Hour, in den Nachtclubs beim Spielen, in den Büros während der Arbeitszeit.

Greg wehrte sich mit all seinen üblichen Argumenten. Was war mit der Polizei? Ihre Opfer müssten nur zur nächsten Polizeistation laufen oder einen Telefonhörer in die Hand nehmen.

Und Art entgegnete ihm wie immer. Dass sie sich Leute aussuchen würden, die nicht zur Polizei gehen könnten, die es nicht wagten.

Ken hielt sich völlig raus. Weder Greg noch Art hatten die Fantasie oder die Nerven, das Spiel wirklich zu toppen. Er hatte sich nie die Mühe gemacht, auch nur zu erwähnen, was sie *seiner Meinung nach* machen sollten, nämlich das ganze Jahr über zu spielen. Sich ein Paar aus ihrem eigenen Milieu aussuchen, Supervorstadtmenschen wie sie selbst, mit Geld und sozialem Status, sie Schritt für Schritt erpressbar machen mit Sexspielen, die sie wochenlang in jeder nur denkbaren Form weitermachen könnten, sie langsam und subtil in ein solches Spinnennetz aus Angst weben, dass sie es nicht mehr wagen würden, sich nach Hilfe umzusehen. Das wäre *sein* erster Schritt. Das würde Monate dauern. Dann, Schritt zwei, nicht nur die Beute wissen lassen, dass sie gejagt wurde, sondern ihnen auch noch Zeitpunkt und Ort, das Wo und Wann ihres voraussichtlichen Endes mitteilen. Zuerst würden sie es nicht glauben, aber Ahnung und schließlich Gewissheit würden ihnen dämmern. Einer würde es immer früher erkennen als der andere. Es würde Diskussionen und Krach geben, Flehen und Zusammenbrüche, und endlose, lange begrabene persönliche Feindschaften und Gegensätze würden wieder an die Oberfläche kommen, bevor die Verzweiflung angesichts eines gemeinsamen Feindes eine ungesunde und ungemütliche Versöhnung brächte.

Für die Jäger wäre der Spaß ein vielfältiger: das gedankliche Durchspielen und die Planung; die langsame Verstrickung der Opfer in niedrigste und entwürdigende sexuelle Perversionen, welche sie zu genießen und herbeizusehen lernen würden; dann das Beobachten der Zuckungen von Männern und Frauen, die auf verschiedene Weise, je nach Geschlecht, versuchen würden, sich ihrem Schicksal zu entziehen, obwohl sie instinktiv wussten, dass sie ihm nicht entrinnen konnten, sich aber trotzdem weigerten, diese Tatsache zu akzeptieren. Und endlich das Töten selbst, nicht so sehr der Akt als der Augenblick, in dem die Opfer endgültig akzeptierten und erkannten, dass es jetzt so weit war, dass das Ende unausweichlich und unmittelbar war und dass aber auch gar nichts sie retten würde. Wenn alles korrekt durchgeführt wurde, könnte es sogar zu dem außergewöhnlichen Bonus kommen, dass die Beute, derart gefoltert, buchstäblich um ihre eigene Hinrichtung flehte.

Ken wusste, als Jagdmethode wäre dies nicht zu übertreffen. Obwohl die Kicks im Wesentlichen mit den jetzigen vergleichbar waren, wären sie sehr viel raffinierter und daher weitaus befriedigender. Es wäre gewissermaßen ein so wichtiger Fortschritt gegenüber der jetzigen Jagd wie die Ablösung von Pfeil und Bogen durch das Gewehr.

Er blickte auf die Uhr. Noch fünf Minuten. Er dachte an Nancy. Sie war die Beste, die sie jemals gehabt hatten. Mit Abstand. Wenn er wirklich ernsthaft über sie nachdachte. Und man musste sie einfach gern haben. Als er heute Morgen in dem eisigen See schwamm, hatte er einen flüchtigen, verrückten Gedanken gehabt. Nancy nehmen und mit ihr abhauen. Greg und Art die Sache zu Ende bringen lassen, Helen sitzen lassen, vielleicht nach Südamerika gehen und ein ganz neues Leben anfangen. Eine Frau wie Nancy könnte man dazu bringen, alles zu tun. Fürs Erste, sie wäre nicht wie Helen, sie hätte nichts gegen Gruppensex. Nancy wünschte sich so verzweifelt, geliebt und akzeptiert zu werden. Sie hatte einen guten Körper, ihr Gesicht war nicht schlecht, und ihre gequälte neurotische Art verlieh ihr Stil. Ein paar Kleider und sie könnte es mit den Besten aufnehmen. Und, Scheiße noch mal, musste ein Mann sein ganzes Leben mit einer einzigen Frau verbringen? Helen hatte das Beste von ihm bekommen. Und machte den fatalen Fehler, den alle Frauen machten, indem sie ihren Mann für allzu selbstverständlich hielten. Schon dafür verdiente sie es, verlassen zu werden.

Er stand auf, unschlüssig, und trug seine Kaffeetasse in die Hütte. „Noch ungefähr drei Minuten", verkündete er.

Er stellte die Tasse in die Spüle, dabei stieß sein Fuß gegen die Kette. Sie rasselte über den Boden. Es sah auf sie hinunter. Waren sieben Jahre so schnell vergangen? Dann wusste er, dass das mit Nancy Blödsinn war. Sie wusste zu viel. Sie hätte immer eine Waffe gegen ihn in der Hand. Wie unsicher sie auch jetzt war, würde sie nicht schließlich doch auch das tun, was er gerade von Helen und den anderen Frauen gedacht hatte? Hatte er sich das nicht eben selbst gesagt? Nach einer Weile würde ihn Nancy, wie die anderen, als selbstverständliche Einrichtung betrachten. Und wenn der Tag kam, würde sie gefährlich werden. Sie musste weg.

Er nahm sein Gewehr und schlüpfte in seine Jagdjacke, plötzlich fühlte er sich wohl. Es machte Spaß, über jemanden wie Nancy zu entscheiden. Du hast das letzte Wort über sie. Nicht Gott oder das Schicksal oder sie selbst oder sonst irgendwas. Sondern du.

Ken ging wieder hinaus und unterbrach Arts und Gregs Diskussion.

„Also", sagte er mit Blick auf seine Uhr, „tun wir's."

16

Nancy sah das Boot früher als Martin. Es schaukelte still zwanzig Yards vom Ufer entfernt, halb getarnt durch den dichten Busch im Wasser, an dem es festgemacht war. Einen Augenblick lang fragte sie sich, ob sie ihn darauf hinweisen sollte oder nicht. Sie waren aus dem dichten, sumpfigen Wald auf der Festlandseite der Insel gekommen, Nancy trottete hinter Martin her und spürte den Schmerz von den zwei harten Hieben, die er ihr versetzt hatte. Das erste Mal hatte er sie geschlagen, als sie ihn am Landeplatz unterhalb der Hütte eingeholt hatte. Er hatte eines der Schlauchboote nehmen wollen, aber natürlich waren beide Boote nicht mehr dort. Das zweite Mal war, als sie über den dunklen, moosbedeckten Fußboden der alten Mühle gingen und im Dach, hoch oben, Eichelhäher und Kohlmeisen zwitscherten und stritten.

Erschreckend war, wie kalt und ruhig Martin beide Male gewesen war. Keinerlei Gefühl war in seinem Gesicht zu erkennen gewesen. Oder in seiner Stimme. Er hatte ganz vernünftig gesprochen, so als wären sie praktisch Fremde, die sich gerade getroffen hatten und sich über jemand anderen unterhielten.

„Ich kann dich nicht gebrauchen", hatte er gesagt. „Verstehst du? Ich will leben und du hältst mich nur auf. Du wirst nur dafür sorgen, dass ich umgebracht werde." Und dann hatte er die Faust geballt und sie geschlagen.

Die Schläge hatten sie ins Gesicht getroffen. Sie spürte schon die pochende Schwellung an ihrem Auge, das sich zu schließen begann. Der zweite Schlag hatte sie am Ohr getroffen, das jetzt, wie auch ihr Nacken, von trocknendem Blut bedeckt war, Blut, das auch aus den Platzwunden an ihrem Schädel kam. Aber weder die Schmerzen von Martins Schlägen noch von dem Dickicht und den Dornensträuchern, die Kens Wollhemd, das sie trug, in Fetzen gerissen hatten, waren vergleichbar mit dem Schmerz ihres Entsetzens. Buchstäblich physisch spürbar, drang dieser von ihrem Zwerchfell aus strahlenförmig nach außen wie Messer, die in Herz und Lunge stachen, ihr den Atem raubten und sich dann mit drehenden Stößen nach unten wandten.

Sie starrte noch immer hilflos auf das Boot. Ihr kam der Gedanke, dass sie es für sich allein haben könnte, wenn sie es Martin nicht sagte. Sie könnte ihn zurücklassen, damit er ihre Folterknechte abwehrte, denn Ken, Greg und Art würden sie mit Sicherheit gleich eingeholt haben. Sie hatten schon so viel Zeit vergeudet, zumindest Martin hatte es. Zuerst waren sie völlig sinnlos einem Pfad zum Nordende der Insel gefolgt, dann das halbe Steilufer, das die Nordseite beherrschte, entlang geklettert und schließlich über die Sägemühle zum Westufer gelangt, was nach Martins Plan eigentlich die Stelle war, die sie zuerst hätten erreichen sollen. Von dort waren es nur ein paar hundert Yards zum Festland, und einmal dort angelangt, käme es nur darauf an, wer schneller laufen konnte. Aber Martin, wusste sie, hatte gedacht, dass Ken ihn in eine Falle locken wollte, als er ihm den Kompass gegeben und von der Eisenbahnlinie im Westen erzählt hatte, absichtlich, damit er in diese Richtung ging. Martin hatte erst alle anderen Möglichkeiten erforschen wollen und keine gefunden, mit der er etwas anfangen konnte.

Nancy war darüber verbittert, dass sie sich überhaupt erst an Martin geklammert hatte. Welcher blinde weibliche Instinkt, dachte sie, oder Macht der Gewohnheit, hatte sie derart getäuscht, dass sie seinem Urteil mehr traute als ihrem eigenen? Denn sie hatte von Anfang an daran gedacht, sich direkt auf der Insel zu verstecken, vielleicht in der Mühle. Sich richtig verstecken bis es Nacht wurde. Dann, falls es nicht möglich sein sollte, eine Waffe zu stehlen, während Ken, Greg und Art schliefen, denn sie mussten ja mal schlafen, würde ihnen zumindest die schwarze Verschwiegenheit der Finsternis helfen.

Ein letztes Mal sagte sie zu Martin: „Wir werden erfrieren,

bevor wir überhaupt dort ankommen. Wir haben noch Zeit, uns hier zu verstecken."

Er ignorierte sie, schob mit seinem Körper Schlamm vor sich her, während er immer weiter ins Wasser watete. Er hatte das Boot noch immer nicht gesehen. Es war kaum zwanzig Yards von ihm entfernt.

Wenn sie ihn darauf aufmerksam machte, würde er doch nicht versuchen, es nur für sich allein zu behalten, oder? Er war immer noch Martin, wenn auch jetzt wütend und entsetzt. Er war immer noch ein Mensch, kein Monster wie ihre Jäger. Und sie war immer noch eine Frau. Instinkt, wenn schon nichts anderes, würde dafür sorgen, dass er sie beschützte. Sie fasste einen Entschluss. „Martin, sieh!" Sie zeigte auf das Boot. Er drehte sich nicht um, sondern watete stetig und hartnäckig weiter.

Der Motor des Bootes leuchtete stumpf in der Sonne. Konnte sie ihn starten? Ken hatte gestern nichts weiter gemacht, als an einer Schnur zu ziehen. Und dann war da ein Hebel gewesen, mit der Aufschrift „Schnell" und „Langsam". Es hatte bei ihm funktioniert, warum nicht auch bei ihr?

„Martin!"

Er antwortete noch immer nicht. Er war jetzt fünfzig Fuß entfernt und stieß kräftig ins Wasser vor, halb schwimmend, halb springend und sich abstoßend, sobald seine Füße irgendwo auf festen Untergrund trafen.

Mein Gott, dachte sie. Wie viel Zeit blieb noch? Mit einem letzten Blick auf Martin ließ sie sich tief in das eisige Wasser gleiten. Ihre gestiefelten Füße berührten etwas, das sich bewegte. Entsetzt begann sie zu schwimmen. Sie schwamm, bis sie mit ihrem Kopf an die Gummiwand des Bootes stieß. Sie zog sich hoch, bis ihre Ellbogen auf der Rundung der Bootswand auflagen, und versuchte sich hineinzuwinden. Das Boot bewegte sich von ihr fort; ihre Stiefel klatschten auf dem Wasser. Sie versuchte es wieder, in panischer Angst.

Dann hörte Martin ihr Plantschen und drehte sich um. Eine

Sekunde lang glotzte er blöd, registrierte, was sie tat und dass da ein Boot war. Er wendete und pflügte durch das Wasser zu ihr zurück. Sie war gerade mit dem Gesicht nach unten ins Boot gefallen, japste und spuckte Wasser, als er wie ein Fisch neben ihr landete.

Sie sah den hasserfüllten Blick in seinem Gesicht. „Ich hab' dich gerufen, Martin. Du hast nicht geantwortet. Ich hab' dich zweimal gerufen."

Er starrte sie weiter an, dann kniete er sich hin und blickte vom Ufer zur Insel und wieder zurück.

„Wo hast du es gefunden?"

„Genau hier! Sieh!" Sie zeigte ihm das Bootstau, das um ein paar Äste geschlungen war.

Er blickte wieder zur Insel.

„Kannst du es nicht starten?", fragte sie.

Keine Antwort.

„Martin?"

„Halt die Schnauze!" Seine kalten Augen bewegten sich hektisch. „Sie haben es als Falle hergebracht", sagte er. „Mit Sicherheit."

„Aber du wolltest doch sowieso ans Ufer."

Er entschloss sich. „Hol das Tau ein."

Nancy wickelte mit tauben Fingern das Bootstau von den Ästen des Strauchs ab.

„Und jetzt hau ab."

„Was?"

„Ich hab' gesagt, hau ab. Ich hab's dir schon mal gesagt, du bist nur eine Last." Es war wieder dieser ruhige, vernünftige Tonfall.

„Martin."

„Ich meine es ernst."

Er stand auf und holte mit einem der kurzen gedrungenen Ruder des Bootes aus.

Sie konnte nicht glauben, was er tun wollte. Der erste Schlag traf sie an ihren ungeschützten Rippen und brannte wie Feuer in ihrem Rücken. Sie schrie, und das Ruder krachte erneut nieder, diesmal auf ihre Arme, dann wieder seitlich gegen ihren Kopf. Sie rutschte aus und fiel auf den Boden des Bootes, und Martin trat ihr ins Gesicht, und als sie sich wegrollen wollte, spürte sie, wie er sie mit den Händen packte und über den Bootsrand hievte. Sie spürte das dunkelgraue, eisige Wasser wie eine Erleichterung, und sie versank im üppigen Schlamm des Seegrundes. Wasser drang in ihre Lungen, ein großer Schluck Todesqualen, bis sie sich erinnerte, dass sie ertrinken würde, und anfing zu kämpfen, damit sie Boden unter die Füße bekam und endlich an die Luft gelangte.

Benommen klammerte sie sich an den Strauch. Martin warf den Motor mit dem ersten Zug an der Schnur an. Er dröhnte; der Auspuff explodierte direkt vor ihrem Gesicht; die Propellerflügel wirbelten nur Inches von ihrer Brust entfernt, und das Wasser schlug vom Magen bis zum Hals gegen ihren Körper, mit schnellen, wütenden Hieben.

Dann war Martin weg, fuhr auf das Ufer zu, mit voll aufgedrehtem Motor.

„Martin!"

Eine Welle rosafarbenen Wassers schlug über ihr Gesicht, und sie schmeckte darin ihr eigenes Blut. Sie starrte Martin nach, bis sie den Motor des anderen Bootes hörte.

Es kam mit Ken, Greg und Art um das Ende der Insel herumgefahren. Es fuhr schnell, teilte das Wasser vor dem Bug und steuerte direkt auf die Festlandküste zu, im Abstand einer Viertelmeile parallel zu Martins Kurs und eine Viertelmeile hinter ihm.

Nancy schwamm langsam einige Yards hinter den Strauch zurück. Sie spürte auf einmal das kalte Wasser wie einen Gummianzug an ihr kleben, ihr Magen hob sich, und sie hatte den Geschmack von Kotze im Mund. Keiner im Boot drehte sich um oder sah sie. Sie ließ den Strauch los und pflügte sich langsam vor zur Insel und zog sich mit ungeheurem Kraftaufwand an Land ins Dickicht.

Einen Moment lang lag sie mit dem Gesicht nach unten in den trockenen, krausen Blättern, die sich in ihre Haut bohrten. Sie konnte sich nicht rühren. Sie hörte, wie Martins Motor ausging, und rollte sich auf die Seite, um etwas zu sehen. Er war sehr klein und weit weg und kletterte gerade aus dem Boot. Das zweite Boot steuerte auf einen Sandstrand zu, nicht allzu weit von ihm entfernt. Durch den Motorlärm hindurch war ein scharfer, explosionsartiger Knall zu hören. Greg hatte sich hingekauert und stützte sein Gewehr auf Arts Schulter. Worauf schoss er? Auf Martin? Natürlich, Martin.

Mehrere Schüsse folgten. Wasser spritzte um Martins Füße hoch. Aber dann schloss sich der Wald um ihn, und Greg senkte das Gewehr.

Angenommen, sie hätten Martin jetzt eben getötet, dachte sie. Ich hätte gesehen, wie ein Mann erschossen wird. Was man sonst im Film sieht, aber nie in Wirklichkeit. Einer hält ein Gewehr hoch, und ein anderer fällt hin. Und nachher stehen Leute 'rum, die mit ausdruckslosen Gesichtern auf die Leiche starren. Oder sie tragen sie an Armen und Beinen weg, der Kopf hängt runter, schleift am Boden und stößt an Gegenstände.

Er ist davongekommen, dachte sie.

Sie begann zu kriechen, und als sie die verfaulten Überreste eines Baumstumpfs erreichte, zog sie sich daran hoch und stand da und versuchte, die Schmerzen, die sie überrollten, zu beurteilen, wie viel davon auf Martins Konto ging, die Rippen und das Gesicht, und was von dem dornigen Gebüsch kam, vom Wasser und vom Boot.

Und der Schmerz der Angst.

Jemand in ihrem Kopf, jemand mit einer eindringlichen, entsetzten Stimme, die sie nicht kannte, sagte: „Beweg dich. Bevor sie dich sehen."

Sie versuchte zu gehorchen. Ein Fuß schob sich vorwärts, versank wie Blei im Schlamm. Der andere folgte. Ein Fuß, dann der andere, links, rechts, links, rechts. Der Geschmack von Kotze und Blut in ihrem Mund. Zerbrochene Zähne. Stechender Schmerz überall.

Ihre Hände tasteten sich vorwärts. Was war da so rau direkt vor ihrem Gesicht? Warum war da der ätzend dunkelbraune Geruch von altem Holz? Und Splitter, die ihre Handflächen zerrissen? Langsam wurden ihre Gedanken klarer. Sie hatte sich an die Außenwand der Sägemühle gelehnt, die Arme ausgebreitet, um nicht zu fallen. Jetzt erinnerte sie sich wieder an alles. Ken, Greg und Art auf dem Festland, auf der Jagd nach Martin; sie selbst allein auf der Insel. Sie hatte vorhin den Einfall gehabt, sich ein Gewehr zu verschaffen, bevor die drei zurückkamen. Wie lange war das her gewesen? Hatte sie noch Zeit? Sie horchte. Ein paar Eichelhäher zankten. Sonst kein Laut. Sie bewegte sich von der Mühle weg, vorsichtig, damit es möglichst wenig schmerzte. Ihr Kopf war wieder völlig klar, und sie begab sich, einen Fuß vor den anderen setzend, durch das dichte Unterholz zu der Lichtung bei der Hütte. Die Tür stand offen; eine längliche Rauchfahne stieg aus dem Kamin.

Sie wusste, dass niemand drinnen war. Sie fing an zu laufen. Sie fiel hin, stand auf, stolperte wieder. Sie erreichte die Hütte, schleppte sich die Steinstufen hinauf und dann hinein und in die Küche. Sie griff eine Flasche Bourbon, die geöffnet war, und nahm einen ausgiebigen Schluck. Es schnürte ihr den Hals zu und sie würgte wieder. In ihrem Magen war nichts mehr, was hochkommen konnte, und nachdem sie eine Weile über dem Tischrand gelehnt hatte, holte sie ein Glas, füllte es am Wasserhahn und trank und behielt es bei sich.

Sie ging zurück ins Wohnzimmer und zum Gewehrschrank. Er war abgeschlossen. Aber es gab doch irgendwo eine Axt, oder? Hatte Greg nicht Holz gehackt? Sie fand die Axt draußen, brachte sie herein und schlug auf den Schrank ein. Als die

Riegel nachgaben und sie die Türen öffnen konnte, nahm sie eine Schrotflinte heraus. Diese Sorte kannte sie, Eddie hatte eine. Da war auch eine grüne Schachtel. War das die Munition? Sie wusste sehr wenig über Gewehre. Sie riss die Schachtel auf, und kurze, gedrungene grüne Zylinder mit flachen Messingenden rollten heraus. Die gleichen, die Eddie für die Entenjagd benutzte. Sie hatte für ihn geladen, also konnte sie diese Flinte laden, und Eddie hatte sie auch mal schießen lassen. Das konnte sie also auch. Sie schob eine Patrone ins Magazin, dann noch eine und noch eine. Es fasste fünf. Sie stopfte sich noch ein Dutzend Patronen in ihr Hemd und ging zurück in die Küche, um noch etwas zu trinken. Angenommen, sie blieb gleich hinter der Eingangstür sitzen. Einen von ihnen würde sie erwischen, wenn sie zurückkamen. Aber wahrscheinlich nur einen. Und wenn sie einschlief?

Sie brauchte Wasser. Sie fand eine Feldflasche, füllte sie und nahm eine Schachtel Zwieback und eine Packung getrocknete Datteln an sich. Draußen blieb sie unentschlossen stehen, horchte auf die weit entfernten Schreie von Krähen und Eichelhähern. Und auf die schwer pochenden Schläge ihres eigenen Herzens.

Die Sonne schien warm, und Gebüsch und Wald rochen nach Herbst.

Wohin sollte sie gehen? Wo war sie sicher? Allzu weit durfte es nicht sein. Der Schmerz lauerte hinter ihren Augen, durchströmte ihren Körper in tiefen, plötzlichen Wellen. Sie musste sich hinlegen; sie wusste, dass sie ein paar gebrochene Rippen hatte.

Sie schaffte es die Treppe hinunter, ohne zu fallen, verlor die Feldflasche, hob sie wieder auf, ging langsam über die Lichtung auf das Gebüsch zu.

Irgendwo in der Mühle? Gab es da nicht alte Holzstöße? Vielleicht sich dazwischen verstecken? Oder hinter der verrosteten Maschinerie?

Dann kam ein Windstoß, nicht stark, aber er vertrieb die Sonnenwärme. Er rauschte durch die braunen Herbstblätter und beugte die Wipfel von Fichten und Kiefern. Drinnen in der Mühle hingegen war es sicher und still. Fahles Licht drang durch Ritzen und Löcher im Dach hinunter zu den vermodernden Bodenbrettern und dem längst verrotteten Sägemehl. Nancy gegenüber befand sich der massige Umriss des alten Dampftriebwerks, das einer anderen Zeit angehörte und das seit langem jeglicher irgendwie wertvoller Teile beraubt worden war. Sie stolperte darauf zu, duckte sich unter einem gigantischen, eisenbestückten Schwungrad und in einen Lichtfleck, der von einem Loch im Dach herrührte. Oben in der Dachrinne zwitscherten ein paar Kohlmeisen. Nancy zog sich in den Schatten zurück und sah den engen, quadratischen, offenen Schacht an einer Seite des Kamins. Eine alte Eisenleiter führte darin nach unten und am Grunde des Kamins befand sich eine rostige Eisentür. Vorsichtig stieg sie hinunter. Begab sie sich in eine Falle? War das nicht genau die Art von Versteck, wo sie zuerst nach ihr suchen würden? Dann entdeckte sie eine zweite Tür auf der gegenüberliegenden Seite des Schachts. Sie ging hin und drückte dagegen. Die Tür klemmte, gab aber schließlich nach. Sie fand sich in einem dunklen Raum voller Schutt wieder, über ihrem Kopf das ausgeweidete Innere der Dampfmaschine. Sie schob herabgestürzte Balken und Ziegel beiseite und fühlte sich plötzlich in Sicherheit. Sie musste sich hinlegen. Sie konnte nicht mehr. Mit einer Anstrengung, die ihre letzte Kraft kostete, kletterte sie auf den Vorsprung einer Steinwand am Ende des Raums und von dort in den engen Raum zwischen den Balken, die den Fußboden darüber trugen. Mit den Füßen voran rutschte sie immer weiter nach hinten in eine dichter werdende Finsternis. Etwas quietschte protestierend und trippelte davon, ein Eichhörnchen, dachte sie. Da waren verwelkte Blätter und der Geruch von Nagetieren. Und das Gefühl, dass es überall Spinnen gab.

Es war ihr egal. Von hinten und von oben war sie sicher, außer sie rissen die Bodenbretter heraus. Sie konnte schlafen und sich erholen.

Sie legte die Schrotflinte ab, die Mündung auf das schwache graue Licht aus dem Raum unter der Dampfmaschine gerichtet. Sie führte die Feldflasche nahe an ihr Gesicht, um den Metallverschluss zu lösen. Aber es gelang ihr nicht mehr. Sie verlor das Bewusstsein.

17

Als Martin das Wasser bei Gregs erstem Schuss hochspritzen sah, nahm er es nicht wirklich wahr. Der Gedanke durchzuckte ihn, dass ein Fisch hochgesprungen war. Aber der zweite Wasserstrahl explodierte direkt vor ihm, und so nah am Ufer, dass Schlamm mit aufspritzte. Da wusste er, was los war. Und hörte das entfernte Krachen des ersten Schusses mit Verzögerung über die gläserne Oberfläche des Sees zu ihm dringen, dann den zweiten.

Halb drehte er sich um und sah das Boot mit Ken, Greg und Art. Ein gewaltiger unkontrollierbarer Krampf durchzuckte seinen Körper und schleuderte ihn ins Gebüsch. Dünne Äste schlugen ihm ins Gesicht und schlossen sich über ihm; er hörte den heftigen Einschlag einer Kugel in einen Baum, und ein weiterer Schuss peitschte pfeifend einen Felsen zu seinen Füßen. Und wieder dröhnte das Gewehr über das Wasser hinter ihm.

Indem er jede Vorsicht und jeden Versuch, still zu sein, aufgab, stürzte er in wahnsinniger Raserei tiefer und tiefer in den Wald, bis seine Lungen brannten, seine Beine Gummi wurden und er anhalten musste. Kniend klammerte er sich an einen Baum. Als seine Lebenskräfte zurückkamen, versuchte er, Bilanz zu ziehen.

Nancy war weg, so gut wie tot, auf der Insel in der Falle. Um sie brauchten sich die drei also eine Weile nicht zu kümmern. Nur um ihn. Und sie würden jetzt landen, wenn sie nicht schon am Ufer waren. Wo waren sie? Irgendwo hinter ihm, natürlich. Wie weit war er gekommen? In welcher Richtung? Sein rasender Puls wurde langsamer, und er begann zu horchen. Zuerst Stille, dann einige Sumpfvögel, der Schrei einer Rotdrossel, und der Ruf einer aufgeschreckten Ente hoch über ihm. Dann hinter ihm, das entfernte und leicht gedämpfte Geräusch eines Außenbordmotors, der gestartet wurde.

Er bewegte sich weiter vorwärts. Er musste wohl vom Ufer aus in einer geraden Linie in den Wald gelaufen sein. Wahrscheinlich hatte er hundert Yards zurückgelegt. Er brauchte nur weiterzulaufen. Sein Tempo gegen ihres. Egal, wo er sich ausruhte. Nachts würde es schon irgendeinen Platz zum Hinlegen geben, ein umgestürzter Baum mit einem Laubnest darunter, oder eine Felsspalte, wo er vor dem Wind geschützt war. Wenn seine Klamotten nicht schon vorher an ihm festfroren.

Er fing an, eine tiefe Kälte zu spüren, so tief, dass sie aus seinem Inneren zu kommen und von dort nach außen vorzudringen schien. Und seine nassen Füße hatten angefangen, in den Schuhen zu reiben. Bald würden seine Sohlen aufgescheuert sein.

Plötzlich blieb er stehen. Das Gestrüpp war nicht mehr so dicht. Direkt vor ihm lag ein weites, offenes Gelände, wo sich vereinzelte Grasbüschel im Wind neigten. Es war ein Sumpf. Bevor er die dunkle Mauer des dichten Waldes auf der anderen Seite erreichen konnte, waren es mindestens hundert Yards. Rechts reichte der Sumpf in einem Bogen bis zum Seeufer, links verlor er sich schließlich in einem Gewirr von Sumach.

Was er durchquert hatte, war also nicht der Wald des wirklichen Festlands, sondern eine Art Landzunge, das falsche Ufer. Wie weich war der Boden dort vorn? Konnte er überhaupt darauf laufen? Er machte einen Schritt vorwärts und versank sofort bis zu den Knien in saugendem Schlamm. Eisiges Wasser erschien in schwarzen Pfützen um seine Beine. Er machte noch einen Schritt und sank noch tiefer ein. Mit Hilfe eines Bäumchens, an das er sich klammerte, zog er sich wieder heraus. Vorwärts konnte er also nicht gehen. Entweder rechts oder links oder zurück.

Es war ein Desaster. Wenn er sich rechts oder links vom Sumpf bewegte, würde er eine ideale Zielscheibe abgeben. Sie brauchten sich nur ins Gebüsch zu hocken, zu warten und aufmerksam zu horchen, um seine Position auszumachen, ein Kinderspiel, wenn er gegen diese unüberwindbare Grenze gedrückt war. Er konnte also nur zurücklaufen.

Martin drehte um und machte erste, tastende Schritte, wobei er sich bemühte, möglichst keine Bäumchen zu streifen oder im Unterholz Geräusche zu machen, und er fing an, einen Plan zu fassen. Sie würden erwarten, dass er flüchtete. Und wenn er es nicht tat? Wenn er stattdessen zum See zurückkehrte, womöglich sogar auf die Insel? Wenn er das schaffte, ohne gesehen zu werden, könnte er sich bewaffnen. Wie Nancy vorgeschlagen hatte. Aber jetzt machte es Sinn, weil die drei nicht auf der Insel waren; sie waren hier und würden ihn dort nicht suchen.

Solange er nicht entdeckt wurde. Er ging in die Hocke, bewegte sich auf allen Vieren weiter und hielt immer in kurzen Abständen inne, um zu horchen. Wo, zum Teufel, waren sie? Konnte er hoffen, sie durch das Gestrüpp hindurch auszumachen, das selbst zu dieser Jahreszeit sehr dicht war? Oder würde da dieser schreckliche Augenblick sein, wo einer von ihnen im wörtlichen Sinn über ihn stolperte und lachte, und er nur noch die eine, letzte, schreckliche Sekunde hatte, bevor ihn die Finsternis erschlug?

Völlig regungslos lag er da. Warteten sie auch? Auf seine erste falsche Bewegung? Sie mussten wissen, dass er bis zum Sumpf gekommen war und nicht weiter konnte. Sie wussten, dass er entweder nach links, rechts oder zurück gehen musste. Genauso wie sie jeden verdammten Fleck dieses Geländes im Umkreis von Meilen kennen mussten.

Dann sah er eine Bewegung an der Spitze eines Sumachstrauchs. Vielleicht dreißig Fuß entfernt. Kaum wahrnehmbar, ein schwaches Zittern eines schlanken Stamms. Ein Vogel? Er wartete. War da ein Geräusch?

Plötzlich wusste er, was er tun musste. Seine Finger tasteten lautlos unter den welken Blättern, fanden einen kleinen Stein und befreiten ihn aus seinem halbgefrorenen Bett. Er zielte sehr vorsichtig Richtung Sumpf in einer Linie, die irgendwo hinter ihm begann und sich nach vorne in Richtung Sumach fortsetzte, wo er die Bewegung wahrgenommen hatte. Dann schleuderte er den Stein.

Das Geräusch, das der Stein machte, als er im Abstand von zwanzig Fuß im Unterholz aufschlug, war hörbar und natürlich. Genau die Art Geräusch, die ein Mann verursachen würde, wenn er stolperte oder irgendwo anstieß.

Es war die Art Geräusch, die jeder Mensch machen würde, der sich nicht gerade totenstill an den Boden presste und um sein Leben kämpfte. Ken oder Art oder Greg, wer auch immer von ihnen den Sumach bewegt hatte, müsste sich für eine von zwei Möglichkeiten entscheiden: das Geräusch für echt halten und ihm nachgehen, was Martin die Möglichkeit gab, das Ufer zu erreichen. Die Alternative war, dem Geräusch nicht zu trauen, es für eine gezielte Ablenkung zu halten und zum See zurückzukehren, in der Annahme, dass Martin sich dorthin wandte. Sollte dies der Fall sein, würde Martin warten, das in die Enge getriebene Tier vorsichtiger als der Jäger, das verwundete Wildschwein, versteckt im Gebüsch, bereit, hervorzubrechen und den Verfolger niederzustrecken, bevor auch nur ein Schuss abgegeben werden konnte.

Wenn es bloß einer von ihnen war und nicht zwei. Aber sie mussten sich getrennt haben. Einer würde im Boot sein; die anderen beiden waren an Land ausgeschwärmt, vielleicht hundert oder zweihundert Yards voneinander entfernt. Welcher war jetzt sein Gegner? Und wo genau war der Mann jetzt?

Martin bewegte sich mit wohlüberlegter, absolut geräuschloser Langsamkeit. Zeit zählte nicht. Seine Augen rasten hin und her; sein Kopf wandte sich von einer Seite zur anderen und suchte sorgfältig das Gebüsch ab. Da war nichts. Außer schließlich dem ruhigen Wasser des Sees. Ungefähr ein Yard entfernt. Draußen, im Schlauchboot, kreuzte Greg langsam zwischen Insel und Festland. Das bedeutete, dass er entweder von Art oder Ken verfolgt wurde.

Martin hielt den Atem an und wartete. Betete, dass wer von den beiden auch immer hinter ihm her war, einen Fehler machte.

Dann sah er den gestiefelten Fuß. In Reichweite seiner ausgestreckten Hand. Der Schnürstiefel und grobe Jagdsocken, die darübergeschlagen waren. Er war dorthin gekommen, ohne dass er auch nur das Geringste gehört hatte. Der Fuß wäre beinahe auf ihn draufgetreten. Darüber würde sich das Bein, der Körper und das Gehirn eines Mannes befinden, welches einem Finger das Signal geben würde, den Abzug eines Gewehrs zu betätigen.

Einfach hier.

Er war noch nicht dafür bereit. Es war nicht fair. Plötzliche unkontrollierbare Tränen der Verbitterung schnitten Martin den Atem ab, erstickten ihn fast und erregten ein hörbares Schluchzen in seiner Brust. Dann, mit einem Schlag, wurde aus dem Schluchzen ein Schrei. Er riss an dem Fuß, noch auf allen Vieren, und versuchte sich aufzurichten. Ein Gewehrkolben knallte gegen seinen Kopf; es gab ein zerschmetterndes Dröhnen. Aber es war nicht er, er war nicht erschossen. Alles wurde wieder klar. Über ihm stand Ken, die Augen vor Schreck weit aufgerissen, und rang um sein Gewehr, das Martin ihm zu entwinden versuchte.

Draußen auf dem See, im Boot stehend, versuchte Greg zu erkennen, was gerade passierte.

Und er, Martin selbst, schlug auf Kens Gesicht ein, Ken knallte hin, er, über ihm, wehrte blindlings das Gewehr von seinem eigenen Gesicht ab. Schließlich Kens empfindliche Genitalien und seine Faust, die einmal, zweimal, dreimal, immer wieder zuschlug.

Von Ken war ein erstickter Schrei zu hören. Er ließ das Gewehr los und wand sich, um freizukommen. In der Sekunde, in der das Gewehr frei war, riss Martin es herum, um zu schießen, musste es aber von einem Bäumchen befreien, das zwischen ihn und Ken geraten war. Dann war es schon zu spät. Ken, die Augen weiß vor Schmerz und Angst, machte einen unkontrollierten langen Sprung rückwärts und schlug auf dem See auf. Er tauchte unter, als Martin schoss. Er kam wieder hoch. Martin schoss erneut, zu voreilig. Ken tauchte ein zweites Mal unter, mit kräftigen Stößen.

Vögel kreischten. Von oben kam das Geräusch einer Kugel, die Sumach zerfetzte und davonpfiff, und das Krachen von Gregs Schuss und das Echo seines Gewehrs über dem See. Eine weitere Kugel und noch eine, Greg gab Ken mit einem Kugelhagel Deckung und seine Schüsse waren jetzt ein einziger donnernder Widerhall.

Martin tauchte tief ins Gebüsch ab. Ken kam wieder an die Oberfläche und kreischte: „Art! Pass auf! Er hat mein Gewehr! Art!"

Bleib stehen, verdammt noch mal. Bleib stehen und denk nach. Jetzt bloß keine Panik, sonst verspielst du deine Chancen. Martin hielt sich an einer Birke fest, um Atem zu schöpfen. Glühender Schmerz in seinem Handrücken, mit dem er auf das Knie geprallt war, das Ken ihm panisch zur Verteidigung entgegengestemmt hatte. Heilige Scheiße, wenn er nackt gewesen wäre, hätte ich seinen Schwanz rausgerissen, abgebissen, wenn ich gekonnt hätte. Du Scheißhaufen, erfrier in diesem Wasser, dreckiger, widerlicher, verfickter Bastard. Frier dir deine zermatschten Eier ab. Wildheit brach in einem Triumphschrei aus Martin hervor, ein Schrei der Rettung. Er wollte kratzen, schlagen, schießen. Jetzt hatte er die Schweine. Einer war außer Gefecht, einer im Boot. Nur der dritte stand noch zwischen ihm und seiner Rettung. Und er war bewaffnet.

Wo war Art, damit er ihn töten konnte, den dreckigen Schwulen? Er wartete, biss sich auf die Lippen, um das Keuchen seines Atems zurückzuhalten. Der Wald war still; der Außenbordmotor tuckerte im Leerlauf, wartend. Wo immer Ken sein mochte, höchstwahrscheinlich hinter einem Hügel im Wasser, er bewegte sich nicht.

Martin zwang sich, mit kühlem Kopf zu denken. Wenn er wieder durchs Gebüsch kroch, würde er womöglich alles verderben. Was ihm mit Ken beinahe passiert wäre. Wie nahe er an ihn herangekommen war! Jedenfalls kam er im Gebüsch nur langsam vorwärts. Ken würde sich wieder zusammenreißen und ihn verfolgen. Wenn er sich wieder zurück Richtung Sumpf bewegte, um sich vor Greg zu verstecken, und dann in südlicher Richtung in der Mitte der Landzunge weiterging, war das nicht genau das, womit Art rechnete? Denn nur ein Idiot würde das Ufer nehmen, Greg draußen auf dem Wasser schutzlos ausgeliefert.

Nur ein Idiot.

Das würden sie denken.

Er holte Atem, versuchte, so wenig Geräusche wie nur möglich zu machen und drang in einer Diagonalen zurück zum See vor. Ein paar Fuß vom Wasser entfernt hielt er an, kurz bevor er sich aus der Deckung begab. Keine Spur von Ken. Versteckte sich vermutlich hinter einem Erdhügel oder einem toten Baum. Aber Greg starrte auf einen Punkt fünfzig Yards seeaufwärts, wo er Ken zurückgelassen hatte.

Martin stürzte in die entgegengesetzte Richtung los, seeabwärts. Nah am Wasser. Hier war das Gebüsch durchlässiger.

Er spielte ein Spiel mit sich selbst, sagte zu sich selbst immer wieder: „Ein Yard, Glück gehabt; zwei Yards, Glück gehabt; drei Yards, du schaffst es." Und dann wieder von vorn: „Ein Yard, Glück gehabt; zwei Yards, Glück gehabt ..."

Bis er zu einem kleinen, gezackten Flecken glitschiger Felsen kam. Dahinter veränderte sich der Charakter des Ufers. Direkt am Wasser gab es einen schmalen Streifen bröckeligen Schiefers, der sich, von ein paar Unterbrechungen abgesehen, über einige hundert Yards erstreckte. Er blickte zurück. Wie durch ein Wunder hatte ihn Greg noch nicht gesehen.

Er überquerte die Stelle, landete auf dem Schiefer und fing an zu laufen, immer wieder musste er sich ducken, um dem Gestrüpp auszuweichen, das am Ufer entlang brusthoch über das Wasser ragte.

„Ein Yard, Glück gehabt; zwei Yards, Glück gehabt; drei Yards, du schaffst es."

Das Pfeifen der ersten Kugel war sehr nah. Fast gleichzeitig waren der Einschlag und die Schallwellen von Gregs Schuss zu hören.

Noch einmal, aber diesmal spritzte das Wasser direkt vor Martin hoch.

Lauf weiter, egal, was passiert. Sei kein leichtes Ziel. Vergiss nicht, er ist in einem Boot, und ein Boot hält nicht still. Vergiss nicht, er ist ein paar hundert Yards weit weg. Bloß keine Panik. Lauf weiter. Schneller. „Ein Yard, Glück gehabt; zwei Yards, Glück gehabt." Sag es noch dreißig Mal und du bist gerettet. Für immer. „Ein Yard, Glück gehabt ..."

Wieder ein Schuss, diesmal hoch oben. Machte ein knackendes Geräusch, als die Kugel Rinde von einem Ahornbaum abriss.

Weniger überhängendes Gestrüpp jetzt. Er streckte sich ein wenig. Riskier es! Lauf, lauf, lauf! „Ein Yard, Glück gehabt; zwei Yards ... du schaffst es." Der Schiefer wurde glatt, hart wie Sand. Jetzt war er im richtigen Rhythmus, wenn ihm nur seine Lungen erlaubten zu atmen.

Noch mal der knallende Widerhall und das rollende Echo, aber diesmal kein Geräusch einer Kugel in der Nähe.

Durch seine Atemstöße hindurch hörte Martin, wie der Außenbordmotor aufheulte, Greg hatte sein Gewehr abgelegt.

Er hatte gewonnen, er hatte gewonnen, er hatte gewonnen.

„Ein Yard, Glück gehabt, zwei Yards, du schaffst es."

Nur noch die Hälfte der Strecke das lange Ufer hinunter,

jetzt nur noch ein Viertel, der Sandstrand breiter, die Bäume höher. Eine Landzunge ragte zwanzig Yards weit ins Wasser, bedeckt von grauen Rindenstücken und dem knochigen Wirrwar von Treibholz. Dahinter dichter, immergrüner Wald, begrenzt von einem schmalen Bach. Über den Bach und nicht anhalten, bis es dunkel ist. Er war frei; er hatte es geschafft. Ken im Wasser, Greg mit dem Bootsmotor beschäftigt, Art hinten beim Sumpf, auf der Suche im falschen Abschnitt.

Frei, frei, frei. Seine stampfenden Füße klatschten in den Bach, das Wasser eiskalt und klar. Seine Augen hielten flink nach trittsicheren Stellen Ausschau. Bloß nicht hinfallen.

Den halben Weg geschafft. Und direkt vor ihm der dunkle Wald.

„Martin!"

Allmächtiger Gott.

„Martin. Hey!"

Von wo kam das? Er drehte sich halb um und Art tauchte hinter einem großen Felsblock in der Mitte des Bachs auf, nur zwanzig Fuß von ihm entfernt.

Über das obszöne schwarze Loch seiner Gewehrmündung hinweg lächelte Art ihn an.

„Du wirst jetzt sterben, Martin. Und nicht mehr sein."

Ein schrecklicher Schlag, ein heller Schein, und Martin stürzte in einen langen Korridor, der dunkler und dunkler wurde.

Die ersten beiden Schüsse trafen ihn am Kiefer und am linken Backenknochen und rissen ihm fast das ganze Gesicht weg. Seine Beine machten noch ein paar unwillkürliche Schritte und knickten dann ein. Er klatschte mit der Brust voran in den Bach. Sein Kopf tauchte unter. Das Wasser färbte sich dunkelrot und, weiter weg, rosa. Seine Beine zuckten weiter.

Art kam nahe heran, legte die Mündung des Gewehrs in Martins Nacken, Richtung Gehirn, und drückte wieder ab. Martins Beine bewegten sich nicht mehr. Art setzte sich und zündete sich eine Zigarette an.

Es muss doch einen Weg geben, Greg und Ken zu überreden, es in großen Städten zu versuchen, dachte er. Sie könnten sich in Sachen Sex einen neuen Dreh ausdenken, um Greg bei Laune zu halten. Wenn er sich an die neue Art zu jagen gewöhnt hätte, würde er sich fragen, warum sie nicht schon vor Jahren den verdammten Wald aufgegeben hatten. Hier war alles so simpel und vorhersehbar. Wie dieser Versager hier. Jeden Typen in den letzten vier Jahren, dieses Jahr war das fünfte, hatte es hier an derselben Stelle erwischt. Sie hatten alle das Gleiche gedacht. Sie hatten ihn, Art, entweder vergessen oder dachten, er wäre geradewegs zum Sumpf gegangen. Das machte das Ufer. Es wirkte hypnotisierend. Alle hatten sie gedacht, wenn sie nur rennen konnten, wären sie sicher.

Greg kam mit dem Boot.

„Ken okay?"

„Glaub' schon."

„Laden wir den Typen auf."

„Genau wie letztes Jahr."

„Hab' ich auch gerade gedacht. Und wie vorletztes Jahr."

Art legte eine vorsichtige Betonung in diesen Satz. Es war eine Sache, mit Greg zu diskutieren, wenn Ken dabei war; eine andere, wenn sie allein waren. Greg war launisch. Ohne Ken, der seine Emotionen kontrollierte, konnte Greg unerwartet brutal werden. Sogar einem Freund gegenüber.

Art holte eine Kunststoffplane aus dem Boot und breitete sie aus. Um zu vermeiden, dass Blut und Hirn überall verschmiert wurden.

Greg ergriff Martins Handgelenke, hob ihn hoch und sah den Kopf.

„Nicht schlecht, was?", sagte Art.

„Ja. Den hast du ordentlich fertiggemacht." Sie hievten den Körper aus dem Bach und auf die Plane. Art fing an, Martin einzupacken. „Wieso hast du ihn eigentlich verfehlt?", fragte er.

„Wie meinst du das?" Greg war sofort aggressiv.

„Scheiße, du warst nur zweihundert Yards von ihm entfernt." Art sagte es mit einem Lächeln und in harmlosem, munterem Tonfall.

Greg blickte ihn ruhig an und sagte: „Also, erstens ist er galoppiert wie ein Hase mit glühendem Eisen im Arsch; zweitens war er im Schatten, die Lichtstreifen zwischen den Bäumen machten, dass ich ihn nur undeutlich erkennen konnte; und drittens war ich verdammt noch mal in einem hin- und herschwankenden, verfickten Schlauchboot."

Art beschloss, das Thema fallen zu lassen. Gregs Stimme klang gereizt, er hatte den Reißverschluss seiner Hose geöffnet und pisste, der fingerdicke gelbe Strahl spritzte in den See. Du perverse Sau, dachte Art, verdammt, du mit deinem Monsterschwanz wie ein Pferd und deinen Baseball-Eiern. Du glaubst, das ist alles, was Frauen wollen, Größe. Und deine verfickten dicken Muskeln und die haarige Brust, vergiss es. Eine intelligente Frau würde nicht zulassen, dass du sie anfasst; sie würde kotzen.

„Wo ist die Frau?", fragte er.

„Nancy?", fragte Greg. „Keine Ahnung. Auf der Insel wahrscheinlich."

„Unten im Rattenloch."

„Höchstwahrscheinlich. Schläft sich aus." Greg melkte seinen Schwanz trocken, stopfte ihn umständlich weg und machte den Reißverschluss zu. „Hast du 'ne Zigarette für mich, Kumpelchen? Hab' meine vergessen. Bin da draußen halb verrückt rumgekreist."

Art gehorchte.

18

Sie sammelten das andere Boot ein, dann Ken, der den wahnsinnigen Schmerz in seinen Lenden zu lindern suchte, erschöpft und vor Kälte zitternd. Art und Greg machten Witze, hielten aber bald die Klappe. Kens Demütigung war schon ziemlich heftig. Und seine Angst. Die Schläge, die er bekommen hatte, konnten einem Mann gefährlich werden. Manchmal wurde von so was Krebs ausgelöst. Unter Umständen mussten sie die letzte Woche ihres Urlaubs streichen und zurück nach Hause fahren.

Sie fuhren um das Südende der Insel zu deren Ostseite und landeten unterhalb der Hütte. Sie gingen mit Ken langsam hinauf, blieben ein oder zweimal stehen, damit er die Übelkeit überwinden und sich wieder aufrichten konnte. Dann ging Greg zur Sägemühle, ein paar Eisengewichte holen, um Martin zu beschweren. Art schenkte Ken siedend heißen Kaffee ein, drehte für ihn die heiße Dusche auf, nahm selbst einen heimlichen Schluck Bourbon und ging zu den Booten zurück.

In der Mühle war es still. Sie ist da, dachte Greg, unter den Bodenbrettern, im Rattenloch, und schläft. Vielleicht wacht sie auf und hört mich. Wenn ich jetzt zu ihr hinunterklettere, dachte er dann, wird niemand sie schreien hören. Ich könnte sie ficken. Sie würde kämpfen wie eine Tigerin, dann gegen ihren eigenen Willen erregt werden und sich auf mich stürzen, selbst wenn sie wusste, dass ich sie danach abknallen würde. Heilige Scheiße. Er wurde sofort steif, bewegte sich aber weiter fort. Sie hatten Regeln, und wenn einer jemals auch nur eine davon brach, war es komplett aus. Ken hatte geschworen auszusteigen, und dann würden sie nie wieder Spaß haben. Das war es nicht wert, selbst Nancy nicht.

Er fand ein paar durchgerostete Kolbenstangen an der Stelle, wo er sie ein Jahr zuvor zurückgelassen hatte, als er sich einen Tag lang die Mühe gemacht hatte, einen Vorrat an Gewichten anzulegen. Sie wogen fünfundsiebzig Pfund pro Stück. Das reichte völlig, eine jetzt für Martin, eine später für Nancy. Er hob sie hoch und scheuchte dabei ein Nest roter Ameisen auf, die sich dort für den Winter niedergelassen hatten. Kriecht nur, ihr Arschficker, dachte er. Kriecht zwischen den Brettern da hinunter und beißt Nancy in den Arsch. Großartig. Er knallte ein paar Mal seinen Absatz in den Ameisenbau, bis er glaubte, die meisten von ihnen getötet zu haben, und ging dann zurück nach draußen.

Ken hatte geduscht und sich in eine dicke Decke eingehüllt. Er stand auf der Terrasse. Er warf Greg eine nagelneue Fünfundzwanzig-Fuß-Rolle Nylon-Kletterseil zu. Sie landete zu seinen Füßen. „Du hast was vergessen." Und dann: „Hast du sie gehört?"

Greg hob das Seil auf. „Nein." Kens Tonfall verriet, dass er sich rasch erholte.

„Schläft noch."

„Kann sein", sagte Ken. „Ich würde nicht zu lange warten."

„Werden ja nicht lange brauchen."

„Wir wissen schließlich nicht mit absoluter Sicherheit, dass sie dort ist."

Fick dich, dachte Greg. Du hast dich ja schon prima erholt. Gut genug jedenfalls, um wieder den Chef zu spielen, so sehr können deine Eier also nicht eingedrückt sein. Er ärgerte sich oft über Ken. Wie gerade jetzt wieder. Musste immer bei allem das letzte Wort haben. Und Art musste immer alles in Frage stellen, so als wären alle anderen Idioten. Warum konnten sie nicht das Leben so akzeptieren, wie es war? Hirnwichserei änderte daran doch gar nichts. Und die Jagd sollte so bleiben, wie sie immer gewesen war, einfach Ficken und Schießen, sonst nichts.

„Die Chancen stehen nicht schlecht", sagte er.

„Sie könnte am Ufer sein", beharrte Ken. „Versuchen, zum Festland zu kommen."

„Das könnte sie."

„Hat jedenfalls eine Flinte dabei."

„Du machst Witze." Greg fluchte innerlich, dass Ken ihm zuvorgekommen war.

„Und ein Dutzend Patronen. Vierer."

„Nancy?" Greg vergaß über dem Spaß seinen Ärger. Jetzt guck dir dieses magere, kleine, hängebusige Flittchen an. War zurückgekrochen und hatte sich bewaffnet.

„Ach du Scheiße", sagte er. „Warte, bis ich das Art erzähle. Der wird sich vielleicht in die Hosen machen."

„Ich zieh' mich an", sagte Ken. „Ich fahre mit dem anderen Boot rüber und passe auf, dass sie nicht versucht, hinüberzuwaten."

„Okay."

„Mir reicht's für heute. Holen wir sie uns." Ken ging zurück in die Hütte.

Greg hob die beiden schweren Kolbenstangen wieder auf und ging weiter runter zum Ufer. Art wartete im Boot, rauchte und starrte auf die blutgetränkte Plastikfolie mit den Überresten von Martins Kopf. Er nickte in die Richtung. „Hab' sie unter seinen Achseln zusammengebunden, damit nichts rausläuft."

„Ist 'ne ziemliche Sauerei." Greg ließ vorsichtig eine der Stangen ins Boot hinunter und legte sie auf Martins Leiche. Was für ein Trottel, dachte er. Der Spaß bestand für Art weniger im Jagen, nicht einmal im Töten. Der Spaß bestand für Art darin, zu betrachten, was übrig blieb. „Sie hat ein Gewehr." Er sagte es beiläufig und beobachtete genüsslich Arts Reaktion.

„Nancy?" Arts Gesicht wurde ausdruckslos und verlor leicht an Farbe.

„Sagt Ken. Und ein paar Vierer-Patronen."

Dreckige kleine Schlampe, dachte Art. Musste ja so kommen. Sie war genau der Typ. Sie und auch er. Wenn es nach ihm gegangen wäre, hätten sie die beiden nicht ausgesucht. Schleimscheißer und dünne kleine Männer waren immer gefährlich. Greg war schuld, der wegen ihrem Arsch einen Steifen bekommen hatte, als sie sie zum ersten Mal gesehen hatten, und der dann Ken überredet hatte. Da lag der Fehler. Die Wahl sollte niemals Greg überlassen werden. Nur Ken und er sollten aussuchen dürfen.

Er warf den Start-Hebel herum und der Motor heulte auf.

„Hast du 'ne Pulle mitgebracht?"

Greg schüttelte den Kopf und Art stieß einen leisen Fluch aus. Er hatte gehofft, dass Greg das Trinkverbot brechen würde.

Sie fuhren zum Nordende der Insel und stießen auf Schilf und Sumpfgras, das entlang des Ufers unschuldig wirkte, aber immer tiefer und dichter wurde, bis sie sich fünfzig Yards vom See entfernt in der Mitte eines vom Wald umgebenen Sumpfs wiederfanden.

Art stellte den Motor ab. „Wo ist das Seil?"

„Hab' ich hier."

Sie hoben Martins Kopf über den Rand des Bootes und zogen den Körper aus der Plastikfolie, die Art abspülte und dann sorgfältig zusammenfaltete und verstaute. Greg machte das Nylonseil von seinem Gürtel los und befestigte die Kolbenstange an Martins Leiche, indem er das Seil um Arme, Beine und Taille mit einer Serie komplizierter Knoten befestigte, die sie sich vor Jahren ausgedacht hatten, damit das Seil nicht vom Skelett rutschen konnte, bevor alles Fleisch verschwunden wäre. Auf diese Weise würde nie etwas davon an die Oberfläche kommen, und die Knochen würden sicher auf dem Grund bleiben, bis sie entweder vom Schlamm aufgesogen und für immer begraben oder vollständig verrottet waren.

„Okay, Leute, hier kommt ein Neuer", sagte er. „Nimm seine Füße, Art."

Art packte Martins Fußgelenke, und sie ließen seine Leiche ins Wasser gleiten, das bereits rot vom Blut war.

„Nächstes Mal triffst du sie am Körper, ja?", beschwerte sich Greg. „Sieh dir das an." Er deutete hinüber.

Art guckte hin und sah Reste von Martins Gehirnmasse am Schilf kleben.

„Das haben die Bisamratten bis zum Wochenende weggeputzt", sagte er. „Wenn es sich nicht vorher schon in Nichts auflöst."

„Hoffen wir's." Greg senkte das Gewicht ins Wasser und ließ los. Martin verschwand fast im selben Augenblick. Für einen Moment stiegen viele Blasen auf, ein paar Holzstücke trieben an die Oberfläche und wirbelten im blutigen Wasser herum. Dann hörten die Blasen auf.

Art warf den Motor wieder an. Langsam fuhren sie knatternd durch dichtes Schilf und Gras zurück auf den offenen See.

„Können von Glück reden, wenn wir nicht alles vermasseln", sagte Art. „Wir hätten einfach warten sollen, bis wir auch die Frau gekriegt haben. Das hätte uns die zweite Fahrt erspart."

„Weiß nicht", antwortete Greg. „Wir haben doch abgemacht, sie immer so schnell wie möglich loszuwerden."

Art wusste, dass er Recht hatte. Warum Leichen herumliegen lassen. Womöglich war die Frau ausgebuffter, als sie für möglich hielten, und es würde länger dauern, sie zu erwischen. Es bestand immer die, wenn auch unwahrscheinliche, Möglichkeit, dass ein anderer Jäger vorbeikam. Das war eine Gefahr, mit der sie immer rechnen mussten.

Sie landeten und sahen, dass das andere Boot weg war. Ken musste also schon an der Festlandseite der Insel Ausschau halten. Art montierte den Außenbordmotor ab.

„Was machst du da?", fragte Greg.

„Was glaubst du wohl? Willst du vielleicht, dass sie das Boot nimmt?" Art hievte den Motor an Land und hörte im selben Moment das erste Zischen der Luft aus den Ventilen, als Greg sie geöffnet hatte und das Boot schlaff zu werden begann. Offensichtlich war Greg diesmal einverstanden und würde keine Diskussion vom Zaun brechen.

Sie warteten und hängten das Boot dann an einen Baum, eine lange schwarze Masse völlig schlaffen Gummis.

„Dann geh'n wir mal jagen", sagte Greg.

„Ja. Und pass auf. Ich kann mir was weitaus Angenehmeres vorstellen als 'ne Frau mit 'nem Gewehr."

Greg lachte. „Ich auch. 'ne Frau ohne Gewehr."

Art lächelte nicht und sagte: „Ich nehme die Nordseite, wenn's dir recht ist. Du den Süden."

„Okay."

Beide meinten sie die Mühle. Ein langes Rechteck von Osten nach Westen. Der Kamin an der Nordwest-Ecke. Sie würden, wie üblich, beide von der Seite kommen und sich dabei an den Rand des Dickichts halten, das die Lichtung um die Mühle begrenzte. Es gab keinen Grund anzunehmen, dass sich Nancy anders verhalten würde als die Frauen vor ihr. Das Verhaltensmuster war, wie das der Männer, auf langweilige Art voraussehbar. Die Frauen wählten die Mühle, um sich zu verstecken und Kräfte zu sammeln, und sie wählten fast immer den Keller. Alle übersahen die rostige Eisentür unten an dem riesigen Kamin und wählten den Maschinenraum, der ihnen aber insgesamt nicht sicher genug erschien, weswegen sie meistens nach hinten zu den Ratten krochen, die den dumpfen, feuchten, mit Sägemehl bedeckten Bereich unter den verrottenden Bodenbrettern der Mühle bevölkerten. Wenn sie ein wenig geschlafen und ihre Kräfte wiedererlangt hatten, entdeckten sie die Ratten, große, hässliche, quietschende Biester. Das trieb sie gewöhnlich hinaus, und in ihrem neuen Entsetzen beschlossen sie, es ungehindert zum Festland und in die Freiheit schaffen zu können.

Ungefähr jetzt, dachte Art. Er guckte auf die Uhr. Genau jetzt. Ein Uhr dreißig. War es erst sechs Stunden her, dass sie halb blind aus dem Bett in das eisige Wasser des Sees getaumelt waren? Es schien viel länger her zu sein.

Er hörte einen leisen Vogelpfiff von der anderen Seite der Mühle. Das musste Greg sein, der ihm seinen Standort mitteilte und damit sagte, dass er einen Moment lang dort verharren würde. Er begab sich hinter ein paar Birken in Deckung und lauschte. Ken hatte den Außenbordmotor abgestellt. Es war sehr still.

Dann hörte er, aus dem Inneren der Mühle, ein ganz schwaches Geräusch, eine Art fernes Kratzen. Etwas bewegte sich; eine Ratte kam aus der verwitterten Seitenwand, wo diese halbverfault über die groben Steine der Grundmauern ragte. Vielleicht war Nancy da unten gestorben, das wäre dann wohl der größte Flop aller Zeiten. Sie würden runtergehen und die Leiche rausholen müssen, mit Ratten und all dem Zeug, und womöglich wäre sie schon halb aufgefressen, wenn sie endlich die Bodenbretter entfernt hätten.

Wieder hörte er das kratzende Geräusch. Nein, das war sie. Und sie kam heraus. Aber was machte dieses Geräusch? Er überlegte, welchen Weg sie aus dem Rattenloch heraus nehmen musste. Es musste die Tür zum Maschinenraum sein. Sie muss sie halb geschlossen haben, als sie vorher hineinging, und jetzt musste sie sie wieder öffnen. Sie tat es vermutlich langsam und vorsichtig, mit angehaltenem Atem, aus Angst gehört zu werden, und das Geräusch der Tür klang in ihren Ohren doppelt so laut, als es in Wirklichkeit war. Für sie musste es klingen, als risse sie das ganze Gebäude ab.

Art grinste und antwortete auf Gregs Pfiff, um ihn seine Position wissen zu lassen. Greg hatte sie wahrscheinlich auch gehört. Wenn nicht, erfuhr er aus der gepfiffenen Antwort, dass er abwarten sollte, weil sich ihre Beute bewegte.

Verdammte Flinte, wie zum Teufel sollten sie damit klarkommen. Wenn sie in Schussweite kam und abdrückte, dann gute Nacht! Alles in Umgebung der Mühle war ein Nahziel.

Auf fünfzig Fuß konnte man mit Vierer-Schrot nichts verfehlen. Auf fünfundzwanzig Fuß konnte man einem Mann den Kopf wegpusten. Zumindest den halben.

Das Kratzen hatte aufgehört. Sie hatte die Tür geöffnet. Art wartete. Er hatte zu schwitzen begonnen. Es war totenstill, und plötzlich ein schwaches Klingen von Metall auf Metall. Wahrscheinlich war sie mit dem Gewehrlauf an eine der Leitersprossen gestoßen. Vermutlich ausgerutscht. Das würde ihr einheizen. Sie würde sich sicher eine Weile nicht bewegen.

Er schaute auf die Uhr. Ein Uhr fünfunddreißig. Eigentlich sollte er sofort in die Mühle hineingehen und sie abknallen, wenn sie gerade aus dem Schacht kletterte. Wenn sie noch auf der Leiter stand und nicht zurückschießen konnte. Nur sagen: „Hallo Kleines, wie war dein Schönheitsschlaf?", und losballern. Würde sie versuchen, um ihr Leben zu rennen? Zurück hinunter in den Schacht? Oder bloß zusammenbrechen und betteln? Bei Frauen wusste man nie.

Aber in die Mühle zu gehen war gefährlich. Er konnte womöglich in die Enge getrieben werden. Vielleicht war sie doch ein Flintenweib wie Annie Oakley. Es war besser, draußen zu warten.

Also wartete er. Jetzt wäre sie ohnehin schon aus dem Schacht raus. Wahrscheinlich bewegte sie sich jetzt an der dunklen Seite im Mühleninneren, wo die ganze Maschinerie war, und lauschte. Sie würde sich in Sicherheit wähnen und bei der langen, leicht abwärts führenden Erdrampe herauskommen, wo früher die frisch gesägten Planken zu der Steinmauer geschoben wurden, von der es sechs Fuß bis zu den darunter wartenden Ochsenschlitten waren. Er, Greg und Ken hatten das große Doppeltor von dort entfernt und seine Bretter waren jetzt Teil der Hüttenveranda und fast die ganze Küchendecke.

Er pfiff wieder, zweimal. Gut im Gebüsch verborgen, bewegte er sich zum Westende der Mühle und zu der Lichtung zwischen Rampe und Mauer, einer offenen Fläche von etwa dreißig Yards. Er wurde sich plötzlich bewusst, dass er sich beeilen musste, denn sie war vielleicht eine von den Unvorsichtigen und stürzte einfach los. In diesem Spiel überließ man besser nichts den anderen. Jeder tat sein Bestes. Auf die Art war noch nie was schief gegangen.

Die Sekunden zogen sich, wurden zu Minuten. Er schwitzte stärker. Kalter Schweiß. Schließlich wurde die Lichtung durch das Gebüsch hindurch sichtbar, das er vorsichtig auseinanderschob. Dahinter war die Rückseite der Mühle, gähnte die schwarze Öffnung des Doppeltors.

Keine Spur von Nancy.

Warte mal. Doch. Da war sie. Eine kleine Gestalt bewegte sich im Schatten. Natürlich, sie hatte doch dieses rot-schwarz karierte Hemd von Ken an. Und seine Stiefel, die ihr zu groß waren, und die Hose, mit einem alten Lederriemen hochgebunden.

Sie war tatsächlich bewaffnet. Hatte das Gewehr im Arm und stand bewegungslos da, horchte und rechnete sich ihre Chancen aus.

Er blickte auf und sah Greg auf der anderen Seite der Lichtung, vor ihr verborgen durch den dicken Stamm einer Buche. Sein Gewehr war gegen den Boden gerichtet und eng an seine Seite gepresst, um seine Silhouette schmaler zu machen. Greg grinste und machte ein kurzes Handzeichen. Auch er hatte sie gesehen.

Sie würden sie herauskommen lassen, er würde sich in ihren Rücken begeben und Greg nach vorne gehen lassen, um sie zwischen ihnen beiden in die Zange zu nehmen. Verdammte Flinte, konnte sie nun damit umgehen oder nicht? Egal, sie konnte ja nicht in zwei verschiedene Richtungen gleichzeitig sehen.

Jetzt stand sie genau in der Toröffnung. Er könnte einen Schuss riskieren. Aber wenn er sie verfehlte, würde sie sich wieder ins Innere zurückziehen und das würde Nachtwache und wer weiß was noch bedeuten. Außerdem, wo blieb der Spaß, wenn man sie erwischte, ohne dass sie es wusste? Selbst dieser Trottel Martin hatte ein oder zwei Sekunden gehabt. Gerade den letzten kurzen Moment, um zu erkennen, dass er die Sache vergeigt hatte.

Sie kam langsam heraus, erst Schritt für Schritt, dann schneller. Bis zur Mauer waren es dreißig Yards, weitere dreißig bis zum Wald. Wenn sie geradeaus ging. Wenn sie zur Seite hin abbog, war die Entfernung kürzer. Sie beschloss, geradeaus zu gehen, drehte sich zweimal nach der Mühle um und fing schließlich an zu laufen.

Bei einer Entfernung von fünfundzwanzig Fuß zur Steinmauer trat Art aus der Deckung und gab einen Warnschuss ab. Die Kugel schlug direkt vor ihr in den Boden ein. Nancy sprang hoch, drehte sich wild herum, versuchte überall gleichzeitig hinzusehen, hielt schließlich inne und wagte es nicht, sich zu bewegen.

Art kam aus dem Gebüsch und lief schnell auf die Mühle zu, im seitlichen Krebsgang, um sie nicht aus den Augen zu lassen. Wegen ihres Gewehrs brauchte er sich keine Sorgen zu machen. Nicht für die nächsten Sekunden. Sie war im Augenblick zu überrascht, um die Waffe zu heben, und Greg würde ihm Deckung geben. Bis sie sich an das Gewehr erinnerte, bis sie es aus ihren Armen gelöst hatte, würde er sich im dunklen, schützenden Mühleninneren befinden, der sicheren Zone, die sie eben verlassen hatte.

Und dann sagte Greg: „Nancy! Hallo, Süße." Und schlenderte ein paar Schritte von der Buche weg, bereit, in Deckung zu gehen, falls sie feuerte. „Willst du nicht auf mich schießen?" Er stand da, provozierend, und gab wie nebenbei einen Schuss ab, der neben ihr einschlug.

Sie sah grauenvoll aus, die Kleider zerrissen und blutig, ihr Gesicht ein blauschwarz geschlagenes unmenschliches Etwas. Alles Blut, das noch in ihr war, strömte auf den Schreck hin in ihren Magen, und ihr Mund wurde kalkweiß.

„Los, Nance. Kämpfe ein bisschen. Vielleicht erwischst du einen von uns."

Greg drückte wieder ab, und sie ballerte los. Sie riss das Gewehr hoch und ihr Finger straffte sich. Aber Art feuerte auch, und sie fuhr bei seinem Schuss herum und schoss in die Finsternis der Mühle anstatt auf Greg, lud nach und wandte sich wieder zu Greg um. Es war zu spät. Sie schoss, zerfetzte aber nur Gebüsch und Baumstämme. Greg war wieder hinter der Buche in Deckung.

Art kam ein paar Schritte aus dem Schatten heraus und fragte sich, warum sie nicht zur Mauer lief und runtersprang. Dort wäre sie zumindest teilweise geschützt gewesen.

Dann kam Greg auch wieder hervor. „Mensch, Nancy, kein Grund, vor Angst in die Hosen zu machen. Das ist ein gutes Gewehr. Es gehört Ken. Er schießt Gänse damit. Das ist Vierer-Schrot, und du kannst einen Mann damit fast in zwei Teile schießen."

Art sagte: „Wie waren die Ratten? Der Frau vor zwei Jahren hingen sie nur so runter, als sie rauskam."

„Ja, was ist los mit euch Weibern?", sagte Greg. „Verkriecht euch alle in demselben dreckigen Loch da unten? Warum nur?"

Plötzlich sprach sie. Ihre Stimme passt zu ihrer Gesichtsfarbe, dachte Art. Das war interessant. „Bitte, lasst mich gehen", sagte sie.

Greg antwortete: „Aber wir halten dich doch nicht auf, Nancy."

„Bitte."

„Nun geh schon."

„Ich hab' euch doch nichts getan. Keinem von euch. Nichts. Vor einer Woche habe ich euch noch nicht mal gekannt. Bitte. Ich hab' zwei kleine Mädchen. Ich bin eine Mutter. Bitte."

Art feuerte. Die Kugel pfiff harmlos über ihren Kopf, was er beabsichtigt hatte.

Sie wirbelte herum und schoss zurück. Auf nichts. Die Dunkelheit im Inneren der Mühle war ein dichtes, sicheres Versteck.

Und dann drehte sie durch und fing an zu rennen. Ließ die Flinte fallen und lief in blinder Panik Richtung Mauer.

Greg sah es voraus und bewegte sich schnell. Sie hatte die Mauer fast erreicht, als er ihr zuvorkam, und sie prallte gegen ihn, bevor sie realisierte, dass er da war und anhalten konnte. Er hielt sie lachend fest, mit einem Arm an sich gepresst, hielt sein Gewehr am ausgestreckten Arm von sich, damit sie es ihm nicht entreißen konnte, wenn sie überhaupt auf den Gedanken kam.

Art tauchte auf. „Du oder ich?" Er lächelte nicht. Verachtung lag in seiner Stimme und ungeduldige Wut.

„Wir könnten ein bisschen spielen."

„Vergiss es. Wir haben noch nichts gegessen."

Greg schaute runter auf Nancy und Kens zerrissenes Jagdhemd. Er erinnerte sich an ihre heiße, feuchte Wärme und spürte für einen Moment so etwas wie Bedauern. Verdammt, sie war wirklich gut gewesen. Er dachte daran, wie seine Kugel in sie eindringen würde, sie von heiß zu kalt verwandeln würde. Es war erregend, und gleichzeitig war es fast eine Schande.

„Ich nehm' sie mir vor", sagte er.

Er hielt sie weiter fest und grinste. Plötzlich wusste Art, warum. Greg hatte Nancy fest an sich gepresst, sein Schwanz wurde steif, sein Arsch begann schon zu zucken.

Art packte Nancys Arm und zerrte sie wütend von Greg weg. „Dämlicher Idiot", schrie er. „Vergiss es!"

„Bitte." Sie fiel auf die Knie, hielt die Hände hoch, bettelte. Art trat sie unterhalb der Arme in die Rippen, und sie fing an zu schreien. Er trat sie wieder hart mit dem Stiefel, diesmal in den Mund. Sie kippte um. Er hob sein Gewehr.

Dann schob Greg ihn unsanft zur Seite. Er grinste nicht mehr. „Hör zu, Kleiner. Ich hab gesagt, sie gehört mir."

„Dann bring's zu Ende, verdammt noch mal."

„In Ordnung. Und halt die Fresse." Greg drückte sein Gewehr gegen Nancys Kopf.

Ihre Augen verdrehten sich, und in einem schrecklichen Krampf bäumte sie sich hinterrücks auf. Er begleitete ihre Bewegung mit dem Gewehr, und als sie wieder auf die Knie fiel, legte er den Lauf an ihren Hals und drückte ab. Der Schuss krachte, sie wurde auf den Boden geschleudert wie eine Puppe und landete wie ein nasser Sack auf dem Rücken. Ihre Beine zuckten; sie setzte sich krampfhaft auf, mit einem klaffenden Loch im Nacken. Ihr Mund bewegte sich, und ihre Augen sagten etwas. Greg jagte ihr noch zwei Kugeln in die Brust, und als sie immer noch aufrecht saß, mit erhobenen Händen, immer noch bettelnd, eine in den Kopf, in Höhe des Nasenbeins. Die Wucht des Schusses schleuderte sie nach hinten und sie purzelte in einem letzten Nervenkrampf von der Mauer auf den Boden weiter unten.

Sie gingen hin und guckten nach. Sie lag auf dem Rücken, die Beine leicht gespreizt, die Arme ausgestreckt. Ihre toten Augen starrten zurück.

„Mann, die war hart", sagte Greg.

Art sagte mit einem unangenehmen Unterton: „Dein letzter Schuss wäre besser dein erster gewesen."

„Hau doch ab", sagte Greg. Und grinste.

„Los, machen wir weiter", sagte Art. „Wir müssen sie loswerden."

„In Ordnung. Und zum Teufel mit Ken, diesmal lasse ich die Pulle nicht stehen. Ich bin fast krepiert vor ..."

Er brachte den Satz nicht mehr zu Ende.

Die Luft ging ihm aus, plötzlich, wie ein Schlag in den Magen. Art blickte ihn scharf an. Da war ein münzgroßes rundes Loch, das sich an den Rändern rosa färbte, genau in der Mitte von Gregs Stirn, und als Art immer noch fassungslos glotzte, vernahm er nach einer Ewigkeit, die in Wirklichkeit nur eine Sekunde dauerte, das Echo des Schusses und begriff, dass das Geräusch weder mit ihm selbst und Greg noch mit ihren Schüssen auf Nancy zu tun hatte.

Dann knickten Gregs Beine ein, und das Grinsen immer noch auf den Lippen, die Augen immer noch lächelnd, rutschte er von der Mauer und fiel auf Nancy. Beim Aufprall jagte er alle Luft aus ihren toten Lungen, sodass sie hörbar seufzte, und dann lag Greg auf ihr, zwischen ihren gespreizten Beinen, seine Arschbacken zitterten ein letztes Mal, eine garstige Parodie seines Lebens.

19

Der zweite Schuss traf Art in den Arm. Einen Augenblick lang starrte er auf Greg, im nächsten Moment spürte er einen heftigen Schlag oberhalb des Bizeps, so gewaltig, dass es ihn fast umwarf. Er wusste, dass er getroffen war, und er wusste, dass er tot sein sollte und tot wäre, wenn er nicht schon losgestürzt wäre, um Deckung zu suchen. Er hatte den Plan des Scharfschützen vereitelt. Wer immer es war, Art hatte ihn veranlasst, zu schnell abzudrücken.

Er hörte den dritten Schuss, das Pfeifen eines Querschlägers und ein entferntes Krachen. Die dunkel gähnende Toröffnung war nur wenige Yards entfernt. Sein Jäger war nicht dort. Die Schüsse kamen von weiter weg.

Nichts, was er tat, war überlegt. Es war purer Instinkt. Er verlor fast das Bewusstsein, als er den schützenden Schatten erreicht hatte, und fiel bäuchlings hin.

Verzweifelt rappelte er sich auf, um noch ein paar stolpernde Schritte in Deckung zu machen und fiel ein zweites Mal. Er blieb liegen und spürte den beißenden Geschmack modernden Sägemehls im Mund. Und fing endlich an, bewusst zu denken. Er war außer Sicht, musste es sein. Über den rasenden Lärm seines Atems und seines Herzens hinweg, versuchte er zu begreifen.

Nancy erschossen. Dann Greg tot, zwischen die Augen getroffen. Er selbst in den Arm geschossen. Von wem? Ken? War Ken verrückt geworden? Hatte er beschlossen, auszusteigen und keine Spuren zu hinterlassen?

Das war undenkbar. Vorsichtig befühlte er seinen Arm. Er fühlte sickernde Wärme. Blut, das sein Hemd durchnässte. Wie schlimm war es? Er konnte den Arm noch bewegen, also war kein Knochen gebrochen. Und das Blut spritzte nicht hervor, also war keine Arterie getroffen. Aber, heilige Scheiße, der Schmerz! Er hielt den Atem gegen den Schmerz an. Nach einer

Weile würde das Hämmern vielleicht aufhören und nur das Brennen bleiben.

Er begann, etwas klarer zu denken. Er musste raus hier. Wenn es Ken war, würde er ihn verfolgen. Er konnte nicht einfach so daliegen, ausgeliefert. Steh auf! Er erhob sich langsam, überrascht, dass er sich noch auf den Beinen halten konnte. Er fühlte jetzt, dass er, von der Wunde abgesehen, zurückschlagen konnte. Eine Art trotziger Wut, fast stärker als seine Angst, stieg in ihm auf. Er nahm sein Gewehr auf, das er fallen gelassen hatte, und klopfte einen Klumpen Sägemehl vom Ende des Laufs ab. Na schön, schieß auf mich, du Arschloch; ich werd's dir heimzahlen. Zeig nur dein Gesicht.

Die Lichtung im Osten der Mühle war leer. Eine Rotdrossel sauste im Tiefflug von einem Baum herunter und schwang sich wieder hinauf zum Dachfirst, schwarz mit einem roten Klecks. Art stand geschützt in einem Spalt in der Südwand der Scheune und musterte wachsam das Gebüsch in der Umgebung. Das Strauchwerk ging in den Wald über, dann kam der See. Er würde die Mühle verlassen, es wagen, die Lichtung zu überqueren, dahinter Deckung suchen und dann im Galopp zur Hütte laufen.

Er blickte über die Schulter hinweg durch den Innenraum der Mühle. Er konnte niemanden sehen, niemanden hören. Niemand stand dort in der großen Toröffnung. Weiter dahinter lag Greg, tot, auf Nancy drauf.

Er verließ den Spalt, blickte nach links und rechts, schlich an der Mauer entlang bis zur Ecke. Immer noch niemand. Ein paar Eichelhäher kreischten, nicht alarmiert, sondern weil sie stritten.

Jetzt gab's nur eins: laufen. Er konnte nicht ewig an die Mühle gefesselt sein. Selbst wenn sein Jäger nah war, sich vielleicht im Gebüsch gegenüber verbarg, würde es ihm nicht leicht fallen, ihn erneut zu treffen. Es war nicht leicht, einen schnell laufenden Mann abzuknallen.

Er duckte sich und stürzte vorwärts, wie man es ihm bei der Army beigebracht hatte, mit Sprüngen und schnellen Richtungswechseln. Er hielt nicht an, bevor sich das raue Gestrüpp um ihn herum schloss und die Lichtung hinter ihm lag.

Art warf sich flach auf den Boden, wagte nicht, sich zu bewegen, drehte den Kopf; war da jemand in der Nähe? Der Schmerz hämmerte wieder, und sein Magen hob sich. Dann hörte er den Außenbordmotor am Südende der Insel. Die Bedeutung davon, die Erleichterung, durchströmte ihn in großen Wellen. Der Motor bedeutete Art, dass Ken nicht der Scharfschütze gewesen sein konnte. Es gab keinen Verrat, und jetzt war er, Art, nicht mehr allein. Er hatte Ken; sie waren zwei gegen einen. Nun, vielleicht auch mehrere, wer weiß? Das würden sie bald herausfinden. Er kämpfte Schmerz und Übelkeit zurück und fing an, durch das Gebüsch zu kriechen und sich diagonal zum Anlegeplatz vorzuarbeiten. Ken musste gewarnt werden.

Er bewegte sich weiter am Boden, versuchte aber nicht, seine Bewegung zu verbergen. Birken und Sumach konnten sich ruhig über ihm bewegen, denn keiner konnte durch das dichte Gewirr von Stechwinden und Unterholz einen guten Schuss platzieren.

Ken tauchte auf, machte das Boot zum Landen bereit. Er stellte den Motor ab, um es zum Ufer treiben zu lassen. Er hatte das Gewehr auf den Knien und sah besorgt drein.

Art rief mit gedämpfter Stimme: „Pass auf. Da schießt einer auf uns."

„Bleib, wo du bist", antwortete Ken. Sowie der Bug des Bootes über die Kieselsteine des Ufers kratzte, sprang er seitlich heraus und zerrte das Boot mit einer schnellen Anspannung aller Kräfte aus dem Wasser und geradewegs ins Gebüsch hinein.

Sie kamen aufeinander zu.

„Verdammt noch mal, was ist passiert?" Er sah Arts Arm,

den dunklen, blutgetränkten Ärmel seines Hemds und seine Hand, rot besprizt und nass. „Heilige Scheiße! Knochen?"

„Nein. Geht schon."

„Wer war das?"

„Wenn ich das wüsste."

„Es waren drei Schüsse. Schweres Kaliber. Vom Steilufer her."

Da war er also gewesen.

„Wo ist Greg?", fragte Ken dringlich.

„Er ist tot", sagte Art.

„Er ist was? Greg?"

Art beschrieb, was geschehen war. Als er bei Gregs Tod ankam, erinnerte er sich an das Loch in Gregs Stirn, das einfach plötzlich da gewesen war, und wie Greg mitten im Satz plötzlich tot war. Die Erinnerung überkam ihn und ihm wurde wieder übel. Fast hätte es ihn selbst erwischt. Er könnte jetzt genauso auf diesem Miststück von einer Frau draufliegen. Wie Greg. Und nichts wissen.

„Wir müssen zur Hütte", sagte Ken.

„Vielleicht ist er vom Steilufer heruntergekommen."

„Wir können nicht hier draußen in dem gottverdammten Unkraut rumliegen."

Nein, das konnten sie nicht. Sie brauchten eine Unterkunft, und der Weg zur Hütte war machbar. Dort war der Erste-Hilfe-Kasten und was zu trinken, und Betten. Sie könnten abwechselnd Wache halten. Bis es dunkel wurde.

„Also los", sagte Art.

„Ich bin gleich hinter dir. Wenn du läufst, verschwende keine Zeit. Ich geb' dir Deckung."

Sie begannen zu kriechen und erreichten eine Stelle nahe der Hütte. Art duckte sich. Als er den Kopf leicht hob, konnte er das Dach der Mühle sehen und darüber und dahinter die grauen Felsen des Steilufers. Kein Zeichen von Bewegung dort, keine Spur von dem Heckenschützen.

„Lauf!", rief Ken. „Jetzt!"

Art riss sich zusammen und stürzte auf die Hütte zu. Es waren nur fünfzig Yards, aber auf halbem Weg spürte er, wie seine Beine nachgaben. Er würde stürzen und ein perfektes Ziel abgeben. Ihm wurde schwarz vor Augen, und eine Stimme schrie: „Steh auf, los, steh auf!" Er fühlte etwas Feuchtes im Gesicht und wollte sich aufsetzen. Er lag auf einer der Bänke in der Hütte, und Ken klatschte ein nasses Tuch auf seine Stirn.

„Ganz ruhig. Versuch nicht, dich zu bewegen."

Art sank zurück, nahm langsam die vertrauten Gegenstände wahr und versuchte, sich zu erinnern, wie er hergekommen war.

„Du könntest einen Schluck vertragen", sagte Ken. Er ging in die Küche und kam mit einer ungeöffneten Flasche Bourbon zurück. Er riss die Metallhülle auf, entkorkte die Flasche und goss eine gute Portion in ein Glas. „Hier." Er hob das Glas an Arts Mund. Art trank, würgte, fühlte, wie der Bourbon seinen Magen aufwühlte. Er wollte kotzen, und dann war plötzlich alles in Ordnung. Er fühlte sich viel besser.

Ken grinste. „Du bist auf dem Boden gelandet."

„Sorry."

„Nichts passiert. Keiner hat geschossen. Obwohl ich sicher war, dass sie schießen würden. So wie du dalagst."

„Danke."

„Nichts zu danken. Ich liebe dich nicht; ich brauche dich."

Das Lächeln und Augenzwinkern sollten es als Witz erscheinen lassen, sollten andeuten, dass genau das Gegenteil gemeint war. Nur Art wusste, dass Ken genau das gesagt hatte, was er in Wirklichkeit dachte und meinte. Ken hatte sich noch nie einen feuchten Furz um irgendjemanden geschert. Aber hier und jetzt brauchte Ken ihn, und er brauchte Ken. Sie waren füreinander lebenswichtig.

„Wer, verdammt noch mal, ist das?", fragte er verzweifelt. „Wer?"

„Ich würd's dir sagen, wenn ich's wüsste", antwortete Ken.

„Wie viele, denkst du, sind es?"

„Die Schüsse, die ich gehört habe, kamen alle aus ein und demselben Gewehr."

Art versuchte zu überlegen. „Wenn es zwei gewesen wären, läge ich jetzt dort draußen bei Greg", sagte er.

Das leuchtete ein. Sie schwiegen beide. Dass der Heckenschütze kein Gesicht, keine Identität hatte, verschärfte ihre Lage. Plötzlich hatte ein unbekanntes Gewehr gesprochen, und alles hatte sich umgekehrt. Einen Augenblick zuvor war alles noch ein geiler Spaß gewesen; sie hatten Martin abgeknallt und Nancy gehetzt, hätten beinahe diesen großartigen Tag abgeschlossen und sich ordentlich einen hinter die Binde gekippt. Vielleicht ein Monopoly-Spiel am Abend, eine gute Art, sich zu entspannen, und morgen wieder ganz legales Jagen.

Jetzt wurden sie gejagt und mussten rennen.

Ken stand auf, schaute vorsichtig aus dem Küchenfenster und kam zurück. „Nichts", sagte er. Er setzte sich in einiger Entfernung von der offenen Eingangstür hin und nahm noch einen Drink.

„Was, denkst du, sollen wir machen?", fragte Art.

„Na ja", sagte Ken, „wer auch immer es ist und was auch immer er will, wir müssen ihn erwischen. Er hat uns gesehen. Dich mit Sicherheit, mich höchstwahrscheinlich."

„Zuerst gibt es für uns Wichtigeres zu tun", sagte Art.

„So?"

„Die Leichen beseitigen."

„Nein. Er. Er ist wichtiger."

„Hör zu", beharrte Art, „sie können dich nicht für Mord drankriegen, wenn es kein Opfer gibt. Ist mir egal, wer was gesehen hat. Keine Leichen, und sein Wort steht gegen unseres."

„Vielleicht hat er fotografiert."

Art zuckte die Achseln. „Das riskier' ich."

Ken überlegte und zündete sich eine Zigarette an. „Na gut", sagte er. „Nancy sollte weg."

Art sagte: „Auch Greg. Wir versenken ihn zusammen mit ihr. Er ist eben verloren gegangen."

„Und Sue kommt hierher, mit Gott weiß wem, und fängt an, ihn zu suchen." Echter Zorn lag in Kens Stimme.

Art beruhigte sich. „Und?"

„Und dann fängt vielleicht jemand an, Fragen zu stellen."

„Wer sollte ihnen antworten?"

„Das ist doch scheißegal. Ich will erst gar keine Fragen. Du etwa?"

Das Argument war unschlagbar. Art versuchte es im Geiste, aber es gelang ihm nicht. Ken hatte Recht. Zuerst würde Sue kommen, dann die Polizei und die Forstbeamten, ein riesiges Netz von Männern, Hunden und Helikoptern. Und er und Ken mussten so tun, als wollten sie helfen, und versuchen, ja nichts zu sagen, was ihnen gefährlich werden könnte; währenddessen würden sie sich pausenlos fragen, ob jemand Martins geparkten Wagen gefunden hatte und durch irgendeinen verrückten Zufall zwei und zwei zusammengezählt hatte, oder ob sie Blutspuren von Nancy entdeckt, sie analysiert und herausgefunden hatten, dass sie von einer Frau stammten, oder was sonst die Forensiker eben herausbekommen konnten.

Art nahm einen großen Schluck Bourbon. „Okay", sagte er. Er fühlte sich auf unbestimmte Art erleichtert. Alles fing an, einen Sinn zu ergeben. Sie beide würden es schon irgendwie hinkriegen. Sie waren zwei gegen einen, und sie waren gute Jäger. Und sie hatten einen großen Vorteil: Sie kannten das Terrain. Niemand konnte es besser kennen als sie. Niemand.

Ken sagte gerade: „Wir lassen Nancy verschwinden; dann schnappen wir uns diesen Bastard und lassen ihn auch verschwinden. Selbe Art, selber Ort. Dann bringen wir Greg nach Hause, mit der Kugel im Kopf. Es war ein Unfall. Irgendein Jäger. Wir haben den Schuss gehört, den Schützen aber nie gesehen."

„Die Sache hat nur einen Haken", sagte Art. „Die Kugel ging direkt durch ihn hindurch."

„Echt?"

Art erinnerte sich an Gregs Hinterkopf, der völlig weggeschossen war, ein großes klaffendes Loch, wo es kein Haar mehr gab, und fast das ganze Gehirn war draußen, wie die leere Hälfte einer Kokosnuss.

„Ja", sagte er.

Ken zuckte die Achseln. Und beantwortete die Frage, von der er wusste, dass sie Art quälte. Wenn es keine Kugel gab, könnte man vielleicht annehmen, sie beide hätten Greg erschossen. „Für die Ballistik wird es noch genug Blei da drin verstreut geben", antwortete er, „um sagen zu können, dass es nicht von uns beiden stammte."

Sie warteten, bis es dunkel wurde, sahen zu, wie der See den Himmel reflektierte, zuerst hellrosa, dann blutrot, schließlich lila und grau, bis alles Licht erlosch und sich die Nacht über den Wald senkte, tintenschwarz, mondlos, und übersät von Sternen, die kalt und einsam aussahen.

Sie verbrachten die Wartezeit damit, Arts Hemd wegzuschneiden, Desinfektionsmittel in die Wunde zu sprühen, wo die Kugel tief durch Fleisch und Muskeln gedrungen war, und anschließend Schwefelpulver darüber zu stäuben. Ken gab Art auch eine Penicillin-Spritze. „Wer weiß, was da für verdammte Bazillen herumkriechen. Wunden sind Wunden. Besser du nimmst es gleich, als dass du es später brauchst." Ken hatte Art ordentlich verbunden und Art schluckte noch ein paar Schmerztabletten und ein paar Gläser Bourbon hinterher. Aber nicht zu viele, denn sie brauchten einen klaren Kopf.

Das alles hatte seine Zeit gedauert. Als sie alles erledigt hatten, hatte Art ein frisches Hemd an und trotzte dem Pochen der Wunde. Ken kochte ein leichtes Abendessen, und sie verbrannten einen Korken und schwärzten sich Gesichter und Hände. Wer auch immer hinter ihnen her war, könnte womöglich auch in der Dunkelheit unterwegs sein; sie mussten also so unsichtbar wie nur möglich sein.

„Sollen wir abschließen?"

„Wenn wir es nicht tun, wird er nicht sicher sein, ob wir hier sind oder nicht. Das wird ihn ablenken."

„Ja, aber der Bastard könnte hereinkommen, während wir weg sind und auf uns warten."

Am Ende beschlossen sie, die Hütte unverriegelt zu lassen. Abzuschließen würde nichts gegen jemanden helfen, der wirklich hinein wollte.

Sie packten zwei Hüfttaschen mit allem, was sie für ein oder zwei Tage brauchen könnten: einen Wechselverband für Art, einige Feldrationen, die sie seit sechs Jahren für unvorhergesehene Notfälle im Schrank hatten, Socken zum Wechseln, Feuerzeuge, Zigaretten. Sie schnallten ihre Jagdmesser um und testeten, ob diese leicht aus der Scheide glitten. Sie nahmen zwei Feldflaschen, füllten eine mit Wasser, das sie jederzeit im See oder in einem Bach nachfüllen konnten, die andere mit Bourbon. Bei Morgengrauen würde es kalt werden und sie würden sich aufwärmen müssen.

Um acht Uhr machten sie die Lichter aus, und eine halbe Stunde später schlichen sie lautlos davon, Ken durchs Küchenfenster, Art durch das Schlafzimmerfenster. Ihr Treffpunkt war die Südwestecke der Mühle, das Gebäudeende mit dem Doppeltor. Ihr Signal bestand in einem harten Fingerschnalzen; als Antwort dasselbe. Sie hatten beschlossen, getrennte Wege zu gehen, damit ihr Jäger ein Ziel weniger hätte, sollte er in der Nähe sein. Möglicherweise würde er überhaupt nicht schießen, wenn er erkannte, dass er nur einen Mann verfolgte, aus Angst, einen Gegenangriff des anderen auszulösen.

Ken wartete ein paar Minuten und bewegte sich dann von der Hütte weg und über die dunkle Lichtung, geleitet von den schwach erkennbaren Umrissen des Gebüschs, die sich zwischen Hütte und Mühle gegen den Nachthimmel abzeichneten. Schließlich spürte er, wie seine ausgestreckte Hand Äste berührte, und er fing an, sich vorsichtig einen Weg durch das Unterholz zu bahnen, während er die Zweige verfluchte, die ihm ins kalte Gesicht schlugen, und den Mann, wer auch immer er war, der all dies notwendig machte.

Endlich gelangte er ins Freie, und vor ihm lag nur noch die letzte Strecke bis zur Ecke der Mühle. Er wartete, lauschte, hörte nichts. War das richtig? Müsste nicht wenigstens das Scharren und Fiepsen der Ratten zu hören sein? Er schauderte und schnalzte einmal mit den Fingern.

Arts Antwort kam von so nahe, dass er zusammenzuckte. Er ging in Richtung des Geräuschs und hörte eine schwache Bewegung und spürte jemandes Gegenwart.

„Art?" Es war ein leises Flüstern.

„Ja."

„Alles okay?"

„Kein Problem. Was gehört?"

„Keinen Ton."

„Dann mal los."

Sie betraten die freie Fläche, schafften es bis zur Ecke der Mühle, horchten und liefen dann weiter bis zur Mauer. Art bewegte sich auf die Stelle zu, wo Greg und Nancy liegen mussten, und warf dabei einen Blick zum Dachfirst der Mühle hinauf. Vorsichtig glitt er die Mauer herunter, hoffte, ihre Leichen nicht mit seinem Fuß zu berühren. Sie würden jetzt schon starr sein, steif wie ein Brett, beide, zwei steinharte Brocken Fleisch, aufeinandergeklatscht, mit gefrorenem Blut. Er bewegte sich vorsichtig.

„Hast du sie?"

„Noch nicht."

Er ging fünf Yards weiter an der Mauer entlang, Ken folgte ihm oben in Schulterhöhe. Da war nichts. Er blieb stehen.

„Was ist los?"

„Weiß nicht." Art ging den Weg zurück, erreichte seinen

Ausgangspunkt, schlug den entgegengesetzten Weg ein, wobei er seine Füße, jetzt kühner, in ruckartigen Bögen vor sich herschwang.

Etwas stimmte nicht.

„Was ist los, verdammt noch mal?" Das war wieder Ken, und in seinem Flüstern lag der gleiche schreckliche Verdacht, der ihm auch langsam kam.

„Sie sind nicht da", sagte er schließlich.

„Sie müssen da sein."

„Hör zu, ich sage dir, ich steh' genau da, wo es passiert ist. Ich stand direkt neben Greg."

Es war entsetzlich. Nancy und Greg waren verschwunden.

Ken sagte plötzlich: „Lass uns bloß abhauen."

„Warte." Der bleistiftdünne Strahl von Arts Taschenlampe leuchtete auf, strich über den Boden. Ken langte hinunter, riss sie ihm aus der Hand und machte sie aus. „Bist du verrückt?" Er packte Art am Arm und spürte, wie dieser nach Luft rang. Es war der verwundete Arm. Er fluchte, verfluchte Art, verfluchte sich selbst, den Jäger, alles. Wegen des Lichts war sein Nachtsehvermögen verschwunden. Und wer immer sie verfolgte, könnte sie jetzt entdeckt haben. All ihre Vorsicht und Lautlosigkeit war umsonst gewesen.

Ken half Art die Mauer hinauf, sagte nichts mehr, und lenkte ihn nur grob Richtung Gebüsch. Als sie es erreicht hatten, brach es wütend aus ihm heraus: „Du verdammter Idiot."

„Selber Idiot. Wenigstens wissen wir jetzt, dass sie nicht da sind. Wenigstens wissen wir es." Art klang dennoch schuldbewusst.

Ken konnte jetzt wieder ein wenig sehen. Er konnte die Silhouetten einiger riesiger Baumkronen gegen den Nachthimmel ausmachen. Er unterdrückte seine Wut. „Los, gehen wir", sagte er.

„Wohin?"

„Zu den Booten."

„Abhauen? Jetzt bist *du* verrückt."

„Nicht zum Fliehen. Zum Schlafen."

Art überlegte. „Wir könnten uns in der Hütte abwechseln", schlug er vor.

„Ohne mich." Ken marschierte festen Schrittes Richtung See. Nach ein paar Yards hörte er, wie Art ihm folgte. Er ging weiter. Irgendwo in der tintenschwarzen Finsternis, die sie umgab, war jemand Unmenschliches. Jemand, der Greg getötet und seine und Nancys Leiche entfernt hatte. Warum? Um sie beide zu erschrecken? Als Beweismittel? Um Nancys Leiche gegen sie zu verwenden, während er seinen eigenen Mord vertuschte?

Und wer war er?

Und wo war er? Da draußen, aber wo?

Ken hörte wieder eine Bewegung. Es war Art, der plötzlich an ihm vorbeiging, Richtung Landeplatz, der vorwärts stürmte, in Panik, ohne sich noch darum zu kümmern, ob er Lärm machte. Er hatte die Idee mit dem Boot akzeptiert, und jetzt war sein einziger Gedanke, sich hineinzusetzen und hinaus auf den See zu fahren, wo sie in Sicherheit sein würden.

Ken zischte: „Warte!" Aber Art pflügte weiter durchs Gebüsch. Dämlicher Idiot, dachte Ken. Er folgte ihm und versuchte, durch den Lärm, den Art machte, hindurch zu hören, ob sie verfolgt wurden.

Dann erreichte Art das Seeufer, und ein anderes Geräusch war zu hören. Ken brauchte ein, zwei Sekunden, um zu erkennen, was es war. Art wimmerte. Es war ein leiser, animalischer Laut blanken, verzweifelten Entsetzens. Ken fand Art an der baumfreien Stelle, die ihr Landeplatz war, gut sichtbar vor dem Hintergrund der Sterne, die sich auf der Wasseroberfläche spiegelten. Er lag auf den Knien, am Rand des Wassers, den Kopf gebeugt.

Ken wusste sofort, warum. Man brauchte es ihm nicht zu sagen. Aber er trat trotzdem leicht mit dem Fuß dagegen. Das

Boot, das er vorhin an Land gezogen hatte, lag vollkommen schlaff da, völlig nutzlose Fetzen zerschnittenen Gummis. Ken ging an Art vorbei zu dem Baum, wo Art und Greg das andere Boot aufgehängt hatten. Er berührte es mit der Hand, und ein langer Gummistreifen fiel, sich windend, auf seinen Arm herunter, wie eine Schlange.

Sie würden nicht auf den See hinausfahren. Nicht in einem Schlauchboot. Nicht heute Nacht. Und auch morgen nicht.

20

Er stand zehn Fuß weit weg, das Messer bereit, und sah zu, wie Ken Art auf die Beine zerrte. Er hörte ihr leises Flüstern, und er folgte ihnen ein kurzes Stück vom See ins Gebüsch. Es war zu gefährlich, jetzt zu versuchen, sie zu töten, egal, ob mit Messer oder Kugel. Zu gefährlich, wenn sie so zusammen waren. Womöglich erwischte er in der Dunkelheit nur einen, verfehlte den anderen und hatte ihn anschließend am Hals. Er konnte sich einen solchen Fehler nicht leisten. Oder irgendwelche Fehler jedweder Art. Die einzigen zwei Fehler, die er sich erlauben konnte, hatte er schon gemacht; zuerst den, dass er Art verfehlt hatte, weil er zu vorsichtig gezielt und Art sich inzwischen bewegt hatte. Und dann hatte er alles noch schlimmer gemacht, indem er wie ein Anfänger im Jagdfieber gleich noch mal abgedrückt hatte. Niemand konnte mit einem Zielfernrohr einen Mann treffen, der rennt, und er hatte keine Zeit gehabt, es abzumontieren.

Er ließ die beiden laufen. Sie würden sich über Nacht irgendwo im Dickicht verkriechen, vielleicht auf einem Erdhügel im Sumpf, ein logischer und sicherer Ort. Welche Ironie! Sie würden die arme Frau zusammen mit dem Mann als Gesellschaft haben, ganz nahe, auf dem Grund des Moors. Wie waren ihre Namen? Er hatte die Brieftasche des Mannes durchgesehen. Martin. Martin Clement. Und gestern hatte er Ken gehört, oder war es Greg gewesen, wie er ihren Namen rief – Nancy. Das war's. Ihr Familienname spielte keine Rolle; bei keinem. Heute morgen war sie noch lebendig gewesen, warm, hatte geatmet, sie war bei Bewusstsein und noch voller Hoffnung gewesen. Martin genauso. Und verzweifelt. Jetzt waren sie in Stücke geschossen und mit Wasser gefüllt und lagen eisig kalt auf Gott weiß was für armen Teufeln vom letzten Jahr. Auf Knochen und verrottenden Sehnen und Knorpel vielleicht. Oder sie waren tief genug in den schlammigen Untergrund gesaugt worden und gut erhalten, lagen dort herum wie Gefallene auf einem Schlachtfeld, einige übereinander, andere allein.

Arme Nancy. Armer Martin. Sie beide sterben zu lassen, wenn er sie doch beide hätte retten können. Aber Zeugen konnte er sich nicht leisten, und wenn er dafür gesorgt hätte, dass sie überlebten und vielleicht den Weg zurückgefunden hätten, wären sie sicher bald mit der Polizei zurückgekommen, und darauf war er nicht vorbereitet. Noch nicht, jedenfalls. Bevor die Polizei ins Spiel kam, würde er ein ziemliches Großreinemachen veranstalten müssen. Es würde nicht der kleinste Fetzen eines Beweises übrig bleiben dürfen, kein Tropfen Blut, kein geknicktes Blatt, kein Fingerabdruck, keine Haarsträhne. Die Forensiker würden nicht das Geringste finden.

Er begab sich zur Mühle zurück und dachte dabei an Ken und Art. Er hatte gesehen, wie schnell Art in Deckung gegangen war, nachdem er ihn angeschossen hatte, hatte gesehen, wie Ken das Schlauchboot an Land gebracht und zu Art gestoßen war. Als Art auf der Lichtung gestürzt war, hatte er einen Moment lang gedacht, dass er sie beide erwischen könnte. Aber Ken war zu schnell gewesen. Ein Vierhundert-Yard-Schuss mit Zielfernrohr braucht seine Zeit. Was soll's; er war Greg losgeworden, den einzigen, den er vielleicht nicht hätte beseitigen können, wenn es zum Kampf Mann gegen Mann gekommen wäre.

Er nahm noch ein paar Züge, drückte die Zigarette vorsichtig an einem Balken aus und steckte den Stummel in die Tasche, um den Tabakrest am nächsten Tag zu verstreuen und das Papier, zu einer winzigen Kugel zusammengerollt, irgendwo im Wald fallen zu lassen.

Es gab keinen Schlaf. Er hatte seine Nerven auf höchste Wachsamkeit trainiert. Er konnte nur daliegen und die Nachtstunden dazu nutzen, ein wenig auszuspannen, und versuchen, sich nicht zu viel zu erinnern. Dennoch kamen die Erinnerungen immer wieder mit Gewalt zurück. Er hörte die undeutlich flüsternde Stimme des Psychiaters, der dem Untersuchungsrichter sagte, Petey sei nicht sein Sohn, erklärte, wie Alicias Eltern sie gedrängt hatten, ihn zu heiraten, und wie sie all die Jahre an Schuldgefühlen gelitten hatte, bis sie schließlich durchdrehte. Alicia, die er immer geliebt hatte, sanfte, schöne Alicia, einsam, zusammengekauert in einem kahlen Einzelzimmer der Anstalt, und endlich frei, als irgendein Trottel, oder Engel, einen Moment lang nicht aufgepasst und einen ledernen Feststellgurt zurückgelassen hatte, an dem sie sich aufgehängt hatte.

Das Quietschen der Ratten nahm plötzlich an Lautstärke zu; tief unten hatten sie ihn und sein Essen gewittert und versuchten, ihn über die glatte Innenseite des Kamins zu erreichen, fielen aber wieder herunter.

Sie befreiten seinen Geist von den Gedanken an die Vergangenheit und er hörte ihnen zu, bis der Weckton seiner Armbanduhr ertönte. Es war fast sieben und noch dunkel. Er fischte ein paar Feldrationen aus seinem Rucksack, die er aß, langsam und sorgfältig kaute er die trockenen, geschmacklosen, dehydrierten keksförmigen Dinger und spülte sie mit Wasser aus der Feldflasche runter. Ihm war kalt. Der Frost war wie ein dumpfer Schmerz tief in seine Knochen gedrungen, und man konnte ihm nicht entkommen. Aber den beiden Schweinehunden da draußen würde auch kalt sein, und schlimmer noch, sie würden Angst haben.

Bald sah er erste Zeichen des nahenden Morgengrauens. In dem gähnenden Kaminloch über ihm war das Schwarz der Nacht plötzlich einem wahrnehmbaren Grau gewichen. Da erinnerte er sich, dass er schon länger keine Sterne mehr gesehen hatte, und fragte sich, ob es bewölkt oder klar sei. Solange es nicht heller war, hell genug, die Rötung des Himmels beim Sonnenaufgang oder die wirbelnde Bewegung einer Wolke zu sehen, würde er es nicht wissen. Besser, es wäre bewölkt. Es wäre kalt, aber die Sonne könnte nicht blenden, wenn er in ihre Richtung schießen musste, und sie würde nicht vom Lauf seines Gewehrs reflektiert, wenn er zielte.

Er packte zusammen, überprüfte sein Gewehr und ließ das Zielfernrohr in die schmale Spezialtasche gleiten, die er sich an den linken Oberschenkel seiner Hose genäht hatte. Er legte sein Auge an eines der Gucklöcher in der bröseligen Ziegelmauer, um nach der Außenwelt unter ihm zu sehen. Das Wetter hatte sich tatsächlich verändert. Der Herbst war vorbei. Hochliegende, einheitliche Cirrostratuswolken bedeckten den Himmel. In wenigen Tagen würden sie sich senken und es würde schneien. Der Winter kam.

Er verharrte mit dem Auge am Guckloch. Sein Sichtwinkel umfasste horizontal wie vertikal etwa neunzig Grad. Er erfasste die Hütte, die Lichtung ringsum bis zum See und den Gebüschstreifen zwischen Hütte und Mühle. Direkt unter ihm lag das zerfallene, moosbedeckte Dach der Mühle. Keine Spur von Menschen. Ein paar Enten flogen im Tiefflug vorbei, ein Luftzug, und sie verschwanden. Sie waren die letzten der riesigen Menge Zugvögel, für die dieses Jahr so gut wie vorbei war.

Vorsichtig überquerte er seine wackelige Plattform in Richtung der gegenüberliegenden Seite des Kamins. Dort schaute er durch ein anderes Guckloch. Dieses erfasste den Wald und das Steinufer im Norden, von wo er gestern Greg erschossen hatte. Noch war niemand dort, aber bis zum späten Vormittag würden sie dort hinkommen. Es würde nicht lange dauern, bis sie entschieden, dass er vom Steilufer aus geschossen hatte, wenn sie es nicht schon ausgemacht hatten. Die Neugierde würde sie hintreiben. Sie würden hinaufgehen und nach irgendwelchen Spuren von ihm suchen, und sie würden die leere Patrone finden, die er in einen Felsspalt geklemmt hatte. Sie würden sie herauspulen, kein leichtes Geschäft, und entdecken, dass es eine der ihren war, die er im Wald aufgelesen hatte. Erst würden sie denken, dass er das gleiche Kaliber wie sie verwendete. Bald aber würden sie sich an den tiefen Klang des Echos erinnern, das sie gehört hatten. Und ihre Erinnerung würde ihre Augen Lügen strafen. Sie würden wissen, dass er die Patrone hinterlassen hatte, um sie zu verunsichern. Sie würden so tun, als machte ihnen das nichts aus, aber es würde bereits zu spät sein.

Sie würden auch den Zigarettenstummel finden. Eine von Kens eigenen Zigaretten, die er aus der silbernen Dose in Kens Wohnzimmer genommen hatte, als er Petey ablieferte. Aber das konnte Ken weder wissen noch erraten. Auch Art nicht. Erst würden sie denken, er rauche dieselbe Marke; später würden sie sich fragen, ob er sie nicht zum Narren hielt. Der Zweifel würde an ihnen nagen, bohren, sie quälen und ihre überlebenswichtige Konzentration schwächen. Wer war der Jäger, der so gut über ihre Gewohnheiten Bescheid wusste, ihre Gewehre und ihre Zigarettenmarken kannte? Was wusste er noch? Hatten sie irgendwann einen Fehler gemacht, ohne es selbst zu bemerken? Gab es da etwas in der Vergangenheit des einen, das der andere nicht kannte, das eine persönliche Rache auslösen konnte? Sie würden einander verstohlen mustern und sich Fragen stellen, jede einzelne Spur in ihrem Gehirn verfolgen und am Ende doch nichts herausbringen. Und wegen all dem könnten sie sich nicht so gut zur Wehr setzen.

Bevor sie jedoch zum Steilufer hinaufgingen, würden sie in die Hütte zurückgehen. Art war verletzt. Wahrscheinlich hatten sie Medikamente mitgenommen, aber Arts instinktives Sicherheitsbedürfnis würde ihn dazu treiben, sich jede nur denkbare Ausrede einfallen zu lassen, damit Ken mit ihm dorthin ging. Art war ein Stadtmensch, in emotionaler Hinsicht stellten die vier Wände der Hütte für ihn eine Festung dar, die ihn moralisch aufrichten konnte.

Er überquerte die Schornstein-Plattform, presste sein Auge an die Ziegelwand und wartete.

Es dauerte nicht lange. Plötzlich, am äußersten rechten Rand seines Gesichtsfeldes, zitterte die Spitze einer Weißbirke. Ken erschien hinter der Hütte, geduckt, das Gewehr erhoben und schussbereit. So verharrte er vielleicht zehn Sekunden, dann stürzte er vor zur Hüttenwand, die ihm mehr Sicherheit bot. Er atmete ruhiger und winkte. Art erschien, genauso vorsichtig, den verletzten Arm in einer Schlinge, mit dem anderen presste er das Gewehr an seinen Körper. Er stieß zu Ken und hielt Ausschau, während sich Ken durchs Fenster in die Hütte hievte. Dann reichte er ihm sein Gewehr und zwängte sich mit Kens Hilfe ebenfalls rasch hinein.

Er wartete. Wenn er es gewagt hätte, ein Loch in die Ziegelwand zu stemmen, das groß genug war, mit dem Gewehr hindurchzuzielen, hätte er sie jetzt beide ohne Zielfernrohr erwischen können. Aber den Plan, ein Loch dieser Größe zu machen, hatte er letztes Jahr verworfen. Das Risiko, dass es bemerkt werden könnte, war zu groß. Den Kamin nutzte er nur zur Beobachtung.

Nach einer Viertelstunde begann die Luft über dem Küchenschornstein zu flimmern. Das bedeutete Hitze, und Hitze bedeutete, dass sie Wasser erhitzten, vielleicht auch, dass sie kochten. Sie würden demnach einige Zeit da drinnen sein. Er setzte sich und rauchte, schaltete seine Gedanken aus und erlaubte es sich nicht, seine Pläne noch mal zu überdenken, potentielle andere Möglichkeiten zu überprüfen. Du kannst auch zu viel denken; du kannst dich derart in eine Erwartungshaltung versenken, dass du am Ende nicht mehr effektiv handeln kannst. Ein paar Dinge mussten ungeplant bleiben und im entscheidenden Moment improvisiert werden.

Und er hielt sich selbst davon ab, über Alicia nachzudenken, so wie er es gestern Nacht getan hatte, die Benommenheit des Verliebtseins, wann immer er im Geiste ihre Augen strahlen sah, in einem der wenigen Augenblicke gemeinsamen Lachens. Vor langer Zeit schon hatte er aufgehört, sich an sie als Tote zu erinnern, an ihr entstelltes, blutleeres Gesicht im sterilen, kalten Licht des Leichenschauhauses, an das hilflose langsame Erkennen, dass es jetzt für alles zu spät war, dass er nicht einmal mehr versuchen konnte, ihr zu helfen. Hatte er wirklich alles Menschenmögliche getan? Dies nicht mit Sicherheit zu wissen, war der größte Schmerz von allen.

Ruhelos erhob er sich. Aber es musste fast neun Uhr werden, bis er endlich für seine Ausdauer belohnt wurde.

Sie kamen wieder heraus, Art bei der Eingangstür, Ken an der Rückseite der Hütte. Sie hatten sich rasiert, gewaschen; Art hatte sich umgezogen.

Sie sahen fit und entschlossen aus. Erstaunlich, wie ein bisschen Essen, ein Drink und ein warmes Frühstück einen Mann wieder auf die Beine bringen konnten, der vermutlich die ganze Nacht kein Auge zugetan hatte. Er selbst könnte das auch brauchen, dachte er plötzlich. Ja, warum nicht, zum Teufel? Er hatte viel zu tun. Er hatte den vielleicht kältesten und anstrengendsten Tag seines Lebens vor sich, jede Minute wachsam. Warum nicht vorher ein wenig Erholung? Er beobachtete, wie sie in den Wald tauchten und verschwanden. Er blieb auf dem Posten. Bald tauchte Ken wieder auf, an der Westseite der Mühle, wo Nancy und Greg gestorben waren. Er wollte sich noch mal vergewissern, dass gestern Nacht nicht einfach nur ein grauenhafter Irrtum gewesen war.

Art konnte er nicht sehen, aber er verfolgte Ken wachsam, bis dieser Richtung Steilufer ging, genau wie er es erwartet hatte.

Dann kletterte er die Kaminleiter hinunter. Er ging ein Risiko ein, weil er zuvor nicht Arts Position ausgemacht hatte, aber er vermutete, dass Art an der Ostseite der Mühle entlanggegangen war und Ken im Wald nördlich treffen würde. Zuerst jedoch, denn nur Idioten würden auf dieses Manöver verzichten, würde Art sich im Gebüsch verstecken, Ken Deckung geben und die Mühle beobachten. Das wäre natürlich nur eine

Formalität. Nicht mehr. Art würde nicht lange auf diesem Posten bleiben. Denn inzwischen sollte seine Wunde für ein leichtes Fieber gesorgt haben, und er würde nicht viel Geduld für militärische Formalitäten haben. Nach kurzem Warten würde er ebenfalls zum Steilufer hinaufgehen. Er würde dafür länger brauchen als Ken, mindestens dreißig Minuten. Da oben würden sich beide sicher fühlen und eine Stunde dort verbringen. Er hatte also alle Zeit der Welt.

Am Fuße des Schornsteins, schloss er vorsichtig die rostige Kamintür und verwischte seine Fußspuren im moosigen Sägemehl. Er ging hinauf in die Mühle und pausierte unter dem verrosteten Triebwerk, um sich umzusehen. Niemand da. Ken und Art hatten die Mühle nicht im Verdacht und dort keine Falle gestellt. Nicht weit entfernt an der Nordseite war eine Türöffnung mit den Resten einer Tür, halb geöffnet. Er hielt sich im Hintergrund, sodass er nicht gesehen werden konnte und entdeckte Art fast sofort. Er stand, wie er vermutet hatte, bei derselben Buche, die Greg vor Nancy geschützt hatte, und beobachtete die Mühle ohne wirkliche Aufmerksamkeit oder Vorsicht.

Er wandte sich rückwärts zur Südseite der Mühle, kletterte durch einen Spalt in der Bretterwand hinaus und beschleunigte Richtung Gebüsch. Er ging leise, aber gab sich nicht die Mühe, sich zu bücken. Ken würde auf das Steilufer schauen, mit dem Rücken zu ihm, und die Mühle würde ihn vor Art verbergen.

Er kam zur Hütte, drückte die Klinke der Eingangstür. Sie war offen. Er trat ein, schloss die Tür hinter sich und schloss ab, für alle Fälle. In der Küche machte er eine Flamme an und setzte Kaffee auf.

Dreißig Minuten später hatte er geduscht, sich frisch rasiert, und hatte es sich im Wohnzimmer der Hütte gemütlich gemacht, schlürfte Kaffee und aß gebratenen Tiefkühlschinken und Rührei.

Ein- oder zweimal ging er in die Küche und richtete sein Gewehr und Zielfernrohr auf das Steilufer. Gelegentlich bemerkte er eine Bewegung, nichts worauf er schießen konnte, sie hielten sich zu tief, aber immerhin Bewegung. Er musste wissen, wann sie schließlich das Steilufer verließen. Denn wenn sie aufbrachen, musste er rasch handeln. Er würde eine ziemliche Strecke zurücklegen müssen, bevor sie unten ankamen.

21

Als sie oben beim Steilufer angekommen waren, war Arts Arm ein einziger Quell rasender Schmerzen, und seine Augen glänzten vor Fieber. Ken wusste, dass sie ihren Mann schnell finden, töten und Art zum Arzt bringen mussten. Das Penicillin hatte überhaupt nicht gewirkt.

Sie krochen zwischen den Steinen und Felsblöcken herum, die den Abbruch des Steilufers säumten, und ließen sich an einer Stelle nieder, wo sie, wenn sie sich niedrig hielten, unten vom Wald aus nicht gesehen werden konnten. Sie ruhten sich aus und kamen wieder zu Atem. Art nahm seine Medizintasche heraus und genehmigte sich ein paar Schmerztabletten. Er spülte mit einem satten Schluck Bourbon nach und reichte Ken die Feldflasche.

Ken schüttelte den Kopf. „Du solltest mit dem Zeug vorsichtig sein." In der Hütte hatte Art einen halben Becher geleert.

Streitsüchtig antwortete er jetzt: „Vielleicht wirkt es ja bei dir anders als bei mir." Aber er steckte die Flasche trotzdem weg.

Ken fing an, den Boden abzusuchen. „Machen wir weiter", sagte er. Art folgte ergeben. Diesen Morgen hatten sie einen wütenden Wortwechsel gehabt. Art war dagegen gewesen, zum Steilufer zu gehen. Ken hatte dafür plädiert. „Wir müssen etwas finden", hatte er gesagt.

„Was denn zum Beispiel?"

„Eine Visitenkarte mit seinem Namen und seiner Adresse in Gold geprägt. Wie, verdammt noch mal, soll ich das wissen?" In Wirklichkeit war er sich selbst nicht sicher, was er erwartete. Vielleicht hatte er nur auf einen handfesten Beweis dafür gehofft, dass ihr Heckenschütze ein Mensch wie sie selbst war, mit ebensolchen menschlichen Schwächen. Auch bestand die – wenn auch unwahrscheinliche – Chance, von solch einem hohen Aussichtspunkt aus vielleicht ihren Mann zu entdecken. Aus diesem Grund hatten sie einen Feldstecher mitgebracht.

Aber zuerst hoben sie vorsichtig Blätter auf; ihre Finger betasteten trockenes Gras; sie lugten in Felsspalten. Es war Art, der den Zigarettenstummel fand. Er hielt ihn hoch. „Guck dir das an." Der Markenname stand in Kursivbuchstaben auf dem Ende, um die Zigarette zu kennzeichnen, um zu sagen, dass ihr Rauch besser sei und nicht zu vergleichen mit irgendeinem anderen Rauch.

„Meine Sorte", sagte Ken.

„Vielleicht ist er in der Nacht gekommen und hat welche aus deiner Tasche geklaut."

„Wahnsinnig witzig."

Sie schauten sich weiter um, und wieder war Art der glückliche Gewinner. Sie mussten ihrer beider Messer benutzen, um die Patrone herauszuholen. Sie war tief zwischen zwei Felsblöcken eingeklemmt. Ken schnüffelte daran. Der beißende Geruch frisch verbrannten Pulvers hatte sich in ihrem Inneren gehalten. Die Patrone war erst kürzlich abgefeuert worden.

„Remington, Kaliber 25, genau wie meine", sagte Art.

„Und Gregs."

„Jap."

„Vielleicht ist es nicht seine", sagte Ken.

„Wie meinst du das?"

„Vielleicht ist es deine."

„Ich bin also hier raufgelaufen, habe Greg erschossen, bin dann wieder runtergerannt und hab' mich selbst angeschossen." Art war ziemlich sarkastisch.

Ken blieb ganz ruhig. „Er, wer auch immer es ist, hat vielleicht eine deiner Patronen irgendwo aufgelesen und sie hier oben versteckt, um uns glauben zu lassen, es wäre seine." Dann erinnerte er sich an das tiefe, explosive Krachen des Gewehrs, das er gehört hatte. Wenn ihn sein Gedächtnis nicht täuschte, war das ein weitaus schwereres Kaliber gewesen als .25-06. „Oder er will uns einfach nervös machen", fügte er hinzu. „Was ich gehört habe, war kein Kaliber .25."

Art starrte auf den Zigarettenstummel. „Nein, das war es nicht", sagte er langsam. „Wenn ich's mir recht überlege", fuhr er fort, „könnte das auch für die Zigarette gelten."

„Wenn das stimmt", antwortete Ken, „dann kennt er unsere persönlichen Gewohnheiten ziemlich gut."

„Zu gut."

Sie schwiegen, grübelten beide über denselben Gedanken. Wer war es? Jemand, der vorsichtig war und einen Plan hatte? Oder schätzten sie die Situation in ihrer Panik falsch ein? Wurden sie in Wirklichkeit vielleicht nicht von einem kaltblütigen Killer gejagt und aus dem Hinterhalt beschossen, sondern einfach von einem durchgeknallten Verrückten, der nur eben diese drei Mal geschossen hatte und dann abgehauen war?

Und der Greg und Nancy verschwinden ließ, um sie beide zu verarschen? Die gleiche Verarsche wie mit der leeren Patrone und dem Zigarettenstummel?

Oder gab es noch eine andere Möglichkeit? War es einfach jemand wie sie selbst, jemand, der herausgefunden hatte, worin der große Kick eigentlich bestand?

Plötzlich sagte Art: „Als Greg vor zwei Jahren im Süden war, in Mississippi, ist er mal auf Niggerjagd gegangen. Hat er zumindest gesagt."

„Was soll das gewesen sein?"

„Ein paar Jungs aus dem Country Club haben sich eines Nachmittags besoffen und den örtlichen Sheriff bequatscht, ihnen ein paar zu etlichen Jährchen verdonnerte Knackis aus einem Arbeitstrupp zu überlassen. Die haben sie dann in einem Sumpf freigelassen, zusammen mit ein paar Flittchen, die sie vorher erstmal gemeinsam durchgefickt hatten. Vielleicht war ein Verwandter von denen hinter Greg her."

„Vergiss es", sagte Ken. „Das war in Mississippi, und es waren Nigger."

„Ja, hast wahrscheinlich Recht", sagte Art.

Wieder schweigen sie. Ken spürte ein Gefühl von Kälte in sich, das er nicht mehr loswurde. Es war seinen Rücken hinuntergezogen, hatte sich über seine Nieren ausgebreitet, legte sich jetzt um seine Schenkel und kroch wieder hinauf. Immer wieder musste er an den Zigarettenstummel und die Patrone denken. Das war zweifellos Absicht gewesen. Normal oder pervers, da war jemand, der gezielt versuchte, sie zu verunsichern, sie denken zu machen, wie er jetzt dachte, damit sie aus den Augen verloren, was zu tun war, und sich stattdessen in sinnlosen Überlegungen verloren und im Kreis gingen. Was machte es aus, wer der Bastard war oder warum er das tat? Die Gründe, scheiß drauf! Hingehen, das Arschloch in die Enge treiben und ihm seine beschissenen Innereien rausballern. Ihm nicht mal die Gelegenheit geben, was zu sagen. Nur schießen. Und ihm ein paar Mal in seinen gottverdammten Schädel treten, wenn er tot war.

Ken musterte Art, der durch einen Spalt zwischen den Felsen starrte, mit dem Feldstecher das offene Wasser zwischen ihnen und dem Festland absuchte. Art schaute zurück, fing seinen Blick auf und las seine Gedanken.

„Wir haben nicht vielleicht mal irgendwann ein Wort zu viel gesagt?", fragte er. „Oder?"

„Nein", sagte Ken und glaubte es auch. „Und wenn doch", fuhr er fort, „was macht das jetzt für einen Unterschied?"

Doch trotz seiner Bestimmtheit wurde er die Frage nicht los. Als er das Fernglas übernahm, versuchte er zu überlegen, was wohl geschehen sein könnte. Irgendwann während der sieben Jahre hatte einer von ihnen vielleicht einen Fehler begangen. Greg, Art oder er selbst. Vielleicht eines Nachts im Suff zu viel gesagt. Oder im Schlaf gesprochen und die Frau hatte was gehört. Und eine Frau hatte einer anderen Frau was erzählt, die wiederum hatte, was ihr ganz harmlos schien, wiederholt, was für irgendjemand anderen zufälligerweise von großer Bedeutung war. Und dieser andere hatte sich seinen Reim darauf gemacht. So passierte die Scheiße. Immer aus geringstem Anlass.

Aber zurück zu Punkt eins! Wer war dieser Jemand? Wer? Warum war er nicht einfach zur Polizei gegangen? Es war verrückt, ein Fass ohne Boden. Er musste aufhören nachzugrübeln.

Als er sich eine Zigarette anzündete, hatte er jedoch die düstere Vorahnung, dass er nicht aufhören würde. Der Zweifel würde nagen und bohren und ihn und Art halb verrückt machen. Und selbst wenn sie ihn, wer auch immer es war, gekillt hatten, würden sie noch immer spekulieren und es nie alles wissen, denn der Jemand wäre tot und nicht in der Lage, die Details aufzuklären.

Art hörte das Feuerzeug klicken, roch den Rauch und wirbelte herum.

„Bist du wahnsinnig?"

„Scheiße!" Ken erinnerte sich, wo er war, und drückte hastig die Zigarette aus. Für einen Mann, der dasaß und das Steilufer mit einem Fernglas beobachtete, so wie sie gerade die Insel absuchten, wäre selbst der schwächste Rauchkringel ein todsicherer Hinweis.

Art suchte wieder den See ab. „Ich frag' mich, was er mit seinem Boot gemacht hat", sagte er.

„Wieso meinst du, dass er eins hat?"

„Niemand, der bei Verstand ist, würde rüberwaten. Nicht bei diesem Wetter."

„Nur wenn er auf der Flucht wäre", stimmte Ken zu.

„Ja. Und verzweifelt."

Wie wir, dachte Ken. Aber sagte es nicht. Verrate Art nicht, wie du dich wirklich fühlst. Art würde in Panik geraten. Und im Augenblick, solange er schießen kann, brauche ich Art.

Aber ein Gedanke war in ihm aufgetaucht. Er wendete ihn

hin und her. Er würde sehr vorsichtig sein müssen. „Weißt du", sagte er, „wir haben eine Alternative."

„Was?"

Ken sprach nicht weiter. Art wäre weniger ängstlich, wenn er von selbst draufkam. Er brauchte nicht lange.

„Abhauen?"

„Wäre nicht so schwer", sagte Ken.

Nach einem Augenblick sagte Art: „Was ist mit unseren Frauen?"

Was zum Teufel wird wohl mit ihnen sein?, dachte Ken. Jeder wusste, was Art von Pat hielt. Laut sagte er: „Meine würde es überleben. Auch die Kinder." Er dachte an die Kinder. Art hatte sie nicht erwähnt.

„Wohin sollten wir gehen?", fragte Art.

„Zuerst Kanada. Dann Südamerika."

„Und wenn wir dort sind, was dann? An der Straßenecke die Hand aufhalten?"

Ken starrte ihn an und erinnerte sich, wie Arts negative Fragen Greg immer in Wut gebracht hatten. Er bewahrte die Geduld. „Ich kann Geld nach Kanada schaffen, eine Menge. Ohne dass es irgendjemand erfährt." Er wusste, dass auch Art das konnte. Er sprach weiter. „Greg sagte, dass in Südamerika alles möglich ist. Wenn's um's Geldscheffeln geht."

Art sah immer noch misstrauisch aus. „Wir sind nicht mal sicher, ob er noch hier ist", sagte er. „Zumindest nicht hundertprozentig."

Ken sprach langsam. „Also, wenn er nicht mehr da ist, sollten wir uns lieber schnell aus dem Staub machen. Oder willst du dein Leben von seiner Auffassung von Diskretion abhängig machen?"

Nach einigen Augenblicken murmelte Art: „Warten wir noch vierundzwanzig Stunden. Er ist nicht Gott. Gehen wir mal davon aus, dass er noch da ist, und versuchen wir erstmal, ihn zu erwischen."

„Glaubst du, dass du es durchstehst?"

„Glaub' schon. Muss ich ja wohl, oder?"

„Okay", sagte Ken. „Dann sehen wir mal, dass wir sein Boot finden."

Arts angespannter Mund verzog sich zu einem vagen Lächeln. „Das ist die beste Idee, die du heute gehabt hast."

„Bleib in der Nähe", sagte Ken. Er schaute runter zum Nordende der Insel. Sie könnten dort anfangen und sich getrennt am jeweiligen Ufer vorarbeiten. Aber es wäre wohl besser, nah beieinander zu bleiben; einer konnte sich das Ufer vornehmen, während sich der andere vielleicht fünfundzwanzig Yards entfernt im Wald hielt, um die Flanke zu decken. So würden sie die Gefahr eines Hinterhalts verringern.

Ken erklärte Art, was er sich überlegt hatte.

„Macht Sinn", sagte Art. Er hatte seine Feldflasche rausgeholt und genehmigte sich einen Schluck Bourbon.

Du Arschloch, dachte Ken, du sorgst noch dafür, dass wir beide abgeknallt werden. Bist viel zu besoffen, um aufzupassen.

„Du übernimmst das Ufer", sagte er. „Wird leichter für dich sein. Ich geb' dir Deckung."

„Wo fangen wir an?"

„Am östlichen Ende vom Sumpf. An der felsigen Stelle."

„Wär' es nicht besser, wenn wir uns trennen, bis wir dort sind?"

Er hat Recht, dachte Ken. Die Hälfte des Steilufers war offenes Gelände oder nur Gesträuch. Zwei Männer zusammen könnten leicht gesehen werden. Er deutete mit dem Daumen nach Westen. „Du gehst die Seite runter. Ich nehm' diese hier. Wir treffen uns an der Spitze."

„Fingerschnalzen?"

„Vogelruf. Eichelhäher. Einmal, dann warten, dann zweimal."

„Sei vorsichtig."

„Selber."

Art ließ den verletzten Arm aus der Schlinge gleiten und kroch auf Ellbogen und Knien über die Kante des Steilufers, Kopf und Rumpf dicht am Boden. In einer Minute hatte er den steilen, mit Gestrüpp bewachsenen Hang erreicht, der in den dichten Wald hinabführte. Ken beobachtete ihn, bis er verschwunden war.

Er ist ein Scheißkerl, dachte Ken, und ein Widerling, aber er hat Mut. Er dachte daran, wie Art manche Frauen abstieß, und musste innerlich lächeln. Art hatte auf jeden Fall seine eigene Formel gefunden, sich an den Weibern zu rächen. Er und Greg hatten Recht gehabt, ihn zu einem der ihren zu machen. Sie hatten die Jahre viel Spaß gehabt.

Er kroch in Richtung des gegenüberliegenden Endes des Steilufers. Etwa hundert Yards lang neigte es sich sanft ostwärts, die kahlste Stelle überhaupt. Kein guter Weg. Er hätte besser den Pfad an der Südseite genommen, den er auch hinaufgekommen war. Jetzt war es zu spät. Art könnte aus irgendeinem Grund gezwungen sein, südwärts zu gehen, oder müde werden und beschließen, eine Abkürzung zu nehmen, er könnte ihn hören und womöglich schießwütig werden. So würden sie sich gegenseitig eliminieren und ihrem Jäger die Arbeit abnehmen. Wenn er noch da war. Und das würden sie mit ziemlicher Sicherheit bis zum Nachmittag wissen.

Ken fand eine seichte, verwitterte Felsrinne, gerade tief genug, um nicht gesehen zu werden. Auf dem Bauch zu kriechen, würde ein hartes Stück Arbeit werden, aber er würde es schon überleben. Er sah sich noch mal um und legte sich dann flach hin und robbte los, versuchte dabei, nicht an die Gefahr, sondern an die vor ihm liegende Aufgabe zu denken, und an die relative Sicherheit des Waldes am Ende seiner Kriechspur.

22

Als Art am Fuß des Steilufers angekommen war, musste er sich hinsetzen, um nicht zu kotzen. Übelkeit stieg in Wellen in ihm hoch, und der stille Wald verschwamm vor seinen Augen. Immer wieder sagte er sich: Vermassle es jetzt nicht; du hast es fast hinter dir; vermassle es jetzt bloß nicht.

Schließlich ebbte das Unwohlsein ab und ließ ihn schwach und schweißgebadet zurück. Jede Bewegung machte ihm Mühe, und er hatte höchstwahrscheinlich noch eine halbe Stunde harter Arbeit vor sich. Er blickte auf die Uhr. Es war fünf nach zehn. Um halb zehn war er vom Steilufer aus aufgebrochen. Wo Ken wohl jetzt war? Wahrscheinlich kam er gerade unten an. Ken hatte den schwereren Weg gehabt. Er sollte sich besser auf die Socken machen, dachte er, jetzt oder nie.

Er hatte nämlich beschlossen auszusteigen. In einem bestimmten Moment, während er sich mit Ken auf dem Steilufer unterhielt, hatte er plötzlich erkannt, wie leicht alles war. Wenn er Ken auf der Insel als Lockvogel zurückließ und es auf's Festland schaffte, wenn er dabei nicht von ihrem Jäger gesehen wurde, dann würde es ziemlich lange dauern, bis auffiel, dass er nicht mehr da war. Wenn überhaupt.

Ken würde vielleicht annehmen, dass er von ihm hintergangen worden war, er würde aber auch die Möglichkeit einschließen müssen, dass ihr Jäger ihn, Art, auf dem Weg zur Nordspitze stillschweigend umgebracht und seine Leiche beseitigt hatte. Ken musste ganz einfach so denken. Aber was Ken zumindest in den nächsten vierundzwanzig Stunden nicht tun würde, war, selbst auszusteigen. Darin war sich Art ganz sicher. Er würde es nicht tun, aus Angst, als Verlierer dazustehen, wenn er, Art, doch noch lebend auftauchen sollte.

Alles hing davon ab, wo der Killer sich aufhielt. Oder war es egal? Wenn sein Fernglas nicht ohne Unterlass auf das Wasser zwischen Insel und Festland gerichtet war, und warum sollte das so sein, war das Risiko, gesehen zu werden, relativ gering. Auf jeden Fall gering genug, um den Versuch zu wagen.

Aber Zeit war das Allerwichtigste. Tief gebückt fing Art an, sich, so schnell es ging, Richtung Westufer zu bewegen. Der Wald war ziemlich ausgedünnt. Indem er von Zeit zu Zeit stehen blieb, um seine Flanken und den Pfad vor ihm zu überprüfen, konnte er das Risiko eines Hinterhalts möglichst gering halten.

Um exakt zehn Uhr fünfunddreißig erreichte er den See, mehrere hundert Yards einer schleimigen grauen Fläche, die sich vor ihm ausdehnten, vereinzelt unterbrochen von grasbewachsenen Hügeln oder abgestorbenen Bäumen, mit einer Temperatur nahe dem Gefrierpunkt. Na ja, nicht ganz, aber auf jeden Fall weniger als fünf Grad.

Art schraubte den Deckel von seiner Feldflasche und goss sich trotzig noch mal kräftig Bourbon in seine Kehle. So viel zu dir, Ken, dachte er, und deiner verdammten Bevormundung beim Saufen, unausgesprochen, aber deutlich zur Schau getragen. Art verspürte eine tiefe Genugtuung. Vielleicht kannte Ken ja ein besseres Mittel, sich warm zu halten? Er schraubte die Feldflasche wieder zu und sagte sich: Jetzt oder nie. Egal, wie kalt es werden würde, er konnte sich ja wieder warmlaufen, wenn er die andere Seite erreicht hatte. Vom Festlandufer den Ochsenpfad entlang zu den alten Eisenbahngleisen waren es nur dreieinhalb Meilen. Er musste bloß die Zähne zusammenbeißen, bis er die durchgerosteten Schienen erreichte, sich dann noch mal für weitere dreizehn Meilen zusammenreißen, dann hätte er den Highway erreicht. Letztes Jahr hatte er in der Gegend gejagt, das Gebüsch auf dem Ochsenpfad war licht und man kam leicht durch. Die Bahnlinie war auf einem Damm aus Schlacke errichtet worden und trotz der Jahre hatte der Wald noch nicht die ganze Strecke überwuchert. Wenn er erst mal aus dem Seegebiet raus war, würde er sich nicht mehr mit der Sorte Gebüsch herumplagen müssen, das einen extrem Zeit kostete.

Art zog sich bis auf die Stiefel aus, machte aus seinen Klamotten ein Bündel und band es an sein Gewehr. Er stieg ins Wasser.

Die plötzliche Kälte traf seine Beine schmerzhaft. Oh Gott, nicht so, nicht diese Kälte. Er wartete. Er konnte sich nicht daran gewöhnen. Er watete bis zur Taille ins Wasser, die Füße rutschten ihm weg, er versuchte, nicht zu plantschen. Er blieb stehen und blickte zurück auf den Wald hinter ihm. Nichts regte sich. Nur ein vereinzelter Eichelhäher oder eine Rotdrossel schoss laut rufend durch die kahlen Äste. Das war alles.

Um Himmels willen, bloß nicht die Nerven verlieren. Geh. Jetzt. Es wird nicht wärmer, also bring's hinter dich. Er sank bis zur Brust ein, drehte sich um, spannte alle Muskeln gegen den Schock und fing an, das Gewehr über Wasser, mit rhythmischen Stößen zu schwimmen.

Das Ufer entfernte sich langsam. Nach einer Weile spürte er das raue Gras eines Erdhügels an seinen Fingern. Er ließ seine Beine sinken, kauerte sich hinter das, was der Hügel ihm an Schutz bot, und schob grünen Schleim beiseite; seine Füße schlüpften über etwas, das ein versunkener Baumstamm sein mochte. Er wartete. Sein ganzer Körper wurde vor Kälte geschüttelt. Kein Zittern, sondern über und über unkontrollierbarer Schüttelfrost. Er zog sich hinauf auf das Gras. Zuerst fühlte sich die Luft warm an; dann plötzlich erschien sie ihm sogar noch kälter als das Wasser. Er band seine Feldflasche los. Heilige Scheiße, wofür zum Teufel bewahrte er den Stoff auf? Er trank den ganzen Rest Bourbon aus, wütend und ohne Luft zu holen. Es war mindestens ein halbes Glas. Der Schock von so viel Alkohol auf einmal brannte und würgte ihn. Er schob schaumigen Seeschleim beiseite, schöpfte ein wenig Wasser in seinen Mund und wiederholte, was er beim Aufbruch zu sich gesagt hatte: Los doch, jetzt oder nie. Er glitt zurück ins eisige

Wasser und dachte an Martin, dachte: Wenn der kleine dreckige Wichser das ausgehalten hat, dann kann ich es auch. So ein elender kleiner Scheißhaufen. Den ganzen Weg hinüber und dann noch Ken zusammengeschlagen, als er ankam.

Er schwamm weiter, berührte einen zweiten Erdhügel, beschloss weiterzumachen. Die Insel fing an, weiter entfernt auszusehen. Das bedeutete, dass er wahrscheinlich schon die halbe Strecke hinter sich hatte, eventuell sogar mehr. Er hatte seinen Atem mit seinen Schwimmstößen synchronisiert und unterdrückte das Schmerzgefühl in seinem Arm, das durch die Kälte wie Feuer brannte. Oder war es die Anstrengung, weil er das Gewehr über Wasser halten musste? Sollte er es wegwerfen? Nein, behalt es. Man kann nie wissen. Er könnte auf einen Bären stoßen oder auf die Horde verwilderter Hunde, die sie letztes Jahr bei der Wildhatz gesehen hatten. Und außerdem waren seine Klamotten ja daran festgebunden.

Stoß, Stoß, Stoß, Atem holen. Noch mal. Er rammte einen Erdhügel und gab für einen Augenblick auf, schnappte nach Luft. Die Anstrengung zusätzlich zu dem Bourbon hatte die Übelkeit zurückgebracht. Plötzlich begann er, völlig unkontrolliert, zu kotzen. Eklig süßer Bourbon schoss seine Kehle hinauf und aus seiner Nase heraus, beißender Bourbon und Galle. Er würgte etwas davon wieder hinunter, biss die Zähne zusammen, um nicht zu viel Lärm zu machen. Dann konnte er es nicht mehr zurückhalten. Er kotzte und kotzte, bis ihn die Seiten schmerzten, und hielt sich gleichzeitig mit aller Kraft an dem Erdhügel fest, um nicht unterzugehen.

Komischerweise passierte das, als er durch tränenverschleierte Augen hindurch erkannte, dass er nur noch fünfzig Yards vor sich hatte. Er ließ den Erdhügel los, war aber zu schwach, um stehen zu können. Er geriet sofort unter Wasser, samt Gewehr und Klamotten, geradewegs hinunter, bis seine Hände sich in Schlamm und scharfes Felsgestein bohrten. Er fand wieder Boden unter den Füßen, unter Wasser, schaffte es irgendwie sich aufzurichten, und das Grau des Sees wandelte sich in das leuchtende Grau der Luft. Keuchend stürzte er vorwärts Richtung Ufer. Drei weitere Male ging er unter. Verlor das Gewehr und fand es wieder. Er holte sich eine hässlich klaffende Wunde am Knie, durch einen im Schlamm versunkenen Baumstamm. Und als er endlich das Ufer erreichte, knallte er kopfüber auf den harten Schiefer und erwartete, dass jemand aus dem Gebüsch trat und ihn tötete. Er wartete auf den Schuss und versuchte sich vorzustellen, wie es sich wohl anfühlte. Blieb das Gehirn lange genug in Betrieb, um zu realisieren, wo die Kugel getroffen hatte? Vielleicht nur für eine halbe Sekunde, sodass man begriff und wusste, dass der Treffer tödlich war und man für nichts mehr Zeit hatte vor der Ewigkeit, außer möglicherweise für ein letztes und hoffnungsloses Entsetzen? Niemand war je zurückgekommen, um davon zu berichten. Verwundete Männer, die sekundenlang ohne Bewusstsein gewesen waren, konnten sich nie an was erinnern. Aber vielleicht hatte ihr Bewusstsein wegen des Schocks alles ausgeblendet.

Eine Ente flatterte drüben aus dem Moor, überflog das Gebüsch und landete hinter ihm auf dem See. Er konnte sie nicht sehen, aber er hörte, wie das Wasser von ihren Schwimmflossen hochspritzte, als sie wasserte, und wie ihre Flügel schlugen, gleich einem wild pochenden Herzen.

Langsam spürte er wieder die Kälte. Für einen Augenblick hatte er sie vergessen. Schmerzhaft wie ein dunkler Wind kehrte sie Inch um Inch zurück.

Steh auf und lauf; du hast es geschafft. Du hast es geschafft! Lauf. Wenn du läufst, wirst du leben.

Er setzte sich hin, um sich sein versautes Knie anzugucken. Er sah das zerrissene Fleisch, das erste Blut war weggewaschen und frisches Blut war noch nicht nachgeflossen. Es fühlte sich bereits steif an. Er hatte keine Zeit, um sich anzuziehen. Jedenfalls nicht hier. Auf dem Präsentierteller. Am unteren Ende des Sees, wenn er den Bach überquert und den Wald erreicht hätte, würde er die Klamotten anziehen. Bis dahin wäre er trocken. Er begann, am Ufer entlangzulaufen, etwas vom Wasser entfernt und halb vom Gebüsch verborgen. Erst humpelte er, musste sich an das steife Knie gewöhnen, dann bewegte er sich schneller. Einmal blieb er stehen und starrte auf die Insel zurück. Ein paar Krähen erschienen nah an der Westseite, wo das Festland am nächsten war, kreisten mit lockeren Flügelschlägen und ließen sich auf mehreren Bäumen nieder. In seiner Nähe flatterte eine Kohlmeise aus dem Gras auf, landete auf einem Birkenzweig und stieß einen Lockruf aus.

Er erreichte den Schieferstreifen, der bald in eine schmale Sandbank überging. Seine durchnässten Stiefel scheuerten an seinen Füßen. Wenn er sich anzog, musste er seine Socken auswringen. Er bewegte sich weiter, schneller und schneller, dem silbernen Treibholz entgegen, das die Stelle jenseits des Bachs markierte, wo er Martin erschossen hatte. Nur wenige Yards dahinter begann der Ochsenpfad. Er konnte nicht rennen, aber er hatte sich eine Gangart zugelegt, die halb aus Hüpfen, halb aus Schnellgehen bestand. Es funktionierte, der Strand flog unter ihm dahin, und trotz seiner Nacktheit wurde ihm wärmer und er fing an zu frohlocken. Weiter, weiter, weiter. Ochsenpfad, ankleiden und Füße trocknen. Dann runter zu den Eisenbahngleisen. Eine Nacht im Wald wird dich nicht umbringen. Du wirst nicht an Blutvergiftung sterben, bevor du einen Arzt findest. Überleg dir später, was du wegen Geld und einem Dach über dem Kopf unternehmen willst. Irgendwas wird sich schon finden. Das gute Leben. Kanada und Südamerika, wo er er selbst sein konnte und nicht mehr eine Rolle spielen musste. Wo es keine Pat mehr geben würde. Er konnte tun, wozu auch immer er Lust hatte. Nur jetzt weiter, weiter, weiter!

Er erreichte den Bach. Hier war Martin krepiert, der blöde kleine Wichser, weil ihm nicht in den Sinn gekommen war, dass jemand auf ihn warten könnte. Martin war durch das Wasser gepflügt und hatte gehört, wie jemand seinen Namen rief, war herumgewirbelt und die ersten beiden Kugeln hatten ihm buchstäblich das halbe Gesicht weggeknallt, und die nächsten beiden hatten sein Herz und seine Lungen in tausend Stücke gerissen. War nicht schlau genug gewesen, Martin, noch ein paar hundert Yards auf Nummer sicher zu gehen. Und musste deswegen sterben.

Springend, hüpfend und sein lädiertes Bein schwingend, planschte Art auf das gegenüberliegende Ufer zu.

„Art!"

Es klang scharf und laut.

Noch einen halben Schritt weiter. Er drehte sich unwillkürlich um. Eine Sekunde, zwei. Totale Verzweiflung.

Wie angewurzelt stand er in dem Bach. Konnte sich weder bewegen noch sprechen.

Jemand, den er gut kannte, ein kräftiger, dunkelhaariger Mann in Jagdkleidung trat hinter einem Felsblock hervor. Derselbe Fels, von dem aus er selbst Martin erschossen hatte. Der Mann hielt ein Holland & Holland 7 Millimeter Magnum-Doppellaufgewehr in Hüfthöhe und zielte.

„Endstation, Art", sagte er und lächelte. Seine Augen waren von dunklem, unbeweglichem Grau.

Da war sein Lächeln, sein derbes Gesicht, seine Augen, das Gewehr, der Wald hinter ihm, das glucksende Wasser um seine Füße, ein Bild, umrahmt von der Intensität dieses starren Blicks und seiner totalen Überraschung über die Identität seines Gegenübers.

Dann nichts.

Paul Wolkowskis Schuss traf Art am Hals, direkt unter dem Kinn, leicht schräg nach oben, bohrte sich die Kugel durch die Schädelbasis und zerschmetterte deren unteren Teil, zusammen mit den beiden obersten Wirbeln seines Rückgrats.

Art wurde buchstäblich aus dem Wasser geschleudert und

klatschte mit dem Rücken auf das Ufer, das er fast erreicht hatte.

Wolkowskis Finger am Abzug entspannte sich. Er steckte die beiden anderen Patronen wieder ein, die er so fachmännisch zwischen dem ersten und zweiten und dem zweiten und dritten Finger der linken Hand gehalten hatte, die Patronen, die er so schnell laden konnte, wie andere Männer einen Vorderschaft- oder Repetierstutzen nachladen. Er brauchte nicht nachzuladen. Ein Schuss hatte genügt. Es gab schon genug Schweinerei wegzuräumen. Arts Kopf war im Unkraut gelandet, überall auf dem Boden war Blut, Hirnmasse war auf zwei Baumstämmen verspritzt. Und das Wetter war kalt; es war fast schon Winter, keine Käfer und Fliegen mehr, um alles sauber zu putzen. Er hatte sich selbst eine halbe Stunde nicht eingeplanter Arbeit eingehandelt. Er fluchte über diese Ironie. Einer der Gründe hierherzukommen, war der gewesen, sich eben diese Mühe zu ersparen.

Er packte eines von Arts Beinen und zog ihn daran zurück in den Bach. So war es besser. Das Blut aus dem Kopf würde ins Wasser rinnen und die Kälte würde helfen, die Wunde zu schließen. Arts Augen waren geöffnet, ihr Ausdruck kindlich, als hätte er versucht, etwas zu verstehen. Wolkowski drückte das Gesicht mit dem Fuß unter Wasser und legte einen schweren Stein darauf, um es unten zu halten. Die Augen starrten weiter durch das Wasser herauf. Dann dachte er an Ken. Ken hatte den Schuss sicher gehört und würde womöglich zum Westufer der Insel kommen, um nachzusehen. Wenn er ein Fernglas bei sich hatte, könnte das gefährlich werden. Er hievte einen anderen schweren Stein hoch, ließ ihn auf Arts Magen fallen, und die Leiche bewegte sich in der Strömung und war von einer gewissen Entfernung aus nicht mehr sichtbar.

Er hob Arts Gewehr auf, Arts Klamotten ein durchnässtes Bündel, das noch immer daran gebunden war, und zog etwas Zwieback aus seiner Tasche. Er ging außer Sicht, lehnte sich an einen Baum und fühlte, wie die Müdigkeit ihn durchströmte, als die Spannung nachließ. Zwei erledigt, einer fehlte noch. Und der war das größte Stück Arbeit.

Wolkowski hatte die Hütte verlassen, sobald er gesehen hatte, dass sie vom Steilufer abstiegen. Er hatte eine Vorahnung gehabt – nie würde er wissen, warum –, dass einer von den beiden in Panik geraten würde. Ken war nicht der Typ, der irgendetwas tun würde, bevor es sorgsam durchdacht worden war und solange es andere Leute gab, die er herumkommandieren konnte. Also würde es Art sein, und deshalb musste er zum Festland, bevor Art das Westufer der Insel erreichte und dort auf ihn stieß. Er war durch den Wald gelaufen und hatte sich sein Kanu geschnappt, wohl wissend, dass er damit ein enormes Risiko einging. Er konnte nur raten, wie lange Art brauchen würde, um vom Steilufer herunterzukommen. Der verletzte Arm würde ihn wohl behindern. Es lohnte sich, dieses Wagnis einzugehen. Je größer der Abstand zwischen den beiden Männern, wenn er den ersten tötete, desto geringer sein eigenes Risiko.

Für die kurze Paddelfahrt wendete er die gleiche Energie auf, die man für einen Zehn-Meilen-Lauf benötigt. Als er das Ufer erreichte, zog er das Kanu sofort ins Dickicht, und mit einem weiteren, letzten Energieschub bahnte er sich seinen Weg fünfzig Yards bis zum Moor. Dort versteckte er das Kanu, so gut er konnte, und kehrte wieder zurück, um den See zu beobachten. Er hatte es gerade noch geschafft. Art war bereits am Ufer der Insel und machte sich bereit hinüberzuwaten. Er wartete und dachte, es würde leicht sein, Art abzuknallen, wenn er aus dem Wasser kam. Er könnte Art töten, ohne dass dieser überhaupt wusste, was ihn getroffen hatte.

Aber die Sache hatte Nachteile. Es würde schwierig werden, die Leiche an diesem Abschnitt des Sees, wenn auch nur für kurze Zeit, zu verbergen, ohne vorbereitete Gewichte. Sie so nah am Ufer mit improvisierten Steingewichten unter Wasser zu halten, war gefährlich, weil diese womöglich weggeschwemmt werden würden und die Leiche davontreiben könnte. Und er wollte den Körper möglichst im Wasser verstecken. Wenn er ihn nämlich an Land zog und er stark blutete, hätte er eine Riesensauerei aufzuräumen. Darüber hinaus wäre er komplett für Ken sichtbar, falls dieser kommen sollte, um nachzusehen, wenn er den Schuss gehört hatte.

Als er versuchte, dies alles abzuwägen, fiel ihm die Stelle im Bach ein, wo Martin gestorben war. Natürlich. Der ideale Ort. Art mitten im Wasser erschießen; der Körper würde in den Bach fallen, wo er ihn schnell und leicht außer Sicht bringen konnte. Er könnte seinen tödlichen Job erledigen, Arts Leiche verstecken und sich im Gebüsch in Deckung begeben, bevor ihn Ken jemals entdecken würde. Die Reinigungsarbeit, falls überhaupt nötig, könnte bis zur Dämmerung warten.

Denn es stand für ihn außer Frage, dass Art Martins Spuren folgen würde. Er würde genauso denken wie Martin. Warum sich durchs Gebüsch quälen, wenn man am Strand entlanglaufen konnte? Das Moor verbot, sich geradewegs nach Westen zu wenden. Der Ochsenpfad, der naheliegendste Weg, begann gleich beim Bach. Wenn er Ken im Stich ließ, würde er vor Anbruch der Nacht so viel Abstand wie möglich zwischen sich und Ken und seinen Verfolger bringen wollen. Er würde auf dem schnellsten Weg der Freiheit zustreben.

Wolkowski beobachtete die Insel durch eine tunnelartige Öffnung im Gebüsch. Kein Lebenszeichen. Aber Ken könnte sich verstecken, wie er selbst, und warten. Sein Vorteil gegenüber Ken war, dass er es wissen würde, falls sich Ken dummerweise entschließen sollte herüberzukommen. Sollte er das tun, wäre er tot, bevor er das Ufer erreichte. Aber während er an diese Möglichkeit dachte, wusste er, dass Ken nicht so dumm war. Ken würde bleiben, wo er war, an den einen Schuss denken, den er gehört hatte, er würde sich seinen Reim darauf machen und sich zwingen, der unangenehmen Erkenntnis ins

Auge zu blicken, dass Art tot war und er ihn weder mit einem Fingerschnalzen noch einem Vogelruf wieder lebendig machen konnte. Er würde schließlich begreifen, dass er allein und ohne Hilfe war.

Das brachte wiederum Nachteile mit sich. Wenn Ken erkannte, dass er allein und nun der Nächste auf der Liste war, würde er gefährlicher werden als bisher. Ein in die Enge getriebenes Tier war wachsam und unberechenbar und bereit, Risiken einzugehen, die es normalerweise vermeiden würde.

Das letzte Drittel der Arbeit, dachte Wolkowski, wird doppelt so schwer wie die ersten beiden.

Er zog sich ein wenig ins Gebüsch zurück und scharrte trockenes Laub um sich zusammen. Es war kalt; bis zur Abenddämmerung musste er noch lange warten. Er blickte auf seine Armbanduhr; es war fünf vor halb zwölf. Er stellte den Wecker auf fünf nach halb zwölf. Zehn Minuten. Er schloss die Augen. So konnte er den ganzen Tag schlafen, im Zehn-Minuten-Takt, zehn Minuten Schlaf, zehn Minuten den See beobachten, um sicher zu sein, dass Ken nicht in einem eins-zu-eine-Million-Anfall von Blödheit herüberkam.

Noch mehr Gedanken rumorten in seinem Kopf. Er hatte noch so viel zu tun und nach dem Grau des Himmels zu schließen, nur noch wenig Zeit dafür. Da war Art, dessen Spuren beseitigt und dessen Leiche entsorgt werden musste. Und Greg. Und schließlich Ken. Er war müde, weitaus müder, als er zu diesem Zeitpunkt sein sollte. Er hatte den Erschöpfungsfaktor unterschätzt, eine gefährliche Fehlkalkulation. Er sollte eigentlich genau jetzt auf der Insel sein und Ken jagen, um es hinter sich zu bringen. Aber das Unerwartete war geschehen. Art war abgehauen. Na, wenigstens hatte er Arts Absicht erraten und war vorbereitet gewesen.

Mit diesen Gedanken schlief er ein.

23

In dem Augenblick, da er den Schuss auf dem Festland hörte, wusste Ken, was passiert war. Das tiefe Geräusch und die Wucht des Schusses verrieten ihm, dass es nicht Arts Gewehr war. Er begriff, dass Art ihn verraten hatte und dass sein Feind Arts Vorhaben vorausgeahnt hatte. Und er wusste, dass Art tot war. Ihr Jäger hatte im Bezug auf Art einmal versagt. Das würde er nicht noch einmal tun. Nicht ein Mann, der Greg auf eine Entfernung von dreihundert Yards die Stirn durchlöchern konnte. Der war eiskalt und ein hervorragender Schütze. Und dass er dorthin gelangt war, ohne von einem von ihnen bemerkt zu werden, dass er sowohl ihm als auch Art zuvorgekommen war, als sie am wachsamsten gewesen waren, das bedeutete, dass er auch im Wald die größte Geschicklichkeit und Erfahrung besaß.

Ken stand in einem Tannenhain am Fuß des Steilufers, er spürte ein Prickeln am Ende seines Rückgrats und Gänsehaut kroch ihm Arme und Beine hinauf. Wie lange hatte sich dieser Bastard eigentlich schon in der Gegend herumgetrieben? War er letztes Jahr hergekommen, um das Gelände zu erkunden? Ein kaltblütiger Spürhund? Denn jetzt war es offensichtlich, dass er mit diabolischer Methodik jagte. Als hätte er jeden Schritt geprobt. Vor zwei Nächten, als sie Nancy fickten, hatte er sie da belauscht, darauf gewartet, dass sie fertig wurden, damit er am nächsten Tag mit dem Töten anfangen konnte? Es gab nur eine sichere Antwort: Ja. Und es gab nur eine Antwort auf die Frage, warum er weder Martin noch später Nancy gerettet hatte. Er wollte keine Zeugen. Mit entsetzlicher Unerbittlichkeit hatte er gewartet. Darauf gewartet, dass sie mit dem Ficken fertig waren, darauf gewartet, dass sie Martin töteten, darauf gewartet, dass Nancy starb. Dann war der Weg für ihn frei gewesen, und er hatte begonnen, seinen eigenen Plan umzusetzen. Zuerst Greg, dann Art, berechnend, zielgerichtet, wie eine gottverdammte Maschine.

Und jetzt er, Ken, Nächster und Letzter. Dann plante der Schweinehund, wer immer es war, sauberzumachen, jede einzelne Spur von dem, was er getan hatte, zu verwischen und zu verschwinden. Helen, Pat und Sue würden zur Polizei gehen, wenn ihre Männer nicht nach Hause kamen, und die Polizei würde mit Hubschraubern kommen, mit den Forstleuten, mit Hunden und später mit den Forensikern und sie würden das Unterste zuoberst kehren.

Aber bis dahin würde es geschneit haben. Das Einzige, was sie jemals finden mochten, waren einige übrig gebliebene Spuren von einer Frau in der Hütte. Keine verräterischen Zigarettenstummel, keine leeren Patronenhülsen, kein Blut, keine Kette und kein Fußeisen, kein Zweig oder Grashalm woanders, als sie hingehörten. Die Schlauchboote würden um ihre schweren Motoren gewickelt und zusammengebunden im Moor versenkt worden sein, zusammen mit etwaigen verbliebenen Leichen, seine inbegriffen, im tiefen Schlamm versunken, wie alles andere, was jemals dort hineingeworfen wurde, unerreichbar für jeden Haken oder Messstab, den irgendein neugieriger Polizist eines schönen Tages hierherbringen sollte.

Eine Krähe begann auf dem Wipfel einer Föhre zu krächzen. Aber Ken hörte sie nicht. Für Ken war die Zeit stehen geblieben. Er konnte nur in der alles durchdringenden logischen Klarheit seiner eigenen schrecklichen Vision verharren. Nichts würde geschehen sein, dachte er, außer dass drei Männer, Greg, Art und er selbst, wie jedes Jahr auf die Jagd gegangen und dann spurlos verschwunden waren. Noch zwei andere Leute würden verschwunden sein, Martin Clement und Nancy Stillman aus Gary, Indiana, hunderte Meilen weit entfernt. Aber niemand würde sie jemals mit Greg und Art und ihm in Verbindung bringen. Nicht einmal, wenn sie Martins Auto fanden.

Es war idiotensicher. Er würde ermordet werden, genau wie Greg und Art; und er selbst hatte alle Vorbereitungen getroffen, damit der Mörder ungeschoren davon kam. Die Ironie des

Ganzen brachte Ken schlagartig in die Realität zurück. Plötzlich hörte er die Krähe, sah sie über sich in der Föhre, wurde sich seines eigenen Atems und Herzschlags bewusst, spürte einen sanften Windhauch. Er wurde wieder lebendig und tat mechanisch, was seinem Gefühl nach getan werden musste. Er ging zum Westufer der Insel hinüber und behielt, immer im Schatten der Bäume, das Festland im Auge. Natürlich gab es dort kein Zeichen von irgendetwas oder irgendjemandem. Ken ließ sich für eine Weile im Gebüsch nieder und versuchte, so zu denken, wie Arts Mörder gedacht haben musste. Er hatte also vermutet, dass Art abhauen wollte. Er war zum Festland hinübergegangen, entweder letzte Nacht oder während sie vom Steilufer hinuntergestiegen waren. Er war am Ufer entlang zu der Stelle gegangen, wo Art selbst immer seine Beute abgeknallt hatte, wo der Bach in den See mündete, gleich bei dem alten Ochsenpfad, der Art zur Eisenbahnlinie und in die Freiheit geführt hätte. Das war die beste Stelle, um einen Mann zu erschießen. Man war fast nicht zu sehen und dort hatten alle immer ihre Vorsicht fahren lassen. Art selbst hatte das immer gesagt.

Gottverdammt noch mal, gab es irgendwas, an das der Killer nicht gedacht hatte?

Ken ging geräuschlos durch den Wald zurück, vorsichtig nur aus Respekt vor seiner Lage. Er war sicher, dass der Jäger noch auf dem Festland war.

Er kam zur Hütte. Hier musste er feststellen, dass die Dusche benutzt worden war, genauso wie sein Rasierzeug. In der Küche war eine schmutzige Bratpfanne, eine Kaffeetasse, ein benutzter Teller mit Messer und Gabel. Und ein Zettel, auf dem nur stand: „Danke, bis gleich."

Ken holte eine neue Bourbonflasche aus dem Schrank und nahm einen großen Schluck. Die Notiz machte ihm mehr zu schaffen als alles andere. Wer auch immer es war, er war sich seiner Sache so sicher, dass er nicht davon ausging, dass Ken jemals entkommen könnte, um den Zettel mit der Handschrift zur Polizei zu bringen.

Zu sicher vielleicht? So verfickt selbstsicher, dass man ihm eine Falle stellen konnte? Oder dass er sich sogar in der eigenen Falle verfing?

Ken dachte scharf nach. Sich wehren oder davonlaufen? Was hatte Art, der idiotische Verräter gesagt? „Warten wir noch vierundzwanzig Stunden." Na gut, das würde er tun. Und Art hatte auch gesagt: „Er ist nicht Gott." Gut, das war er nicht. Er war ein Mensch und vielleicht nicht intelligenter, kein besserer Schütze und kein erfahrenerer Jäger als er selbst. Er konnte wie jeder andere bekämpft und gejagt werden. Die Chance, ein sorgenfreies Leben zu führen, war reizvoller als der Gedanke, für immer auf der Flucht zu sein, Südamerika oder wo auch immer.

Aber nach Einbruch der Dunkelheit konnte er nicht in der Hütte bleiben. Es war dort wie im Aquarium, und er musste Schlaf finden. Also würde er hinausgehen, zu dem Erdhügel im Sumpf, wo er mit Art die letzte Nacht verbracht hatte und wo er, wenn man sie beide nicht durch irgendein unglaubliches Pech dort gesehen hatte, vielleicht sicherer wäre als irgendwo anders. Am nächsten Morgen bestand die Möglichkeit, dass sein Verfolger noch mal zur Hütte kam. Allzu zuversichtliche Leute benehmen sich so. Sie vergessen, dass sie selbst auch in Gefahr sein könnten. Wie viele Jäger hatten schon auf ein Wildschwein oder einen Löwen geschossen, ihr Ziel verfehlt, gedacht, es wäre abgehauen, um am nächsten Tag ahnungslos zurückzukehren und angegriffen zu werden.

Ken wusste, dass er Zeit hatte. Der Mann würde bis zur Dunkelheit auf dem Festland bleiben. Also rasierte er sich, machte Wasser warm, badete, kochte sich eine warme Mahlzeit, wechselte die Klamotten, stopfte ein paar Decken und eine zusätzliche Jacke in den Rucksack, reinigte sein Gewehr und packte Feldflasche, Zielfernrohr, Messer und jede Menge Dinge zusammen, von denen er dachte, dass er sie vielleicht brauchen würde, inklusive ein Ein-Mann-Zelt aus Kunststoff, das sich auf die Größe eines Tennisschuhs zusammenfalten ließ.

Am späten Nachmittag zog er los. Diesmal verriegelte er die Fensterläden von innen, schloss die Tür ab und steckte den Schlüssel ein. Wenn der Bastard noch mal rein wollte, würde es ihn zumindest einige Mühe kosten.

Er bewegte sich mit äußerster Vorsicht und erreichte bald wieder den Sumpf. Im Restlicht des Tages erkannte er den toten Baum, den ein Sturm ins Wasser gestürzt hatte. Er lief, seitwärts gehend, darüber. Als der Baum untertauchte, ging er, bis zu den Knöcheln im Wasser, weiter, bis er noch weiter unter Wasser geriet und wusste, dass er sich direkt gegenüber dem großen Erdhügel befand, nur ein Yard davon entfernt. Er vergewisserte sich, dass er auf seiner glitschigen Unterwasserplattform einen sicheren Stand hatte, und sprang in die Finsternis. Er kam vornüber zu liegen, aber trocken und sicher. Dann wartete er. Aus dem Wald umher drang nur das schwache Murmeln des Nachtwinds. Aber er wartete und horchte noch zwanzig Minuten, bis er ganz sicher war. Dann rollte er leise sein Zelt auseinander und baute es auf. Er tarnte es mit Sumpfgras und Schilf, sodass es aus keiner Richtung erkannt werden konnte, und kroch hinein.

Niemand konnte ihn so in der Dunkelheit treffen, nicht mal wenn er Licht machte. Nicht mal, wenn die Person wusste, wo er sich befand, was zu neunundneunzig Prozent unwahrscheinlich war. Letzte Nacht hatten Art und er für sich Kuhlen gegraben, die niedriger waren, als der Erdhügel rundum. Wenn ihn heute Nacht irgendjemand suchte, würde er per Boot oder über den Baumstamm kommen müssen, und beides würde er hören. Er war sicher. Ken fiel in einen erschöpften Schlaf.

Bei Morgengrauen träumte er von Helen. Sie hatte ihn entdeckt und stellte ihn wütend zur Rede. Ihr Gesicht wurde scharf und hässlich, wie das einer Ratte, ihre Zähne traten hervor, ihre Augen wurden klein. Sie schnatterte dämliches Zeug, und während sie immer rattenähnlicher wurde, sprang sie auf Greg, der auch da war, und fing an, hemmungslos mit ihm zu ficken. Greg schrie, und aus der Ferne war das Geräusch eines Schusses zu hören. Ein kleines Loch erschien zwischen Gregs Augen.

Ken erwachte mit Herzklopfen. Ein schwacher Lichtschimmer war zu sehen. Die Nacht war vorbei. Von der Westseite der Insel war das aufgeregte Gekreische von Krähen zu hören.

War der Schuss in seinem Traum echt gewesen?

Schnell brach er das Zelt ab und rollte es zusammen. Waren es zwei Männer? Hatte einer den anderen erschossen? War es ein Unfall? War sein Jäger hinter Eindringlingen her?

Oder war das bloß ein weiterer Schachzug in diesem Nervenkrieg. Ihn aus dem Bett knallen, ihn nervlich fertig machen, während er noch schlief.

Er packte und tarnte seinen Rucksack mit Gras und machte sich vorsichtig auf den Weg aus dem Sumpf. Er ging am Ufer entlang. Als er beim Landeplatz ankam, von wo aus er die Hütte sicher sehen konnte, war es heller Tag.

Der Himmel war wieder grau, mit tiefen Wolken, Altostratus. Ein leichter Wind. Die Tür der Hütte stand weit offen, wurde fast zugeschlagen, knallte aber dann wieder auf. Sein Jäger hatte das Schloss geknackt oder aufgebrochen. War er drinnen?

Ken kroch, dicht an den Boden gedrückt, näher. Der Gebüschstreifen zwischen der Lichtung vor der Hütte und der Sägemühle gab ihm Deckung. Er hielt nicht an, bis er nahe genug war, um das klagende Geräusch der Türangeln zu hören, als der Wind die Tür wieder zuschleuderte.

Die Erkenntnis kam plötzlich. Das war also der Schuss gewesen. Das Türschloss war weggeballert worden. Jetzt konnte er es sehen, völlig zerschmettert. Er wartete. Ein Vogel landete auf der Terrasse, unbekümmert, pickte nach irgendwas.

Aber das hatte nichts zu bedeuten. Drinnen konnte jemand lauern, von der Tür aus nicht zu sehen, zum Beispiel in der Dunkelheit des Schlafzimmers. Du hast gehofft, herzukommen und ihn zu überraschen, dachte Ken, aber er hat den Spieß schon wieder umgedreht. Und er fluchte, biss sich auf die Lippen und versuchte, einen Plan zu fassen. Wie bekommt man es fertig, dass der Feind sich in der eigenen Falle fängt? Das hier war kein Krieg. Er konnte nicht die Artillerie zu Hilfe rufen.

Just in diesem Moment ertönte die Stimme aus dem Hütteninneren, fest und laut.

„Guten Morgen, Ken. Endstation, würde ich sagen. Der Schuss, das war ich. Dachte, wir sollten zur Sache kommen und aufhören rumzualbern. Kannst du dich noch ans College erinnern? Alicia Rennick? Nun, ich bin der Typ, den sie heiraten musste."

Pause. Ken widerstand dem unwillkürlichen Impuls aufzustehen, um zuzuhören. Und die Stimme sprach weiter, ohne Bosheit, sachlich. Wer auch immer es war, er hatte keine Angst.

„Natürlich dachte ich, dass das Kind, das wir bekamen, meins war. Als wir herausfanden, dass es hoffnungslos behindert war, konnte Alicia weder die Schuld ertragen noch mir in die Augen sehen, und sie verlor allmählich den Verstand, bis sie sich vor ein paar Jahren schließlich umgebracht hat. Ich musste eine Weile warten, bis ihr an der Reihe wart. Du, Greg und Art." Die Stimme lachte leise. „Es ist nicht einfach, Arschlöcher wie euch zu beseitigen und gleichzeitig selbst in Deckung zu bleiben. Ich musste aus einem anderen Staat in eure Nähe ziehen, gesellschaftliche Kontakte zu euch knüpfen, euer Leben und eure Gewohnheiten studieren."

Ein ziehender Schmerz in Kens rechter Hand. Er hatte sein Gewehr derartig umklammert, dass er einen Krampf bekam. Wer zum Teufel war das? Alicia Rennick war doch eine Ewigkeit her. Und sie hatten sie nicht getötet. Okay, ein Rudelbums war nicht ihr Ding gewesen. Sie hatte versucht, sie zu verklagen, musste aber unverrichteter Dinge Leine ziehen. Dieser Typ war krank. Man bringt doch nicht Leute um, bloß weil man rausfindet, dass seine Alte vor der Hochzeit einmal von ein paar Typen vergewaltigt worden ist.

„Letztes Jahr bin ich endlich drauf gekommen, was hinter euren Jagdferien steckt", sagte die Stimme. „Ich bin euch hierher gefolgt und habe gesehen, was ihr mit dem blonden Jungen und dem Mädchen getrieben habt. Und fand heraus, dass ihr immer noch euer altes Spiel spielt. Immer wieder Alicia. Mit der Jagd als zusätzlichem Kick. Konntet es einfach nicht bleiben lassen, was?"

Ken wollte losschreien: „Wir haben Alicia nicht umgebracht, sie hat sich selbst getötet." Aber er schwieg. Den Klang dieser Stimme kannte er von irgendwoher. Eine Vertrautheit, die quälend nah war. Er hatte diese Stimme schon gehört. Wann? Vor kurzem?

Die Stimme machte weiter, immer noch im Konversationston. „Komisch, nicht? Ausgerechnet euer erstes Mal hat euch schließlich eingeholt." Pause. Dann: „Jetzt wirst du dafür sterben. Wie Greg und Art. Ich werde dich töten." Dann Stille.

Ein Windstoß knallte die Hüttentür zu. Der Vogel flog weg. Noch ein Windstoß, die Tür öffnete sich wieder.

Ken spürte denselben Windstoß in seinem schweißgebadeten Rücken. Jetzt wusste er also, warum. Und wer auch immer da gesprochen hatte, er war da drinnen, in der Dunkelheit der Hütte.

Unerwartet begann die Stimme wieder. „Guten Morgen, Ken. Endstation, würde ich sagen. Der Schuss, das war ich. Dachte, wir sollten zur Sache kommen und endlich aufhören rumzualbern. Kannst du dich noch ans College erinnern? Alicia Rennick?"

Es hatte alles derart natürlich geklungen, dass Ken ziemlich lange brauchte, um zu erkennen, dass es sich um eine Aufzeichnung handelte. Irgendwo in der Hütte, in der Dunkelheit, sprach eine Maschine. Kein Mensch, ein Tonband. Ein Tonband, um seine Aufmerksamkeit zu erregen, ihn von dem Mann selbst abzulenken.

Heilige Scheiße, wo war dieser Mann denn dann?

Da. Genau hinter ihm. Jemand mit einem Gewehr, das seinen Hinterkopf berührte. Ken stieß ein unkontrolliertes Schluchzen aus. Er drehte sich abrupt um. „Nein!"

Da war niemand hinter ihm, kein Mann, kein Gewehr, nur ein gebrochener Ast, der sich bewegte.

Aus der Hütte dröhnte die Stimme weiter, fast fröhlich: „Ich musste eine Weile warten, bis ihr an der Reihe wart. Du, Greg und Art. Es ist nicht einfach, Arschlöcher wie euch zu beseitigen ..."

Abhauen, sonst nichts. Nicht nachdenken. Gib ihm nicht die Zeit herzukommen. Mach die Fliege.

Ken bewegte sich schnell und versuchte daran zu denken, geduckt zu bleiben und den Kopf hin und her zu bewegen. Jede Sekunde konnte er überall in einen Hinterhalt geraten. Wie ein Pfadfinder hatte er dagelegen, hatte zugehört und seinem Jäger Zeit gelassen, die Falle zu stellen und sie zuschnappen zu lassen. Dämlicher Idiot, dämlicher!

Wo, zum Teufel, war er?

Er erreichte den See und hielt an. Die Worte waren aus dieser Entfernung unverständlich, aber er konnte immer noch die Tonbandstimme hören, von Zeit zu Zeit verweht vom abflauenden Wind, der in den Blättern raschelte und kalte, kahle Äste aneinander stieß.

Aber wo war der Mann selbst?

In der Hütte? Dahinter? Über die Lichtung, im Gebüsch? Wieder oben auf dem Steilufer?

Na schön. Sie konnten beide dieses Spiel spielen. Und eine trotzige, eiserne Entschlossenheit fegte die kalte Angst hinweg. Mit großer Vorsicht begab er sich auf den Kriechpfad durchs Gebüsch, Richtung Mühle.

Als er die Stelle erreicht hatte, die der Ostseite der Mühle am nächsten war, wartete er und schaute zurück, um sicherzugehen, nicht verfolgt worden zu sein. Dann holte er tief Luft, stand auf und rannte los.

Kein Schuss krachte, kein Schmerz traf ihn, keine Riesenhand in Form einer Kugel kam, ihn niederzustrecken. Wundersamerweise erreichte er die Mühle und warf sich neben dem groben Stein ihrer Grundmauern zu Boden. Er konnte es nicht glauben; er hatte Recht gehabt. Hier war kein Hinterhalt. Er war sicher. Wenigstens momentan.

Er legte sein Auge an eine Ritze in der verwitterten Holzbeplankung und konzentrierte sich auf das Dämmerlicht im Inneren der Mühle. Nichts zu sehen. Nur der langgestreckte, modernde Boden und in der hinteren Ecke das schattenhafte Monster des seit langem schlafenden, rostigen Dampftriebwerks.

Da wollte er hin, ganz hinten, verborgen im Eisen. Wo er beobachten und warten konnte. Eine kleine Festung, die er von Zeit zu Zeit verlassen konnte, um die Lichtungen in der Nachbarschaft zu inspizieren, und in die er sich wieder zurückziehen konnte.

Und nachts vielleicht unten im Maschinenraum, wohin die Frauen immer gegangen waren. Die Ratten würde er schon aushalten.

Er versuchte, die Planke in seiner Nähe vorsichtig loszubekommen. Sie würde brechen, aber das Geräusch des splitternden Holzes würde ihn verraten. Er musste sich also bis zur nächsten Tür, an der Nordseite, vorwagen.

Macht nichts, er kannte die Mühle und er kannte die Insel, jedes Inch. Diesen Vorteil hatte sein Verfolger nicht.

Er hielt sich knapp über dem Boden, immer mit einem Auge auf dem Gebüsch hinter der Lichtung. Er schaffte es zur Nordostecke, prüfte erneut das Innere der Mühle. Sie blieb still und leer. Er ging in die Hocke, schob sich um die Ecke, das Gewehr im Anschlag und schussbereit. Sollte da irgendjemand drinnen sein, würde er als erster feuern.

Und just während er sich bewegte und das dachte, schoss er, denn da war tatsächlich jemand.

24

Der Mann stand in zwanzig Fuß Entfernung, etwa sechs Fuß von der Seitenwand der Mühle entfernt. Kens Gewehr knallte los, so schnell er nachladen konnte und in blinder Wut feuerte er sieben Schüsse in ebensoviel Sekunden ab. Beim dritten Schuss hörte er sich selbst herausfordernd schreien. Fleischstücke flogen aus dem Oberkörper des Mannes und das Rückgrat wurde unter dem zerfetzten Hemd und den weggeschossenen Rippen sichtbar.

Er hörte auf zu schießen. Das Magazin war leer. Sein Schrei wurde zu brüllendem Gelächter, hämisch und siegestrunken. Er wollte die Leiche treten, bespucken, verschandeln und noch weiter in das zerfetzte Fleisch schießen. Dieser Hass war ihm das Süßeste, was er jemals empfunden hatte.

Er ging los und lud dabei nach. Dann blieb er abrupt stehen. Eine innere Stimme verwandelte seinen Triumph augenblicklich in Entsetzen, sagte ihm, was seine Augen gesehen, sich aber wahrzunehmen geweigert hatten.

Der Körper stand immer noch aufrecht.

Ken ging langsam auf ihn zu, vergaß seine Rücken- und Flankendeckung, vergaß den ganzen schweigenden Bogen der Lichtung und des Gebüschs hinter sich. Er wusste, wer es war, sobald er das Seil sah, das an der Dachtraufe der Mühle befestigt war und unter den Achseln der Leiche durchgeführt, diese aufrecht hielt.

Gregs Augen standen offen. Ebenso sein Mund, ein hässliches dunkles Loch, das größer war, als ein Mund sein sollte, denn seine Lippen waren von Ratten abgenagt worden. Hemd und Hose waren absichtlich geöffnet worden, sodass die Ratten auch über seine Eingeweide hergefallen waren. Dunkles Blau mischte sich mit dem Gelb herausquellender Fettklumpen. Die Ratten hatten auch Gregs Genitalien weggefressen, übrig blieben nur obszöne Reste heraushängender Innereien.

Zwei Ratten lagen tot zu seinen Füßen. Sie hatten auf Greg gesessen, als Ken gefeuert hatte und waren dabei gekillt worden. Einer von ihnen war der Kopf komplett weggeschossen.

Während Ken immer noch hinstarrte, erinnerte er sich endlich an die mögliche Gefahr eines Hinterhalts, gelangte zur Tür und fiel ins Mühleninnere. Er weinte und versuchte damit aufzuhören, weil ihm klar wurde, wie viel Lärm er machte und wie schutzlos er war.

Nach einer Zeit, die ihm ewig vorkam, gelang es ihm, sich wieder zusammenzureißen.

Greg war da draußen. Er konnte seine Füße sehen. Die Mühle war immer noch leer und ruhig. Ken erhob sich schwankend, mit einem plötzlich heftigen und fast schmerzhaften Durst. Zunge und Mund waren staubtrocken. Und die Feldflasche hatte er im Sumpf zurückgelassen, da er geplant hatte, Wasser vom See zu trinken.

Er musste Greg dort abschneiden. Irgendwie rauf zur Dachrinne, oder etwas finden, um draufzustehen und das Seil durchzutrennen. Er konnte diese Leiche nicht in seiner Nähe ertragen. Reichte völlig aus, um einen verrückt zu machen. Und was die Ratten damit gemacht hatten, heilige Scheiße, das passiert mit dir, wenn du tot bist. Dein lippenloses Gesicht wird grinsen wie das von Greg, so als wüsstest du, dass du tot bist und aufgefressen wirst, es dir aber nichts ausmacht. Sie werden deine Augäpfel und deine Eingeweide und deine Hoden verputzen, und du wirst weiterlächeln.

Er horchte und hörte wieder die Ratten. Sie hatten erneut zu quietschen begonnen. Eine erschien bei den losen Brettern des Mühlenbodens, huschte zu der vermoderten Türschwelle und schlüpfte hinaus.

Wann war Greg da aufgehängt worden? Jetzt eben, während er in der Hütte gewesen war? Oder gestern Nacht? Und warum? Damit er schoss und sich damit verriet? Oder nur, um ihn zu erschrecken? Beides war gelungen. Ken wischte sich den

Schweiß ab und fluchte im Stillen. Er hatte fast komplett die Nerven verloren. Er hätte getötet werden können. Warum war er eigentlich noch am Leben? Wo war sein Jäger? Wo?

In der Finsternis der Maschinerie? Zwischen dem kalten Eisen, dem Rost und dem schimmligen, verrottenden Sägemehl?

Plötzlich sprach die Stimme vom Tonband wieder, durchbrach die Stille wie eine Explosion.

„Guten Morgen, Ken. Endstation würde ich sagen. Der Schuss, das war ich. Dachte, wir sollten zur Sache kommen und aufhören herumzualbern. Kannst du dich noch ans College erinnern? Alicia Rennick? Nun ..."

Ohne nachzudenken, hatte er bereits geschossen. Er hatte das Tonbandgerät so schnell entdeckt, dass sein Gehirn wieder nicht registrierte, was seine Augen sahen. Wie bei Greg vorhin, hatte er etwas gesehen und abgedrückt, ohne dass sein Bewusstsein erfasste, was er wahrnahm. Ohne überhaupt an irgendwas zu denken. Nicht an einen möglichen Hinterhalt, nicht an seine Nerven, die mittlerweile blank lagen, nicht daran, dass ihn seine Dummheit dem Willen eines Mannes gehorchen ließ, der ihn töten wollte. Einfach so. Beim Klang einer Stimme.

Das Gerät stand ganz einfach auf dem Boden, mitten in dem riesigen Mühlenraum. Ein kleiner, kompakter, teurer Rekorder, der die Stimme fast perfekt wiedergab, ohne mechanische Nebengeräusche oder Transistorrauschen.

Kens erster Schuss durchbohrte das faulige Holz unter dem Gerät, welches dadurch in die Luft geschleudert wurde. Die nächsten zwei trafen es, während es zu Boden fiel, immer noch sprechend. Es zerbarst in ein heilloses Durcheinander von nutzlosem, zerfetztem Metall. Ein Nichts aus Chrom und Plastik.

Er wirbelte herum und schickte eine zweite Feuersalve in Richtung der schweigenden Masse des eisernen Dampftriebwerks.

„Komm verfickt noch mal raus, du Arschloch. Ich bring' dich um."

Das Dröhnen der Schüsse verhallte, und die kreischenden Vögel beruhigten sich wieder.

Keine Antwort.

„Komm raus!"

Da raschelte etwas. Eine Ratte tauchte aufgeschreckt bei Greg unter die Bodenbretter. Ken gab seinen letzten Schuss auf die Stelle ab, wo die Ratte verschwunden war. Und lud nach.

Verfickt verfluchter Ort. Bloß weg hier. Sonst drehst du noch durch. Aber nicht an Greg vorbei. Halt. War das etwa der Plan? Ihn zu der großen Doppeltür und dort in einen Feuerhagel zu treiben?

Wie schade, Mister. Ich bin vielleicht blöd, aber nicht *so* blöd.

Ken sprintete lautlos zur Südostecke der Mühle und stieß mit einem heftigen Tritt eine Holzplanke nach außen. Er zwängte sich durch den Spalt und landete bäuchlings auf dem gefrorenen Boden. Er rappelte sich auf, unter stechenden Schmerzen von aufgeschürften Ellbogen, Knien und Gesicht, und raste vorwärts ins Gebüsch.

Er hatte es geschafft. In einer mit Laub gefüllten Vertiefung wartete er eine lange Zeit, bis sein Atem wieder normal ging, horchte und versuchte, seine Gedanken zu ordnen.

Er war in Panik geraten. Na schön, jeder macht mal Fehler. Aber jetzt würde es anders werden. Musste. Denn schlimmer als vorhin konnte es nicht kommen. Ärgeren Schrecken konnte es nicht geben. Gregs Anblick war das Übelste gewesen. Vielleicht abgesehen von dem Rekorder. Jemand hatte ihn aus der Hütte geholt und in der Mühle aufgestellt. Und er war die ganze Zeit da gewesen und hatte niemanden gesehen oder gehört.

Zuerst musste er aufhören zu zittern und sich beruhigen.

Er würde sich ein paar Minuten hinsetzen und alles überdenken. Er würde sich nicht terrorisieren lassen. Er würde den anderen herausfordern. Der erste Schritt zum Gegenangriff war, die Hütte wieder einzunehmen. Verdammt, sie gehörte schließlich ihm, oder? Er hatte sie gebaut, sie bezahlt. Er war derjenige, der dort ein- und ausgehen durfte, wann er wollte, nicht irgendein Wahnsinniger, der beschlossen hatte ihn umzubringen. Er würde dort die Nacht verbringen, wenn er es beschloss, gut verbarrikadiert, nicht sein Jäger.

Ken Frazer blickte hinauf zum Himmel. Er war bleifarben. Der Wind hatte sich gelegt. Die Bäume bewegten sich nicht, ihre Äste waren starr. Die Vögel, die streitsüchtigen Eichelhäher, die Kohlmeisen und Rotdrosseln, schwiegen. Bald würde es schneien. Er musste nur noch eine kurze Zeit durchstehen, dann wäre alles in Ordnung.

Denn in seinem Hinterkopf machte sich ein befreiender Gedanke breit. Sollte es zum Schlimmsten kommen, sollte er seinen Verfolger nicht töten können, sollte er fliehen müssen, so gab es immer noch Hoffnung. Wer auch immer Art und Greg umgebracht hatte, musste genauso ängstlich darauf bedacht sein, seine Morde zu verbergen, wie er, Ken, darauf bedacht war, die Morde an Martin und Nancy und all den anderen zu verbergen. Jetzt, wo Art und Greg tot waren, konnte er lügen, ohne Furcht. Es bestand keine Gefahr mehr, von der Polizei wegen widersprüchlicher Aussagen überführt zu werden. Jetzt stünde sein Wort gegen das eines anderen Mannes. Konnte er jetzt nicht zum Beispiel sagen, dass er, Greg und Art gesehen hatten, wie der Mann Nancy ermordete, dass sie aber nicht wussten, was er mit ihrer Leiche gemacht hatte? Konnte er seinem Verfolger nicht drohen, so wie dieser ihn bedrohte? Man würde ihm glauben, oder? Einem Familienvater mit vier Kindern? Sie hatten ihm bei Alicia Rennick geglaubt.

Er begann zu kriechen und schaffte es zurück zur Hütte. Er überquerte die Lichtung in rasendem Zick-Zack-Lauf und feuerte zur Sicherheit ein paar Schüsse ins Dunkel des Wohnzimmers, als er durch die Tür schlüpfte.

Drinnen angekommen, warf er sich in eine Ecke, das Gewehr im Anschlag.

Kein Geräusch zu hören, niemand da. Langsam ließ er sein Gewehr sinken, setzte sich und zündete sich eine Zigarette an. Er war schweißgebadet.

Dann kam die Stimme aus der Küche.

„Guten Morgen, Ken. Endstation, würde ich sagen. Der Schuss, das war ich. Dachte, wir sollten zur Sache kommen und aufhören, rumzualbern. Erinnerst du dich noch ans College? Alicia Rennick? Nun ..."

Die Überraschung versetzte ihn in einen dumpfen Schockzustand. Die Stimme dröhnte einen Moment weiter, bevor er realisierte, dass es natürlich nicht der Rekorder war, den er vorhin komplett zerschossen hatte. Es war ein zweiter, mit einem anderen Band.

Oder war es jetzt der echte Mann?

„Komm raus!"

Die Stimme sagte: „... konnte Alicia weder die Schuld ertragen noch mir in die Augen sehen, und sie verlor allmählich den Verstand, bis sie sich vor ein paar Jahren umgebracht hat."

Das Krachen von zwei weiteren Schüssen, Ken folgte ihnen, unbesonnen vorpreschend.

Das Gerät stand auf dem Küchentisch, mit dem ersten völlig identisch.

„Ich musste aus einem anderen Staat in eure Nähe ziehen, gesellschaftliche Kontakte zu euch knüpfen, euer Leben und eure Gewohnheiten studieren. Und Pläne schmieden."

Wer, zum Teufel, war das? Musste erst vor wenigen Minuten hier gewesen sein.

Ken stand da und versuchte, die Stimme zu erkennen. Er wusste, dass er sie kannte. Aber von wo und wann? Die Eingangstür der Hütte knarrte im Wind. Er wirbelte herum, riss das Gewehr hoch. Da war niemand. Er ging zu dem Rekorder zurück.

Beiläufig beendete die Stimme ihre sachliche Botschaft: „Komisch, nicht? Ausgerechnet euer erstes Mal hat euch schließlich eingeholt. Jetzt wirst du dafür sterben. Wie Greg und Art. Ich werde dich töten."

Er nahm das Gerät vom Tisch, drückte die Stop-Taste, und erkannte, dass dies eine Falle hätte sein können. Schon wieder hatte er sich einen schweren Fehler geleistet.

Stille.

Den Rest des Tages verbrachte er in der Hütte, wartete und linste von Zeit zu Zeit durch die Gucklöcher, die er absichtlich in die Fensterläden geschossen hatte.

Am späten Nachmittag, als es zu dunkeln begann, verbarrikadierte er die Eingangstür mit einem Bett, einem Toilettentisch und dem schweren Esstisch, indem er die Teile hinschleppte und übereinander stapelte. Als er damit fertig war, zog er sich aus jeder nur möglichen Schusslinie zurück und rollte sich auf einem Berg von Kissen zusammen, das Gewehr griffbereit.

Es war eine lange Nacht, die längste, an die er sich erinnern konnte. Er döste nur unruhig und erlaubte sich nie, in einen zu festen Schlaf zu fallen. Einmal wachte er auf und dachte, es sei früher Morgen, dabei war es erst elf Uhr.

Er hatte wieder einen Alptraum. Er, Greg und Art hatten sich im Motel gerade Sandy vorgenommen, und sie verwandelte sich in einen grinsenden Mann, der ihnen mit einem Gewehr winkte und den Rock hob, um ihnen ein klaffendes, dunkles, von Ratten zerfresssenes Loch zu zeigen, wo früher mal Genitalien gewesen waren. Und Art lachte und lachte und lachte und sagte: „Deswegen mag ich es lieber auf meine Art."

In den Momenten, in denen Ken bei vollem Bewusstsein war, lauschte er dem leichten Säuseln des Nachtwinds, dem Plätschern des Wassers am Seeufer, dem gelegentlichen Knarren von Holz, das sich in der Kälte zusammenzog. Er versuchte, einen endgültigen Plan zu fassen, und bemerkte, dass er immer weniger daran dachte, wie er seinen Verfolger jagen könnte. Mehr und mehr überlegte er, wie er aufs Festland gelangen könnte. Ob er dann nach Südamerika ging oder nach Hause und direkt zur Polizei, um zu bluffen und Anzeige zu erstatten, konnte er noch später entscheiden. Jetzt war nur wichtig, wie er die Barriere eisigen Wassers überwinden konnte, ohne erschossen zu werden. Würde sein Jäger seine Absicht erraten und ihn in seinem Boot erwarten, mit Taschenlampe und Schwerkaliber-Gewehr im Anschlag? Und er selbst im Wasser gefangen, wie eine Bisamratte oder Ente?

Und dann plötzlich eine andere Frage. Wo hatte sein Killer sein Boot versteckt? Wenn er die Hütte verließ und sich auf eine gründliche Suche begab, könnte er es nicht finden? Diese Gedanken gaben ihm ein unerwartetes Gefühl von Sicherheit. Er fiel in tiefen Schlaf.

Als er erwachte, drang das Tageslicht durch die Ritzen und Löcher in den verriegelten Fensterläden und unter der verbarrikadierten Tür durch. Er fühlte sich steif und krank. Und es war kalt. Aber er hatte sich entschlossen. Er konnte es nicht länger ertragen. Er würde das Boot suchen. Wenn er es bis zum Abend nicht gefunden hätte, würde er nachts versuchen, zum Festland zu schwimmen. Er hielt nichts mehr von dem Versuch, gegen den Killer zu kämpfen. Er wollte abhauen. Was seine Gedanken nun beherrschte, war die Möglichkeit, dass es nun jede Stunde zu schneien anfangen konnte. Schnee bedeutete, dass er sich nirgendwo mehr bewegen konnte, ohne Spuren zu hinterlassen. Bevor es dazu kam, musste er verschwinden.

Er zog die Möbel von der Tür weg, riss die Tür auf und blieb in deren Schatten, um hinauszuschauen. Niemand zu sehen. Nicht am See, nicht im Gebüsch. Und am Steilufer? Wenn er sich an die rechte Kante der Türfüllung presste, konnte er es gerade noch sehen. So wie er und Art konnte auch jemand anders von dort oben Ausschau halten, von Felsen und Gras versteckt. Mit einem Zielfernrohr. Ein Fadenkreuz auf ihn gerichtet, sobald er eine Sekunde lang zu rennen aufhörte. Wer auch immer es war, er hatte Greg genau zwischen die Augen getroffen.

Ken machte sich bereit, loszurennen.

Und dann sah er seinen Rucksack.

Er lag am Rand der Terrasse nahe der Tür. Während der Nacht war er von seinem versteckten Erdhügel im Sumpf entfernt und hierher gebracht worden.

Das war schlimmer als die Tonbandstimme. Es war schlimmer als der aufgehängte Greg.

Es bedeutete, dass jeder seiner Schritte beschattet oder vorausberechnet wurde.

Ken stand da wie versteinert und starrte den Rucksack an. Ihm wurde schlecht. Warum war der Rucksack hierhergelegt worden? Um ihn verrückt zu machen. Um ihn in einen solchen Zustand von Hysterie zu treiben, dass er eine wehrlose Zielscheibe abgab. Wie gestern. Der Rekorder hatte seine Wirkung eingebüßt, also was Neues versuchen. Egal, was. Solange es ihm, Ken, zeigte, dass es kein Versteck gab und keine Hoffnung.

Ein Frösteln kroch ihm über Lenden und Rückgrat bis hinauf in den Nacken. Solange er solchermaßen beschäftigt wurde, würde er nicht zu fliehen versuchen, bis es zu spät war. Könnte auch das ein Grund sein?

Na schön. Er musste jetzt sofort das Boot finden. Er wollte nicht riskieren, das offene Wasser ohne Boot zu überqueren. Er versuchte, klar zu denken, nicht in Panik zu geraten. Das Boot. Jetzt nicht lange rumhirnen. Das Boot. An nichts anderes denken.

Wenn du ein Boot verstecken willst, richtig gut verstecken, wo würdest du es verstauen, ein leichtes, tragbares Boot? Und plötzlich war ihm klar, wo das Boot sein würde. Nicht am Ufer, wo man es leicht entdecken konnte, sondern am letzten Ort, an dem jemand es vermuten würde. In der Mühle. Unten in der Aschengrube oder vielleicht im Rattenloch. An einem wirklich sicheren Ort. Oder hinter der Eisentür, unten im Kamin. Zum ersten Mal seit zwei Tagen verzog sich Kens Mund zu einem schwachen Lächeln. Seine Zuversicht kehrte zurück.

Er beschloss, den Rucksack dazulassen. Er ging in die Küche und stellte Zwieback und Feldrationen für mehrere Tage zusammen. Er schnallte eine Feldflasche um und stopfte Streichhölzer, Zigaretten, einen Kompass und frische Socken in seine Jacke. Er band sich ein frisches, wollenes Jagdhemd um die Hüften, zusammengerollt wie ein schwerer Gürtel. Seine Jagdhosen hatten Wadentaschen. Er füllte sie mit Patronen.

Ohne Zwischenfall schaffte er es bis zum Dickicht zwischen der Lichtung rund um die Hütte und der Mühle. Ein Schwarm Krähen in einem Baum nahe am See rührte sich nicht. Eine der Krähen flatterte schwerfällig los und landete auf dem Dach der Mühle.

Die werden sich bald über Greg hermachen, dachte Ken, wenn er noch dort ist, wenn die Ratten noch was von ihm übrig gelassen haben.

Die Krähe beobachtete Ken, als er, wie gestern, die Ostseite der Mühle entlanglief, und flatterte schließlich alarmiert weg, während sie ihre Artgenossen mit scharfen Rufen warnte.

Ken legte sein Auge an denselben Spalt im Holz wie gestern. Die Mühle war unauffällig ruhig und leer. Er zwängte sich an der Stelle hinein, wo er gestern das Brett herausgetreten hatte. Kampfbereit richtete er sich auf. Es schien drinnen kälter zu sein als draußen, eine feuchte, muffige Kälte. Sein Atem dampfte.

Eine Kohlmeise flog durch die Tür und landete flügelschlagend auf der alten Maschinerie. Es konnte niemand dort sein.

Genau wie gestern huschte er die Mühlenwände entlang, zuerst nach Osten, dann vorsichtig an der Seitenwand nach

Norden. In der Mitte der Nordwand war die offene Tür. Gestern hatte er just da draußen Greg gesehen. Mit Entsetzen drängte er die Erinnerung zurück, und bevor er zu der Tür kam, wagte er einen Blick durch die breiten Ritzen in den mächtigen Planken.

Und er sah Gregs gestiefelte Füße, seine mit verwesenden Innereien bespritzten, herunterhängenden Hosen. Greg war also noch da. Eine Ratte kam unter einem Bodenbrett hervor, witterte Leben in der Nähe und flüchtete zurück. Ken würgte und ging weiter.

Schließlich an der Tür angekommen, zögerte er und blickte hinaus zum Wald gegenüber. Er trat ein wenig zurück. Offene Türen waren gefährlich. Beim Durchqueren konnte man entdeckt und erschossen werden, kinderleicht. Von jemandem, der im Gebüsch wartete. Mit einem Druck auf den Abzug.

Er machte sich bereit los zu sprinten.

Die Stimme sprach.

„Guten Morgen, Ken. Endstation würde ich sagen. Jetzt bist du dran, wie Art und Greg."

Schweigen. Irgendwo ein donnernder Lärm, ein Vogel flatterte um den Dachfirst.

Diesmal war es keine Aufzeichnung. Diesmal war die Stimme wirklich. Wirklich und unwirklich. Wirklich, weil der Moment endlich gekommen war, unwirklich, weil sich die Wirklichkeit plötzlich mit dem donnernden Flügelschlag des kleinen Vogels und dem hörbaren Pochen seines eigenen Herzens vermischte. Die Wirklichkeit war plötzlich ein verschwommenes, verschleiertes Bild, ein Gefühl weit weg, wie im Traum.

„In weniger als zwei Minuten", sagte die Stimme deutlich, „werde ich dich erschießen."

Ken feuerte. Wild riss er am Schlagbolzen seines Gewehrs und schickte einen Schuss nach dem anderen in die Holzverkleidung der Mühle, Kugeln krachten durch die alten Planken, als wären sie aus Papier, die Querschläger hallten aus dem Wald dahinter wider.

In der Mühle war niemand. Er musste draußen sein.

Stille. Und dann: „Sagen wir, noch eine Minute, Ken."

Oben im Gesims, da musste er sein. Er war nicht hier unten. Nichts war hier unten außer Greg und den Ratten. Und wenn er im Gesims lauerte, dann musste er dort in einer verkrampften Haltung ausharren. Es würde nicht leicht sein, sich dort oben umzudrehen und mit dem Gewehr zu zielen. Könnte ihn Zeit kosten.

„Dreißig Sekunden, Ken. Das ist nicht lang, was? Dreißig Sekunden, bis du nichts mehr bist. Bloß noch Rattenfutter."

Er stürzte sich kopfüber durch die Tür, rollte sich im Fallen zusammen, kam auf einem Knie hoch, riss das Gewehr nach oben und schoss, noch bevor er gezielt hatte.

Der Schuss wurde nicht erwidert. Dort war niemand.

Niemand außer Greg, an seinem Seil hängend, den Kopf vornüber gebeugt, den Rücken zugewandt, Gottseidank, sodass er das schreckliche Gesicht nicht sehen musste.

„Fünfzehn Sekunden."

„Du wirst mich nicht töten, du Arschloch!"

„Zehn Sekunden."

Ken raste an Greg vorbei zum westlichen Ende der Mühle. Er feuerte auf einen Schatten. Auch dort war niemand. Niemand.

Außer Greg, der jetzt hinter ihm hing.

Und dann kam ihm die grauenvolle Erkenntnis, dass dort überhaupt nicht Greg hing. Nicht Greg. Er wusste es, noch bevor er sich umdrehte.

Das Gesicht, welches sich dort anstelle von Greg befand, lächelte ihn an, die Holland & Holland Schwerkaliber löste sich aus dem senkrechten Versteck des massigen, lebendigen Körpers.

Ken wusste, wer das war, erkannte die riesige Gestalt, das

vertraute Gesicht, das Lächeln. Er versuchte, sein eigenes Gewehr zu heben; er konnte es nicht. Er versuchte zu sprechen; er konnte es nicht. Er konnte sich nicht bewegen.

Dumpf erwartete er das Unvermeidliche. Der Doppellauf des Gewehrs zielte langsam und genau auf seine Oberschenkel, das Gesicht dahinter war jetzt gespannt.

Sanft sagte Wolkowski: „Fünf Sekunden."

Er feuerte.

Ken spürte einen schrecklichen Schlag an seinem linken Schenkel. Er wurde nach hinten geschleudert und fiel. Dann kam der unvorstellbare Schmerz. Er breitete eine Wolke von Grau vor seinen Augen aus, aber durch die Wolke sah er, wie Wolkowski aus der Seilschlinge schlüpfte. Er sah ihn leichtfüßig auf den Boden springen und sah ihn auf sich zugehen, er entlud die verbrauchte Patrone und lud mit einer einzigen flinken, erfahrenen Bewegung nach.

Ken versuchte ein letztes Mal, sein eigenes Gewehr in Anschlag zu bringen. Der Schmerz war zu stark. Schmerz hatte sein Gehirn besetzt und seine Arme weigerten sich, es noch mal zu versuchen.

Wolkowski hatte ihn erreicht und richtete den Doppellauf der Holland & Holland hinunter auf Kens Lenden. Ken sah ihn lächeln, spürte den harten Druck des Gewehrs auf seinen Schwanz und sah, wie Wolkowskis Finger beide Abzüge liebkoste.

Er hörte, wie jemand schrie: „Bitte, um Gottes willen, bitte! Ich hab' sie nicht angerührt, Paul. Es waren Art und Greg, nicht ich!"

Aus grauer Ferne fragte Wolkowski: „Und wer ist dann Peteys Vater?"

„Ich nicht. Ich war mit im Motel, aber ich war es nicht. Bitte. Ich tue alles. Alles."

Dann ein unglaubliches Geräusch. Und nur noch Finsternis.

Dann färbte sich die Finsternis rot, und er wusste, dass er an sich selbst herunterstarrte und dass der sich ausbreitende Blutstrom, der seine Hose tränkte, dort entsprang, wo er einmal ein Mann gewesen war.

Dann hoben sich die Doppelläufe plötzlich, zwängten sich zwischen seine Zähne und drückten heiß und stechend gegen seinen Rachen, erstickten ihn fast.

Er hörte Alicia, wie sie schrie und kämpfte, und Gregs und Arts Gelächter. Und noch jemanden. Sich selbst? Schatten längst verflossener Jahre, die heiße, nackte Hitze von Alicias Körper, wie sie versuchte, seinem Körper zu entkommen.

Er hörte, wie sein Schrei sich fortsetzte, halb erstickt durch die Gewehrläufe. „Ja, ja, stimmt schon, ich war auch dabei. Wir waren Kinder. Bloß Kinder. Wir haben's nicht so gemeint."

Er sah Alicia, ihr weiches, dunkles Haar, ihren langbeinigen, schlanken Körper. Ihr Lächeln.

Dann sah er jemand anderen, sehr nah, das steinerne Gesicht von Paul Wolkowski, seine dunkelgrauen Augen und seinen mitleidlosen Mund.

Es war das Letzte, was er jemals sah.

25

Den Rest des Tages und auch noch den Tag danach brauchte er, um seinen Job zu Ende zu bringen. Erst musste Kens Leiche im Sumpf versenkt, sein Blut weggewaschen werden. Das war nicht einfach. Dasselbe wie bei Art, Nancy und Greg. Er musste gefrorene Erde und Gras abkratzen, Klumpen herausreißen, alles in den See werfen, den Boden wieder glätten. Er musste Gewichte finden, deren Fehlen keine verräterischen Spuren hinterließ. Das Dampftriebwerk in der Mühle war schon völlig ausgeplündert, deshalb wählte er schließlich einige längliche, flache Steine am Ende der Mauer aus, wo Nancy umgekommen und die Mauer teilweise zusammengebrochen war. Er benutzte das Seil, an dem er zuerst Greg, später sich selbst aufgehängt hatte, um die Steine festzuschnüren.

Dann war da noch die Hütte. Er räumte auf, reinigte alles sehr gründlich und polierte schließlich jeden Flecken, den er auch nur zufällig berührt haben konnte, die zwei Male, wo er die Handschuhe ausgezogen hatte. Eine Weile dachte er auch an andere Fingerabdrücke, die von Nancy und Martin, vielleicht auch welche von anderen Paaren aus den vergangenen Jahren. Vor langer Zeit schon hatte er entschieden, dass er damit nicht fertig werden konnte, sie wären einfach überall. Es machte nichts aus. Sollte die Zeit jemals kommen, da man sie untersuchen würde, würden sie eventuell auf vermisste Personen hinweisen, niemals jedoch auf Mord.

Als er damit fertig war, räumte er alles wieder an seinen Platz, das Bett, den Toilettentisch, den Esstisch. Er setzte ein neues, gebrauchtes Türschloss ein, die Marke hatte er im Jahr zuvor schon identifiziert.

Er durchkämmte den Wald langsam und methodisch nach allem, was er vielleicht verloren haben könnte. Er entfernte jeden Hinweis darauf, dass Ken sich im Sumpf aufgehalten hatte, und er nahm Kens Rucksack und verstreute fast seinen gesamten Inhalt in der Hütte, genauso wie Gregs und Arts Sachen.

Er brauchte Stunden, um seine Kamin-Plattform abzumontieren, herabgefallene Ziegelstücke und Ziegelstaub vom Grunde des Kamins zu entfernen, die alten Balken und Planken wieder dorthin zu bringen, wo er sie gefunden hatte, die Haken zu entfernen und die Löcher, die er gebohrt hatte, mit Spinnweben und Moos zu verstopfen. Es kostete ziemlich viel Zeit, alle Fußspuren innerhalb und außerhalb der Mühle zu verwischen, obwohl er Sackleinen um seine Stiefel gewickelt hatte.

Zeit und Geduld. Und ein gutes Gedächtnis. Er hatte sich sorgfältig alle Schüsse notiert, die abgefeuert worden waren, wann und in welche Richtung, und er musste mehr als sechzehn Kugeln aus Bäumen, dem Boden der Mühle, der Erde und der verwitterten Beplankung der Mühle herausholen. Außerdem musste er noch fünf Kugeln aus den Türpfosten und den Innenwänden der Hütte pulen. Die hatte Ken abgefeuert, als ihn der Rekorder in Panik versetzt hatte.

Schließlich waren da auch noch die Boote, nutzlose Streifen aus schwarzem Gummi, wie zusammengerollte, schlaffe Schlangen. Er wickelte sie vorsichtig um ihre Motoren, und sie folgten Kens Leiche in den Sumpf. Gregs verwesende Überreste, denen sie als Gewichte dienten, gingen mit ihnen zusammen unter.

Es war harte Arbeit, denn er war müde bis in die Knochen, und es war noch so viel zu tun. Es fiel ihm auch doppelt schwer, weil das, wofür er seit Jahren gelebt hatte, nun endlich erfolgreich abgeschlossen war. Er fühlte sich emotional ausgepumpt von der Aufregung, und es würde noch hart werden, in Zukunft ohne diese Anspannung zu leben.

Als er endlich mit allem fertig war und es nichts mehr zu tun gab, als zu gehen, setzte er sich eine Weile auf die Treppe vor der Jagdhütte. Er starrte auf die kalte, schiefergraue Oberfläche des Sees und auf die Mauer dunklen Waldes gegenüber. Und er dachte an Ken, Greg und Art und das, was sie getan hatten, und wie er sich schließlich gerächt hatte, auch wenn er dazu elf Jahre gebraucht hatte. In Gedanken ging er noch mal seine ganze komplizierte Tarnung durch; die falschen Spuren und Hinweise, die er für die Polizei hinterlassen hatte, sollten die überhaupt jemals auf etwas stoßen, die nicht nachweisbaren Diebstähle, Betrügereien und Fälschungen, durch die er komplett gedeckt war. Er hatte die offizielle Beglaubigung seiner Heirat mit Alicia in einem anderen Bundesstaat in die Hand bekommen und vernichtet. Er hatte das Gleiche mit seiner und Peteys Geburtsurkunde getan und mit allen anderen Dokumenten, die sich auf seinen offiziellen Namenswechsel bezogen, der nach Alicias Tod in wieder einem anderen Bundesstaat durchgeführt worden war. Er hatte neue Geburtsurkunden für sich und Petey gefälscht. In der Hauptstadt des Bundesstaates, Lansing. Sie hießen jetzt beide Wolkowski. Von Geburt an. So würde ihn nie jemand mit Alicia Rennick in Verbindung bringen. Und auch Petey nicht. Oder wissen, dass er Alicia geheiratet hatte, deren Name danach Garner war. Oder wissen, dass er George Garner war, im Heimatort der Rennicks bekannt als Buddy. Keiner von ihnen existierte mehr. Nicht einmal Buddys registrierte Fingerabdrücke. Auch die waren beseitigt worden. Es gab nur noch ihn selbst, Paul Henry Wolkowski, und Peter Wolkowski. Seine Anstellung beim Staat war sehr hilfreich gewesen. Das war allerdings kein Zufall. Am Tag nach der Beerdigung von Alicia war er in den Staatsdienst eingetreten, um all dies zu erreichen. Seine offizielle Position würde ihm sogar noch zukünftig sehr nützlich sein.

Er dachte an Ken, Greg und Art und den Genuss, sie zu jagen und zu töten, das Gefühl, etwas erreicht zu haben. Er hatte, ironischerweise, eine viel bessere Jagd gehabt als jemals einer von ihnen. Und er hatte an ihnen die Strafe vollzogen, die der Staat nicht mehr verhängen durfte, die Todesstrafe.

Er dachte an Alicia und ihre Sanftheit und an die versteckte Verzweiflung in ihren Augen, und er erinnerte sich an die Zeit, da sie aufgehört hatte zu lächeln, nur noch vor sich hin brütete und voll Entsetzen auf etwas zu starren schien, das sich tief in ihrer Erinnerung abspielte.

Dann fühlte er etwas Kaltes sein Gesicht berühren und blickte nach oben. Es hatte zu schneien begonnen, sehr feiner Pulverschnee, der einen baldigen Schneesturm versprach, und so hoch im Norden einen langen harten Winter. Das war gut. Sollte er durch einen wenn auch unwahrscheinlichen Zufall etwas vergessen haben, würde sich die Natur darum kümmern. Der Sumpf würde bald von Eis bedeckt sein, das Wassergrab versiegelt, und lange bevor das Eis wieder verschwunden wäre, hätten Fische und Schildkröten das Fleisch von den Knochen genagt, und die Skelette würden tief hinuntersinken, tief in den Schlamm, unauffindbar. Der schmelzende Schnee im Frühjahr würde alles Übrige wegwaschen.

Er holte sein Kanu aus dem Versteck im Gebüsch an der Westküste der Insel, gegenüber dem Festland. Er lud seinen Rucksack und das Gewehr ein und paddelte durch das Schneetreiben bis jenseits der Treibholz-Sammelstelle und des Bachs, wo Martin und Art gestorben waren. Dort war das Wasser über dreißig Fuß tief und das Ufer fiel steil ab. Er fand eine Stelle, an der ein starker Ast knapp über dem Wasser hing. Er lud Rucksack und Gewehr aus und schlitzte mit seinem Messer den Boden des Kanus auf. Es sank sehr schnell und war bald nicht mehr zu sehen, und er benutzte den Ast, um sich an Land zu schwingen.

Er rauchte eine Zigarette, warf den Stummel in den See und brach auf, die ungefähr fünfzehn Meilen zurückzulegen, die vor ihm lagen. In zügigem Trab lief er den Ochsenpfad hinunter und die verlassene Bahnlinie entlang. In der Mitte des Nachmittags hatte er den Highway 28 erreicht. Er setzte eine Brille auf, die ihn anders aussehen ließ, nahm das Gewehr auseinander, steckte es zusammen mit dem Zielfernrohr in den Rucksack und hielt einen Truck an, der aus einem anderen Bundesstaat kam. Mit hochgeklapptem Kragen und heiserer Stimme beschwerte er sich über die scheußliche Erkältung, die er sich beim Jagen geholt hatte.

Nach dreißig Meilen ließ er sich an einer verlassenen Kreuzung absetzen, und sobald der Truck verschwunden war, ging er in den Wald zu einem halb zugefrorenen Sumpf. Inzwischen waren acht Inches Schnee gefallen und es war windig. Es war ein elendes Gefühl, hier nackt und barfuß die Kleider zu wechseln, aber das Gefühl seines Triumphs wuchs in ihm und steigerte sich fast zur Verzückung. Das machte die Kälte erträglich.

Er stopfte seine Jagdkleidung, Hose, Blouson und Mütze, komplett in den Rucksack, nachdem er ihm den gewöhnlichen, grauen Geschäftsanzug, Oxford-Schuhe, einen zerdrückten Hut und eine kleine Aktentasche entnommen hatte. Der Anzug war ziemlich zerknittert, aber eine Nachtfahrt im Zug würde dafür wohl als Entschuldigung ausreichen.

Er steckte einen schweren Felsstein in den Rucksack, zog die obere Verschlussschnur fest zu, warf den Sack in ein Wasserloch im Sumpf und sah zu, wie er im Schlamm versank. Wenn ihn jemals jemand finden sollte, würden das Gewehr und das Zielfernrohr eine einzige verrostete Masse sein, die nicht mehr zu identifizieren war. Und alles andere, worauf Fingerabdrücke sein konnten, wie seine Feldflasche oder die wasserdichte Streichholzschachtel, waren sauber poliert und würden zudem bald hoffnungslos zerfressen sein.

An der Highway-Kreuzung fand er wieder eine Mitfahrgelegenheit, diesmal bei einer wohlwollenden Hausfrau, die vier Kinder im Fond ihres Kombi transportierte. Sie brachte die Kinder von der Schule nach Hause und hoffte dort anzukommen, ohne in einen Schneesturm zu geraten. Sie war froh, an einen anständig aussehenden Mann geraten zu sein, der ihr vielleicht behilflich sein konnte. Sie wollte wissen, warum er dort gestanden hatte, und er tischte ihr die Geschichte von einer Autopanne und einem Lastwagenfahrer auf, der ihn an dieser gottverlassenen Stelle rausgeworfen hatte. Sie flirtete; ihr Mann war verreist. Die Kinder waren klein und gingen früh schlafen. Er überlegte kurz, der Versuchung nachzugeben; seinen Nerven wäre etwas Entspannung willkommen gewesen. Er hatte schon lange keine Frau mehr gehabt, und diese hier war attraktiv. Dennoch lehnte er höflich ab, und als sie ihn bei Raco an der Bahnstation absetzte, knallte sie sauer die Wagentür zu und fuhr, Schnee aufwirbelnd, sehr schnell davon.

Problemlos erwischte er einen Zug. Er schlief während der ganzen Fahrt nach Ann Arbor. Wie ein Toter.

Um neun Uhr morgens war er wieder in seinem Büro, an dem Tag, an dem er von seiner Dienstreise nach Memphis zurückerwartet wurde. Für Memphis hatte er sich schon vor langer Zeit ein narrensicheres Alibi besorgt. In Süd-Michigan lag auch Schnee, aber nur drei Inches. Um neun Uhr dreißig rief er Helen Frazer an, um ihr zu sagen, dass er zurück sei, und um ihr zu danken, dass sie sich um Petey gekümmert hatte. Er sagte, er käme abends, um Petey zu holen, und lehnte ihre Einladung zum Abendessen nicht ab. Je mehr Vertrauen die Ehefrauen in ihn hatten, desto besser. Ken wurde erst in vier Tagen zurückerwartet. Vielleicht würde es mehr als ein Abendessen bei Helen geben. Und vielleicht würde er etwas aufschnappen, das nützlich für ihn war. Man konnte nie wissen. Obwohl er hundert Prozent sicher war, nichts außer Acht gelassen zu haben, was ihn verraten könnte. Niemals und nirgendwo, den ganzen langen Weg.

Er hatte kaltblütig drei Männer gejagt, die den Tod verdient hatten, und sie getötet. Und ihm war absolut nichts nachzuweisen.

Epilog

Schnee lag wie ein sanfter, alles verhüllender Mantel auf Ken Frazers Vorstadtrasen und Grundstück. Es war nicht leicht, sich hier die Wärme der Blumen und Büsche im Frühjahr und Sommer vorzustellen. Der Swimmingpool war leer und verlassen, das Tennisnetz weggeräumt. Den Gartengrill hätte man unter seiner weißen Schicht auch für einen Zedernbusch halten können. Die Hecke war mit Pfählen markiert und mit Sackleinen sorgfältig abgedeckt worden, die Blumenbeete waren umgestochen, die Blumenzwiebeln ausgegraben und über den Winter in der Garage eingelagert. Das alles hatten die drei Männer getan, die auch einmal in Monat mit Spezialgeräten kamen, um dem Haus eine Vier-Stunden-Generalreinigung zu verpassen. Dieses Jahr war der Garten als neuer Geschäftszweig dazugekommen, und letzte Woche waren sie, kurz bevor es zu schneien begonnen hatte, eines Morgens um neun Uhr angekommen, um bis fünf Uhr nachmittags den ganzen langweiligen Herbstputz erledigt zu haben, der Ken und Helen früher vier Wochenenden in Anspruch genommen hatte.

Es war halb vier Uhr nachmittags; die Kinder waren noch in der Schule. Ein Wagen der Staatspolizei parkte vor der Eingangstür, und der smart uniformierte Polizist, Mütze leicht in die Stirn gedrückt, las die Sportseite der „Detroit News" und hörte dabei mit einem Ohr noch auf das Funkgerät, das ab und an Laute in verschlüsseltem Polizeijargon von sich gab.

Der Polizist war ein Sergeant und wartete auf seinen Boss. Es hatte mit den drei Männern aus Ann Arbor zu tun, die verschwunden waren. Auf der Titelseite der Zeitung war ein Artikel mit Fotos über sie. Es waren prominente Leute; der eine Typ, Wallace, hätte vielleicht im nächsten Jahr für die Republikaner kandidiert. Die Rede war von einem Verrückten, einem Bandenmord. Die Presse erging sich in allen nur denkbaren Spekulationen. Aber bis jetzt, das wusste der Sergeant, hatte die Polizei nicht die geringste Spur und war, so sagte sein Boss, dabei, die Angelegenheit fallen zu lassen. Es gab keinen Hinweis, dass an der Sache etwas faul sei. Alle drei Männer waren anscheinend eines Morgens vor zwei Wochen aus ihrer Jagdhütte im Norden Michigans hinausspaziert, ohne Rucksäcke oder Proviant, und einer sogar ohne sein Gewehr. Und sie waren nie mehr zurückgekehrt. Einfach so. Die Polizei und die Forstleute hatten sie und ihre Schlauchboote mit Hubschraubern, Hunden, Schneepflügen und mit Unterstützung der Bodeneinheiten der Nationalgarde sowie eines Fotoerkennungstrupps gesucht, in einem Gebiet, das zwei Provinzen umfasste. Resultat: Nichts. Sie hatten den Wagen der Männer gefunden, wo sie ihn gelassen hatten, in einem stillgelegten Touristencamp, in einer verschlossenen Garage. Ein Fleck auf dem Rücksitz hatte sich als Urin erwiesen, aber er war für das Labor zu alt, um zu sagen, ob von einem Mann oder einer Frau. Ein gestohlenes Kanu war im Fluss versenkt gefunden worden, mit zerschmettertem Bug. Es mochte mit dem Verschwinden in Verbindung stehen oder auch nicht. Wieder Fehlanzeige.

Im Polizei-Hauptquartier wettete man darauf, die Typen nicht mehr zu finden. Die Kriminaltechniker hatten in ihrer Hütte etliche Fingerabdrücke sichergestellt. Einige waren männlich und nicht identifizierbar. Die meisten waren weiblich und gehörten zu mehreren, verschiedenen Frauen, wovon eine auf einer Vermisstenliste von vor drei Jahren auftauchte. Offenbar war in der einsamen Hütte der drei Männer mehr abgegangen als bloß die Jagd. Aber die Polizei würde, aus Rücksicht auf die Familien der Männer, nichts davon an die Presse geben. Es war sowieso eine Sackgasse. Fingerabdrücke allein bedeuteten noch gar nichts.

Es gab noch etwas, wovon die Presse nichts erfuhr. Einer der Männer, Anderson, hatte geschäftlich mit einer Firma in Argentinien zu tun und war im letzten Jahr zweimal in Buenos Aires gewesen. Von der dortigen Polizei war zu erfahren gewesen, dass Anderson des Öfteren in Begleitung von Models und Filmsternchen gesehen worden war.

Ein Wagen fuhr vor. Der Sergeant beobachtete ihn verstohlen. Keine Zeitungsfritzen. Gestern waren immer wieder welche aufgetaucht, aber auf besonderen Wunsch blieben sie jetzt fern – wegen der Kinder. Es gab aber einen Wagen der „Detroit News", diskret in fünfundsiebzig Yards Entfernung geparkt, in Wartestellung, für alle Fälle.

Pat Wallace stieg aus. Sie sah den Sergeant, zögerte, dann nickte sie ihm kühl zu. Er schob die Zeitung außer Sichtweite, täuschte Aufmerksamkeit vor, grüßte zurück. Wenn ich mit so 'ner halblesbischen Emanzenschlampe verheiratet wäre, dachte er, würde ich auch abhauen.

Pat ging rein.

Helen Frazer hörte die Eingangstür und kam aus dem Wohnzimmer, aus dem ein Gemurmel von Stimmen zu hören war. Sie war dunkel gekleidet, trug kein Make-up und sah mitgenommen aus. Sie küsste Pat, schüttelte auf deren fragenden Blick hin den Kopf, ließ gerade die richtige Menge Tränen in ihre Augen steigen, um sie dann, das Ganze demonstrativ herunterspielend, wütend wegzuwischen.

Pat sagte nichts. Beide gingen ins Wohnzimmer, wo Sue Anderson mit zwei Männern am Feuer saß. Der eine war ein junger Polizeileutnant in Uniform. Der andere, ein Captain, trug einen gut geschnittenen Anzug. Er war groß, bemerkenswert kräftig gebaut, hatte dunkelgraue Augen und ein Gesicht wie aus rauem Granit.

Als er Pat sah, erhob er sich.

„Hallo, Pat."

Pat antwortete mit dem trockenen, verkniffenen Lächeln, das sie für sehr männliche Männer reserviert hatte, und gab ihm kurz die Hand.

„Kennst du Leutnant Randall, unseren Experten für Forensik? Leutnant, Mrs. Wallace."

Pat sagte dem Leutnant guten Tag.

Dann sagte Captain Paul Wolkowski: „Pat, ich habe Helen und Sue die einzige Neuigkeit berichtet, die es gibt."

„Eine gute Neuigkeit", sagte Helen.

„Nun, wie man's nimmt", sagte Wolkowski. „Ich bin mit dem Fall beauftragt worden. Wir haben das persönliche Okay des Gouverneurs heute Morgen erhalten."

„Oh, da bin ich aber froh", sagte Pat. Das war sie wirklich. Sie wusste, wenn irgendjemand dieser ganzen verzwickten Sache auf den Grund gehen konnte, dann dieser Mann. Sein Ruf als Polizeibeamter war fast schon legendär. Und er würde noch ganz hoch hinaufkommen. Vielleicht sogar in die hohe Politik. Die Leute glaubten, dass er eines Tages selbst Gouverneur sein würde.

Sie schluckte den aufsteigenden Schwall von Hass gegen ihren Mann hinunter, ließ sich nichts anmerken. Es hätte keinen Sinn, ihre Gefühle zu zeigen. Wahrscheinlich wussten es alle, aber man durfte es nicht öffentlich zur Schau stellen, besonders nicht in diesem Moment. Die Kinder würden Art noch ein paar Jahre brauchen, wenigstens finanziell. Das war der einzige Grund, ihn zu vermissen.

Wolkowski sagte: „Um ehrlich zu sein, und ich weiß, ihr alle drei möchtet, dass ich ehrlich bin, sind wir bis zum jetzigen Zeitpunkt noch keinen Schritt weiter gekommen. Leutnant Randall hat nichts zu berichten."

„Wir haben das Gebiet äußerst sorgfältig durchkämmt", sagte Randall. Er war voll jugendlichen Tatendrangs. Bereitwillig war er mit Wolkowski überein gekommen, über die weiblichen Besuche in der Hütte nicht zu sprechen. Das würde nur Schmerz bereiten. Er fuhr fort: „Die Jagdhütte, die ganze Insel. Einschließlich der alten Sägemühle. Wir haben praktisch alles in seine Einzelteile zerlegt." Er blickte zu Wolkowski, erhielt ein leichtes „Weitermachen"-Nicken und fuhr fort: „Wir haben nichts gefunden, das auch nur im Geringsten auf irgendeine Art von Gewaltanwendung hindeuten würde. Nach unseren Erkenntnissen müssen wir davon ausgehen, dass die drei Männer sich lebend von dort entfernt haben."

„Nun, das ist ja immerhin schon etwas", sagte Pat. Sie schenkte Wolkowski noch ein verkniffenes Lächeln, das ihrer Rolle entsprach. Sie wusste, dass niemand jemals Art finden würde. Greg und Ken genauso wenig. Sie hatten sich aus dem Staub gemacht, das war sonnenklar. Unglaublich, aber genau das hatten sie getan. Sie wusste es, denn das passte zu Arts Charakter. Er war ein Feigling und ein Kriecher. Und sie wusste auch, nach allem, was sie im Laufe der Jahre aus Art herausgekriegt hatte, aufgrund gelegentlicher Bemerkungen hie und da, dass es auch Kens und Gregs Charakter entsprach abzuhauen. Für alle drei war eine Frau nicht jemand, den man liebte, sondern ein notwendiges Sexobjekt, das man ausbeutete und benutzte.

Pat betrachtete Helen, die jetzt neben Wolkowski saß, ziemlich nahe bei ihm, die Hände in den Schoß gelegt. Dachte Helen das Gleiche? Wenn ja, dachte Pat, dann würde es bald zwischen Wolkowski und ihr funken, wenn nicht ohnehin schon sowas passiert war. Da war eine unbewusste animalische Ähnlichkeit zwischen den beiden, die sagte „Bett". Na, warum nicht. Er passte viel besser zu Helen, als Ken jemals zu ihr gepasst hatte, und sie konnte mit Petey umgehen. Für einen Moment überlegte Pat, was sie mit ihrem eigenen Leben anfangen sollte. Ein Geschäft vielleicht. Kalifornien. Sie hatte dort eine Frau mit einer Designfirma kennen gelernt, die ihr angeboten hatte, sich als Teilhaberin einzukaufen. Eine Partnerschaft. Sie spürte eine leichte Erregung in sich aufsteigen. Wenn sie wollte, könnte es bei dieser Partnerschaft um mehr gehen als Geld.

Wolkowski beugte sich sanft vor, eine riesige Hand schloss sich um das Glas Wodka-Tonic, das Helen ihm offeriert hatte. Er beobachtete Sue Anderson. Sue hatte gerade gesagt: „Aber ich verstehe nicht, Paul. Wenn sie leben, wo sind sie dann?"

Wolkowski zögerte, dann sagte er: „Sue, Gregs Reise nach Südamerika letztes Jahr."

„Ja", sagte sie. Ihre Stimme war ausdruckslos.

„Ich würde meine Pflicht als Freund vernachlässigen, wenn ich dir nicht sagen würde, dass wir uns offiziell verpflichtet fühlen, diese Spur zu verfolgen."

„Selbstverständlich", sagte sie. „Das müsst ihr."

Offen erwiderte sie seinen Blick. Aber sie hatte sich verraten. Es war Härte in ihrem Tonfall gewesen. Da war er sicher. Er würde später mit ihr unter vier Augen sprechen und er würde sie davon überzeugen, dass Greg mit einer anderen durchgebrannt war. Er glaubte nicht, dass dies besonders schwer sein würde. Sein Instinkt verriet ihm, dass es ihr nicht wirklich etwas ausmachen würde, und in der Vergangenheit hatte ihn sein Instinkt im Bezug auf Frauen nicht im Stich gelassen. Aber er dachte: Tut mit leid, kleines Mädchen, du wirst dennoch die gesetzliche Verjährungsfrist abwarten müssen, bevor du die Lebensversicherung einstreichen und wieder heiraten kannst. Genau wie Pat. Und Helen. Aber du wirst es schon schaffen. Du vor allem. Du bist das geborene Sexkätzchen. Das steht dir im Gesicht geschrieben. Deshalb konntest du Greg aushalten. Also wirst du jetzt einen anderen Kerl mit viel Sex und viel Geld finden, und du wirst ihn warten lassen, und es wird sich lohnen.

Zu allen drei Frauen sagte er: „Das ist sehr ungewöhnlich und beunruhigend. Das ist uns allen klar. Ich meine die Tatsache, dass anscheinend alle drei gemeinsam ausgeflogen sind. Aber andererseits waren sie schon seit sehr langer Zeit dicke Freunde. Man könnte fast sagen: unzertrennlich."

„Ja", sagte Helen. Sie lächelte schwach, ihre Stimme klang gelassen, aber ihr Mund wurde schmal; ihre Augen wurden kalt. „Manchmal war ihre Freundschaft für keinen von uns leicht. Ich meine, für Pat, Sue und mich." Sie zögerte und sagte dann:

„Ich denke, ich kann für uns alle sprechen. Es war, als wenn Ken, Greg und Art miteinander verheiratet wären und wir nur angenehme Mitläufer."

Weder Pat noch Sue antworteten. Sie sahen weder ihn noch Helen an. Sie guckten auf den Teppich oder ins Feuer.

Das war's. Sie würden keine gramgebeugten Witwen abgeben. Sie hatten, fast mit Erleichterung, akzeptiert, dass man sie sitzen gelassen hatte. Genauso wie die Polizei. Aber warum auch nicht? Es war der Weg, auf den er sie alle gelenkt hatte, den eigenen Chef, den Staatssekretär des Inneren, den Gouverneur, sogar die Presse. Die Leute glauben, was du ihnen sagst. Vor allem, wenn das die einfachste Lösung ist. Wenn du ihnen sagst, dass drei anscheinend glücklich verheiratete Durchschnittsamerikaner mittleren Alters aus der Mittelschicht ihre Frauen und Kinder im Stich gelassen, scheinbar glücklichen Familien und guten Jobs den Rücken gekehrt haben und in unbekannte Gefilde aufgebrochen sind, dann schlucken sie es. Besonders, wenn es keinerlei Gegenbeweise gibt.

So würde es also Südamerika sein. Zuerst Argentinien, dann vielleicht Bolivien. Ken würde sogar einmal gesichtet werden.

Paul Wolkowski blickte Helen an. Er mochte, wie sie aussah, ihre Stimme, ihren Körper und ihre Augen. Und sie machte ihre Sache wunderbar. Sie hatte Sue getäuscht. Aber ob ihr das auch bei Pat Wallace gelang? Er glaubte es nicht. Aber Pat wäre es schnuppe, wenn Helen eine Affäre mit ihm anfangen wollte. Sie war viel zu sehr mit sich selbst und ihrem Männerhass beschäftigt. Er saß da, sein Blick flog von einer Frau zur anderen, registrierte ihre eleganten Kleider, ihre selbstzufriedenen, gepflegten Gesichter, ihre wohlgenährten und wohlgeformten Körper, ihren Charakter. Kühl und professionell schätzte er sie ab. Der Wodka wärmte und steigerte sein Wohlbefinden.

Draußen antwortete der dort wartende Polizist auf eine Routineanfrage über Funk nach dem Verbleib seines Chefs. War Captain Wolkowski immer noch dort?

„Ja", antwortete der Polizist. „Sicher."
„Was schätzen sie, wie lange?"
„Ich denke, er wird 'ne ganze Weile dort bleiben."
Es hatte wieder angefangen zu schneien.

Nachwort

Was sich in den sechziger Jahren des vergangenen Jahrhunderts in einem nordamerikanischen Städtchen hinter gutbürgerlichen Fassaden abspielte, hat der seinerzeit in Ipswich/Massachusetts lebende Autor John Updike in seinem 1968 erschienenen Roman „Couples" (deutsch: „Ehepaare", Reinbek, 1969) erzählt. Zehn Ehepaare finden zu einem promiskuitiven Reigen zusammen, in dem nach unausgesprochenen Regeln ein Kult des Sexuellen zelebriert wird – lustvoll und bei jeder sich bietenden Gelegenheit. Wobei, wie dann wenig später Gay Talese im Verlauf seiner letztlich neunjährigen Recherche für die Mammutreportage „Thy Neighbor's Wife", 1981, (deutsch: „Du sollst begehren. Auf den Spuren der sexuellen Revolution", Berlin, 2007) notierte, die Initiative zum außerehelichen Quickie nicht ausschließlich von den Männern ausging: „Im Motelzimmer entledigte sie sich hastig ihrer Kleider. Bullaro betrachtete erneut ihren bemerkenswerten Körper, und wie früher legte sie auch diesmal eine gewisse Aggressivität an den Tag, als sie nackt ins Bett kletterte und ihn bestieg."

Bereits Anfang der Fünfziger hatte der Sexualforscher Alfred Kinsey das Bild der vermeintlich prüden Amerikanerin, der keuschen Braut und treuen Gattin zurechtgerückt. Als Ergebnis einer Befragung von 6000 Frauen im Alter von zwanzig bis Mitte/Ende vierzig hatte sich gezeigt, dass die Lust auf anonyme One-Night-Stands und Überschreitung jeglicher Tabugrenzen sich nicht nur in den Köpfen der Probandinnen abspielte, sondern bei einem Großteil der Befragten bereits konkrete Erfahrung war. Damals taten sie es zumeist noch heimlich, spätestens aber mit dem Beginn der Hippie-Ära machten viele Frauen keinen Hehl mehr aus ihren sexuellen Bedürfnissen. Sie traten selbstbewusst und fordernd auf – während Präsident Lyndon B. Johnson zigtausend Männer nach Vietnam schickte, wo sie neben der Bombardierung von Dörfern und dem Einsatz von Napalm das taten, was Männer in Kriegen bisher immer getan hatten, nämlich einzeln und/oder in Gruppen Frauen zu vergewaltigen und zu töten. Es ist nicht von der Hand zu weisen, dass diese Amerikaner damit auch ihre vermeintliche Schwäche und Unterlegenheit im heimischen „Geschlechterkampf" kompensierten.

David Osborn war nicht in Vietnam, hat aber all das aufmerksam registriert. So ist ein starkes Leitmotiv seiner seit Anfang der siebziger Jahre veröffentlichten Romane die schonungslos offene Darstellung aller, auch der subtilsten Methoden und Mechanismen des Machtkampfes, in dem persönliche oder politische Motive sich in gefährlicher Weise verquicken und der Zweck alle Mittel zu heiligen scheint.

Osborns Kindheit und Jugend verlaufen äußerst harmonisch. 1923 als Sohn vermögender Eltern in New York geboren, verbringt er die Sommermonate in Hudson Valley und Rhode Island, lernt früh reiten und segeln. Er absolviert in New Mexiko die High School und unternimmt mit seinem Onkel, dem in Albuquerque ansässigen Anthropologen und Pulitzer Preisträger Oliver La Farge („Laughing Boy", 1929, deutsch: „Indianische Liebesgeschichte", Weinheim, 1979) längere Streifzüge durch die Reservate. Gleich nach dem Schulabschluss lässt sich der Achtzehnjährige bei der Armee zum Piloten ausbilden und fliegt bis zum Ende des Zweiten Weltkriegs Einsätze im Südpazifik. Anschließend ist er kurze Zeit als Ausbilder und Testpilot tätig. Neben seinem Studium an der Columbia University jobbt er dann als PR-Mann für Off-Broadway-Theater und den populären New Yorker Radiomoderator und Komiker Jimmy Durante. Mit achtundzwanzig wird er Chef der Presseabteilung bei „Transfilm", dem größten Produzenten von Werbefilmen. Nach vier arbeitsintensiven Jahren jedoch gerät er ins Visier des Kommunistenhassers, -jägers und Anklägers Senator McCarthy: David Osborn hatte spezielle Radioprogramme für Afroamerikaner entwickelt und wird nun als antiamerikanisch und subversiv gebrandmarkt, zumal er auch einen Angestellten beschäftigt, der verdächtigt wird „mit einer kommunistischen Partei in Verbindung zu stehen".

Es ist das Jahr 1955 und der erst zehn Jahre zuvor für seine Verdienste im Krieg noch hoch dekorierte David Osborn gilt als Landesverräter. Angewidert von den Praktiken des McCarthy-Systems zieht er einen radikalen Schlussstrich unter seinen bisherigen „American Way of Life" und emigriert nach Frankreich. Was diesen Schritt auslöste, bleibt unvergessen und wird von Osborn später in dem Politthriller „Love and Treason", 1982 (deutsch: „Schach der Dame", Wien/Hamburg, 1986), thematisiert: Die Machenschaften eines Politikers, der Informationen über ihm nicht genehme Personen unter dem Deckmantel des selbstlosen Patrioten manipuliert und missbraucht.

Knapp 27 km nördlich von Cannes liegt das Städtchen Le Bar-sur-Loup. Durch die schmalen Gassen dieses provenzalischen Orts führt der Weg an einer alten Wasserleitung vorbei zu einem Steinbruch. David Osborn erwirbt und betreibt ihn fortan. Tagtäglich schuftet er mit den Arbeitern vor Ort und kann nach und nach auch Gewinne verbuchen. Aber er hat Größeres im Sinn. Abend für Abend setzt er sich an seine Reiseschreibmaschine und entwickelt ein erstes Drehbuch: Nach dem Ableben ihres wohlhabenden Vaters lebt die junge Alleinerbin Kim zurückgezogen in ihrem Elternhaus am Meer. Da taucht ein Jahr später ein Mann auf und behauptet, ihr verunglückter Bruder Ward zu sein. Der geheimnisvolle Unbekannte kann seine Behauptung auch belegen, und selbst Kims Onkel Chandler identifiziert den Fremden als Ward.

Es ist ein mysteriöser Thriller, den Douglas Fairbanks Jr. mit Michael Anderson als Regisseur und Anne Baxter und Richard Todd in den Hauptrollen in London und der Grafschaft Hertfordshire realisiert. 1958 hat „Chase A Crooked Shadow" (deutsch: „Flüsternde Schatten") Premiere. Der Schwarzweißfilm wird immer wieder mal im deutschen Fernsehen gezeigt und steht bei der „Britisch Academy of Motion Picture" auf der Liste der zehn besten und spannendsten Drehbücher, die jemals geschrieben wurden.

Für Osborn beginnt eine lange Karriere als Autor für britische Film- und Fernsehproduktionen. Er schreibt mehrere Originaldrehbücher, arbeitet an Serien mit und adaptiert den Agatha Christie Krimi „16 Uhr 50 ab Paddington" mit Margaret Rutherford als Miss Marple. Der nach seinem Script gedrehte kanadisch-britische Spielfilm „The Trap" (deutsch: „Wie ein Schrei im Wind", 1966) wurde als bester ausländischer Film für den „Oscar" nominiert: Es ist die ungewöhnliche Liebesgeschichte zwischen einem ungehobelten Trapper (Oliver Reed) und einem stummen Waisenmädchen (Rita Tushingham). „Prisma Online" schreibt: „Regisseur Sidney Hayers verband hier Westernmotive mit einem romantischen Drama und fing in der Wildnis Kanadas faszinierende Naturaufnahmen ein. ‚Wie ein Schrei im Wind' gilt heute als ein wichtiger britischer Kinofilm der sechziger Jahre, der vor allem auch von seinen hervorragenden schauspielerischen Leistungen lebt. Bis zu diesem Zeitpunkt war Hauptdarsteller Oliver Reed nur ansatzweise gefordert worden, hier ist er einfach brillant in der Rolle des muffeligen Trappers La Bête. Und Rita Tushingham steht ihm als stumme junge Frau in nichts nach."

David Osborn hat zu der Zeit die Provence schon verlassen, lebt in London und pendelt zwischen der britischen Metropole und Paris hin und her. Er dreht eine zweistündige Dokumentation über den argentinischen Formel-1-Rennfahrer Juan Manuel Fangio, berät Jacques Tati bei seiner Rolle als „Monsieur Hulot" und ist in der Seinestadt auch für die Disney-Produktion tätig.

In den frühen siebziger Jahren aber gerät die britische Filmindustrie in eine ernsthafte Krise. Für Osborn gibt es kaum noch neue Aufträge. Er packt seine Sachen und wechselt erneut den Wohnsitz.

Es ist ein kleines, friedliches Alpendorf in der französischen Schweiz mit „70 Einwohnern und 200 Kühen". Dort startet er seine bislang letzte Karriere.

Der inzwischen Achtundvierzigjährige debütiert mit „Glass Tower", 1971, als Buchautor und landet dann mit seinem zweiten Roman einen internationalen Bestseller. „Open Season", 1974 (deutsch: „Jagdzeit", Wien/Hamburg, 1975) wird in über fünfzehn Sprachen übersetzt und hat allein in Deutschland mehrere Auflagen in verschiedenen Ausgaben. „Der Stern" druckt den als einen der spannendsten, schonungslosesten und härtesten Romane, die je aus Amerika zu uns kamen, vom 3. April bis zum 11. September 1975 als Fortsetzungskrimi.

Die Ausgangssituation der Story ist ein vor allem in der amerikanischen Literatur beliebtes Motiv: Der Aufbruch zu einer Reise, zu einem Trip ins Abenteuer, ins Ungewisse. Mark Twain lässt Tom Sawyer und Huckleberry Finn den Mississippi erkunden, Jack Kerouac geht „On The Road" und James Dickey veröffentlicht 1970 den mit dem „National Book Award" ausgezeichneten Roman „Deliverance" (deutsch: „Flussfahrt", Reinbek, 1971), der David Osborn zweifellos inspirierte. Er wurde unter dem Titel „Beim Sterben ist jeder der Erste" mit Burt Reynolds erfolgreich verfilmt: Vier amerikanische Mittelständler, ausgerüstet mit Jagdmesser und Pfeil und Bogen, wollen mit zwei Kanus einen reißenden Gebirgsfluss hinunterfahren, bevor dieses Gebiet durch einen geplanten Stausee unter Wasser gesetzt wird. Es wird zu einer Tour in den Tod.

In „Open Season" lässt Osborn seine drei Protagonisten aus einem vergleichbaren sozialen Umfeld zur Jagd aufbrechen. Die Jagd aber gilt Menschen, Paaren, die von ihnen gekidnappt und in einer einsam gelegenen Waldhütte misshandelt und ermordet werden. In der Verfilmung von 1975 nach Osborns eigenem Drehbuch haben sie, anders als im Roman, einen zeitgemäßeren Background als Vietnam-Veteranen. Der Film wird als britisch-spanisch-italienische Co-Produktion in Spanien und mit ein paar Drehtagen in New Mexiko extrem billig hergestellt. Es ist ein typisches B-Picture mit dem in „Easy Rider" (1969) populär gewordenen Peter Fonda und einem 40-Sekunden-Auftritt von William Holden, der als rächender Vater (im Roman ist es der Ehemann eines Vergewaltigungsopfers) dem letzten der drei Killer mit auf dem Weg in die Hölle gibt: „Ich habe gesehen, wohin eure Ausbildung bei der Armee geführt hat – zur reinen Lust am Töten. Doch auch ein Soldat hat nicht das Recht, noch nach dem Krieg zu töten." Sagt es und knallt Ken (Peter Fonda) ab: „Das hat man vergessen, euch zu sagen."

Okay, das war's dann. Kein Ausblick, kein versöhnlich-sentimentaler Abspann. Ein abruptes Ende.

Der Film ist im März 2010 erstmals auf einer DVD erschienen, die neben der inhaltlich gekürzten deutschen auch die amerikanische Langfassung und eine Super-8-Version enthält.

David Osborn schreibt noch weitere erfolgreiche Spannungsromane – „Der Maulwurf", „Schach der Dame" und „Köpfe", einen visionären Vorgriff auf die Zukunft der Medizin. Er kehrt schließlich in die USA zurück und etabliert mit Margaret Barlow eine spitzfindig-witzige Detektivin, die an eine modifizierte Miss Marple denken lässt.

2004 ist von dem jetzt in Connecticut lebenden Autor als vorerst letztes Buch „The Last Pope" erschienen, ein Roman über Intrigen und Machenschaften im Vatikan. Verbunden jedoch bleibt David Osborns Name vor allem mit seinem Weltbestseller „Open Season", der die Leser nach wie vor unvermindert stark in seinen Bann zieht.

Frank Göhre

Die amerikanische Originalausgabe erschien unter dem Titel
„Open Season" by Dell Publishing 1974

Pendragon Verlag
gegründet 1981
www.pendragon.de

Gedruckt auf holz- und säurefreiem Naturpapier

Veröffentlicht im Pendragon Verlag
Günther Butkus, Bielefeld 2011
© by David Osborn
Published by arrangement with D4EO Literary Agency
© für die deutsche Ausgabe
by Pendragon Verlag Bielefeld 2011
Alle Rechte vorbehalten
Lektorat: Eike Birck, Thomas Ritzenhoff
Umschlag und Herstellung: Michael Baltus
Druck: Aalexx Buchproduktion, Großburgwedel
Printed in Germany
ISBN 978-3-86532-209-8

Zappas letzter Hit
von Frank Göhre

2. Auflage
240 Seiten, Paperback, Euro 9,90
ISBN 978-3-86532-050-6

Der St. Pauli-Killer „Zappa" hat seine Frau und sich in der Haftzelle getötet. Die spektakuläre Tat ist längst Geschichte. Doch Zappas Tochter kann das damalige Geschehen nicht vergessen. Sie glaubt, dass ihr Vater Opfer eines Verrats geworden ist. Sie will ihn rächen. „Zappa", ein berüchtigter Auftragskiller (Hitman), wusste wesentlich mehr, als er ausgesagt hat. Dieses Wissen wird zu seinem letzten Hit – die Spur führt zu den wahren Tätern. Aber sie sind nicht die Einzigen, die im expandierenden Hamburg in die Enge getrieben und ausgeschaltet werden sollen.

„Frank Göhre setzt gekonnt seine Trilogie über den Hamburger Kiez fort. Formal ungewöhnlich verknüpft er Lokalkolorit und Zeitgeschehen mit der Krimihandlung."

WELT AM SONNTAG

PENDRAGON - Verlag

Der Auserwählte
von Frank Göhre

Originalausgabe
264 Seiten, Paperback, Euro 9,95
ISBN 978-3-86532-202-9

**Der Meister des
„Noir made in Germany"
mit seinem neuesten Coup!**

Eloi wurde reingelegt. Er schuldet dem illegal in Hamburg lebenden Afrikaner David Geld. Drogengeld. David steht nun selbst unter Druck. Doch plötzlich ist Eloi verschwunden. Der Sohn einer Hamburger Unternehmerin ist gekidnappt worden. Seine Entführer fordern fünf Millionen. Und die Zeit läuft. Die Spur führt zurück auf die Sonneninsel Gomera, wo vor langer Zeit eine unheilvolle Geschichte begann. Es geht um die dunklen Geheimnisse ehemaliger Freunde, um vermeintliche Schuld und Sühne – und um Gerechtigkeit.

Frank Göhre beobachtet genau und seziert mit chirurgischer Präzision die Triebfeder menschlichen Handelns: Die Gier nach Macht, Geld und Sex.

„Göhre schreibt, wie Hitchcock filmt."
                                          Deutsches Allgemeines Sonntagsblatt

PENDRAGON - Verlag

Robert B. Parker

Der stille Schüler
Ein Auftrag für Spenser

Spenser wird angeheuert, die Unschuld des 17-jährigen Jared Clark zu beweisen. Ihm wird zur Last gelegt, gemeinsam mit einem Mitschüler fünf Schüler, den Dekan und eine Spanischlehrerin erschossen und weitere Personen von der Dowling Privatschule verletzt zu haben. Einer Spezialeinheit der Polizei gelingt es, die Geiselnahme zu beenden. Der Fall scheint abgeschlossen. Nach ersten Befragungen ist Spenser zunächst selbst von der Schuld Jared Clarks überzeugt. Neugierig aber macht ihn das allgemeine Desinteresse an den Hintergründen der Tat. Die Polizei, die Schulleitung, auch Jareds Eltern scheinen die Ereignisse möglichst schnell hinter sich lassen zu wollen. Spenser lässt die Frage nach dem Motiv nicht los ...

Deutsche Erstausgabe, 3. Auflage
Paperback, 216 Seiten, Euro 9,90
ISBN 978-3-86532-068-1
Pendragon Verlag

„Mit ‚Der stille Schüler' legt Robert B. Parker den Finger mitten in die Wunde der amerikanischen Gesellschaft: Waffen, des Amerikaners liebstes Kind."

3sat Kulturzeit-Krimitipp